杨武能

四川外国语大学原副校长，四川大学文学院兼外语学院教授、文学与比较文学博士点博士导师，西南交通大学特聘教授暨国家社科基金重大研究项目“歌德及其汉译研究”首席专家。

曾获联邦德国总统颁授的“国家功勋奖章”、联邦德国终身成就奖性质的学术大奖“洪堡奖金”以及世界歌德研究领域最高奖“歌德金质奖章”。中国译协“翻译文化终身成就奖”获得者。

毕生从事德语文学翻译，广受好评的译著有《浮士德》《少年维特的烦恼》《歌德诗选》《歌德谈话录》《海涅诗选》《茵梦湖》《格林童话全集》《豪夫童话全集》《特雷庇姑娘》《魔山》《纳尔齐斯与歌尔德蒙》《永远讲不完的故事》《嫫嫫（毛毛）》等数十种，《歌德与中国》是杨武能教授关于歌德研究和东西方比较文学研究的经典之作。

歌德与中國

杨武能 著

四川人民出版社

图书在版编目（CIP）数据

歌德与中国：新版插图增订版 / 杨武能著. -- 成都：四川人民出版社, 2022.7
ISBN 978-7-220-12704-5

Ⅰ.①歌… Ⅱ.①杨… Ⅲ.①歌德(Goethe, Johann Wolfgang Von 1749-1832)—文学研究 Ⅳ.①I516.064

中国版本图书馆CIP数据核字（2022）第080341号

GEDE YU ZHONGGUO XINBAN CHATU ZENGDINGBAN
歌德与中国（新版插图增订版）
杨武能 著

责任编辑	谢 寒
封面设计	张迪茗
版式设计	戴雨虹
责任校对	舒晓利
责任印制	李 剑
出版发行	四川人民出版社（成都三色路238号）
网 址	http: //www.scpph.com
E-mail	scrmcbs@sina.com
新浪微博	@四川人民出版社
微信公众号	四川人民出版社
发行部业务电话	（028）86361653 86361656
防盗版举报电话	（028）86361653
照 排	四川胜翔数码印务设计有限公司
印 刷	成都东江印务有限公司
成品尺寸	146mm×208mm
印 张	13.5
字 数	240千
版 次	2022年7月第1版
印 次	2022年7月第1次印刷
书 号	ISBN 978-7-220-12704-5
定 价	59.80元

目录

下编　歌德在中国

季羡林先生序

最近几年，杨武能同志专门从事于中德文化关系的研究，卓有成绩。现在又写成了一部《歌德与中国》，真可以说是更上一层楼了。

我个人觉得，这样一本书，无论是对中国读者，还是对德国读者，都是非常有意义的，它都能起到振聋发聩的作用。一个民族，一个人也一样，了解自己是非常不容易的。中国这样一个伟大的民族也不例外。在鸦片战争以前，我们根本不了解自己，也不了解世界大势，昏昏然，懵懵然，盲目狂妄自大，以天朝大国自居，夜郎之君、井底之蛙，不过如此。现在读一读当时中国皇帝写给欧洲一些国家的君主的所谓诏书，那种口吻、那种气派，真令人啼笑皆非，不禁脸上发烧，心里发抖。

鸦片战争以后，中国的统治者，在殖民主义者面前，节节败退，碰得头破血流，中国人最重视的所谓“面子”，丢得一干二净。他们于是来了一个一百八十度的大转变，一变而向“洋鬼子”低首下心，奴颜婢膝，甚至摇尾乞怜。上行下效，老百姓也受了影响，流风所及，至今尚余音袅袅，不绝如缕。鲁迅先生发出了“中国人失掉自信了吗？”的慨叹，良有以也。

怎样来改变这种情况呢？端在启蒙。应该让中国人民从上到下都能真正了解自己，了解历史，了解世界大势，真正了解我们民族的过去和现在，看待一切问题，都要有历史眼光。中国人民在世界人民心目中的地位，并不总是像解放前一百来年那个样子的。我个人认为，鸦片战争是一个转折点。在这之前，西方人看待中国同那以后是根本不同的。在那以前，西方人认为中国是智慧之国、文化之邦，中国的一切都是美好的，令人神往的。从十七八世纪欧洲一些伟大的哲人的著作中，可以清清楚楚地看到这一点。从德国最伟大的诗人歌德的著作中，也可以清清楚楚的看到这一点。杨武能同志在本书中详尽地介绍了这种情况。

这充分告诉我们，特别是今天的年轻人，看待自己要有全面观点、历史观点、辩证观点。盲目自大，为我们所不取。盲目地妄自菲薄，也决不是正当的。我们今天讲开放，是完全正确的。但是，我们对西方的东西应该有鉴别的能力，应该能够分清玉石与土块、鲜花与莠草，不能一时冲动，大喊什么“全盘西化”，认为西方什么东西都是好的。西方有好东西，我们必须学习。但是，一切闪光的东西不都是金子。难道西方所有的东西，包括可口可乐、牛仔裤之类，都是好得不能再好、不可须臾离开的东西吗？过去流行一时的喇叭裤现在到哪里去了呢？我们今天的所思、所感、所作、所为应该能经得起历史的考验。千万不要重蹈覆辙，在若干年以后，回头再看今天觉得滑稽可笑。我在这里大胆地说出一个预言：到了2050年我国达到小康水平时，回顾今天，一定会觉得今天有一些措施不够慎重，是在一时冲动之下采取的。我自己当然活不到2050年，但愿我的预言不会实现。

这一本书对德国以及西方其他国家的读者怎样呢？我认为也同样能起到振聋发聩的作用。有一些德国人——不是全体——看待中国，难免有意无意地戴上殖民主义的眼镜。总觉得中国落后，这也不好，那也不好，好像是中国一向如此，而且将来也永远如此。现在看一看他们最伟大的诗人是怎样对待中国的，怎样对待中国文化和文学艺术的，会促使他们反思，从而学会了用历史眼光看待中国，看待一切。这样就能大大地增强中德的互相了解和友谊。这一点是可以断言的。

基于上面的看法，我说，杨武能同志这一本书是非常有意义的。难道不是这样吗？是为序。

季羡林

1987年11月30日于南京

自 序

歌德与中国，中国与歌德——西方与东方，东方与西方，在人类历史发展的进程中，两者走到了一起，产生了巨大的后果和深远的影响。不只是中德或者东西方的文化交流，还有中德两国的文学乃至社会思想的发展演变的历史，都或多或少地反映在了歌德与中国的相互关系中。

一百多年前，德国已有人开始研究歌德对中国的了解认识以及受中国文化影响的问题。后来，其他一些国家的学者也就此题目发表了难以尽数的论文和专著。拿联邦德国著名汉学家、海德堡大学教授德博（Günther Debon）[①]的话来说，“这方面要研究的问题几乎都研究过了，要讲的话几乎都讲完了”。因此，笔者只准备将前人重要的成果加以归纳总结，系统地介绍给我国读者，并在必要时做一点分析和评论，这样便产生了本书的上篇。

反之，对于歌德与中国的关系的另一个重要方面，即有关歌德及其作品、思想在我国的介绍、研究和影响问题，却迄今未见有深入、系统的考察和论述。不独国内如此，国外亦然。也就难怪，在1982年纪念歌德逝世一百五十周年前后，笔者发表几篇不成熟的文字，竟在国内外引起注意，应邀参加了在海德堡举行的“歌德与中国·中国与歌德”国际学术讨论会。随后，我又获得洪堡基金会的资助，到联邦德国深入进行同一课题的研究。

歌德与中国的相互关系，是一个可以从不同角度在不同层次上进行研究的大题目。读者不难看出，本书着重的是比较

① 德博（Günter Debon，1921–2005）教授以研究和译介中国古典诗歌和《道德经》著称国际汉学界，从1966年开始担任海德堡大学汉学系主任达二十年之久。我撰写这篇序时，德博教授还健在。从1982年我们结识直至他逝世，我们交往甚多，他从多方面给了我重要帮助，可谓我在异国他乡遇见的大贵人，在此无法细述，只能借拙作修订再版之机，对我这位老师辈的朋友表示深切的感激和怀念。

歌德（1749-1832）

孔子（前551-前479）

文学的所谓影响研究，因此使用的主要是实证的方法，对文学和文学家谈得也比较多。有关的材料和事实是异常丰富的，只不过过去被淡忘了；现在发掘、整理出来，不仅可能使人感到新鲜，感到惊讶，还可能引起我们思考，给我们启迪。试问，有谁想到，在中国共产党的早期领导人中竟有不止一位十分重视歌德？在我们杰出的诗人和作家中，竟有那么多人受过歌德影响，与歌德发生过关系？歌德的《少年维特的烦恼》这部小说，竟受到一代又一代读者喜爱，有不止一种中文仿作？歌德作品中的人物竟然改头换面，参加我们抗日宣传的行列？……材料的丰富和富有启发性使笔者禁不住产生一个希望，那就是这本浅薄的小书或许能得到学术界同人的理解——这当然包括批评和指正，能为较多的读者所接受，从而引起大家对于类似的研究的兴趣，以便不久的将来有更深刻的著作问世。

在几年来的研究工作中，我得到了前辈学者钱锺书、冯至以及联邦德国德博教授、鲍吾刚教授（Wolfgang Bauer）的指点，同辈学友杨义、张隆溪、赵毅衡等的帮助，特在此表示衷心的感谢。

杨武能
1987年3月
于重庆四川外语学院

上编

歌德与中国

第一章

德国和欧洲启蒙运动前后的“中国热”

——歌德认识中国并受其影响的历史文化背景

源远流长的中西文化交流，在16世纪和17世纪之交开始出现前所未有的高潮。这是由于葡萄牙商人打开了从印度前来中国的海上航路，中西交流较前方便多了。[①]接着，大批基督教传教士涌来中国，据统计，到1780年为止，仅耶稣会一个教派派遣的神父和一般传教士就达四百五十六名之多。[②]他们大都学识渊博。为了取得明清朝廷和士大夫阶层的信赖，他们在宣传耶稣基督的教义的同时，还有意识地向人们介绍西方的近代科学文化，像意大利人利玛窦、闵明我，法国人金尼阁、杜哈德和

---

① 在此之前，从中东经河西走廊或蒙古来中国的陆路充满了艰险，使想来中国的西方人大多要么望而生畏，要么半途而废。

② 参见L. Koch：*Jesuiten-Lexikon*，Paderborn 1934，S.326。

身着大清一品朝服的汤若望

德国人汤若望[1]等，都是他们的杰出代表。在他们影响下，我国明清之际出现了徐光启、李之藻、王徵等一批学习和引进西学的著名学者。

然而，中西文化交流这第一次高潮的主要流向，却是自东而西的。通过传教士们的大量报道、著述和通信，中央之国地大物博、人口众多、历史悠久、文化发达、道德高尚以及康熙时代政治清明的情形，详细地介绍到了西方，使三十年战争（1618–1648）前后历经劫难的人们惊羡不已，由此造成了持续近两个世纪的“中国热”。在德国，这“中国热”于歌德出生前后的启蒙运动和洛可可时期，达到了它的顶点。

---

① 汤若望出生于德国科隆，原名Johann Adam Schall von Bell。1619年到达澳门，1622年进入中国大陆，在中国生活了四十七年。他学识渊博，深得明清两朝统治者和知识阶层敬重和信任，清顺治时曾执掌钦天监，官至一品，是众多来华西方传教士中最为成功者。

第一节 “中国热”的表现

一、兴起追求中国时髦的Chinoiserie

“中国热”最明显和充分地表现在人们普遍地爱好来自中国的物品，热衷于模仿中国的艺术风格和生活习俗，以至形成一种时髦，即所谓Chinoiserie（汉风、中国风）。当时源源传入欧洲的除去早已闻名的丝绸和茶以外，还有瓷器、漆、漆器、糊壁纸、皮影戏乃至轿子，等等。人们不但从中国大量进口这些东西，还竭力自行仿制，例如1709年在德国迈森，伯特格尔（Böttger）在国王施塔克（August der Starke）支持甚至是逼迫下，经年累月地摸索、试烧，终于烧制成了第一窑中国式的瓷器；自那以后，迈森这个地方一直以出产精美瓷器闻名全欧。

酷似中国青花瓷的迈森瓷器

人们不但引进中国器物本身，还引进使用它们的排场和方式，例如1727年，维也纳皇宫中就下了一道懿旨，规定只有皇上的御轿才允许是黄色的，其他官员、贵族的轿子一律为黑色，等等，以通过颜色和造型来区分坐轿人的品级。在德国，也曾时兴过坐轿子，据记载，科伦大主教克莱门斯·奥古斯特（Clemens August）就喜欢像个中国大老爷似的让人抬着去巡视自己的教区；而迟至1861年，纽伦堡的市政府还郑重其事地颁布了一套坐轿子的新规定。[①]

法国画家布歇（François Boucher，1703-1770）的油画《中国园林》

与此同时，中国园林建筑艺术也在17世纪传入欧洲，先得到法王路易十四的赞赏，1870年在

① 详见A. Reichwein：*China und Europa*，Berlin 1923，S.41。

慕尼黑英国公园内的中国亭

无忧宫园林内的中国屋（用作茶舍，建于1754-1757）

凡尔赛建起了中国情调的特里亚侬宫（Trianon）；随后又传到英国，与重视自然天成、反对雕琢修饰的英式庭园艺术融为一体，形成了中英合璧的新风格。[①]这种风格很快也在德国流行开来。于是，在波茨坦的无忧宫（Sanssouci），在慕尼黑的水仙宫（Nymphenburg）和英国公园，在卡尔斯鲁厄的雉园以及其他许许多多皇家宫苑和庭园中，都出现了亭、榭、塔、桥等中国式的建筑以及曲径假山。

① 与此自然天成的风格相反，欧洲原本更加流行的巴洛克园林讲究的是布局对称，树木则人为地修剪成了几何图形，可做此风格样板的有巴黎凡尔赛宫的大花园和维也纳的美泉宫（Schönbrunn），等等。

二、热衷于翻译出版关于中国的著述和中国经籍

然而，人们并不仅仅满足于这些物的方面，还渴望对中国的社会、政治、伦理、道德以及文学等也有所了解。因此，“中国热”的第二个表现，就是大量出版关于中国的书籍，包括传教士的著述、商人的报告和旅行家的游记。除去1298年问世的马可·波罗的《东方旅行记》再次得到印行并引起极大重视以外，新出版的重要著述又有：1.奉西班牙国王腓力二世派遣于1580年来到中国的奥古斯丁派传教士门多萨（F. L. G.de Mendoza），于1585年在罗马出版《支那王国述新》，这部书四年后就出版了德文版，其名为*Neue Beschreibung des Königreichs China*；2. 法国耶稣会士金尼阁（N. Trigault）于1615年出版《耶稣会在华开教史》，此书两年后出版了德文版*Historia von Einfuehrung der christlichen Religion in dass große Königreich China durch die Societet Jesu*；3. 意大利耶稣会士卫匡国（M. Martini）于1654年出版《鞑靼战争史》，次年又出版了《中国新地图》（*Novus Atlas Sinensis*）；4. 1665年，出版了荷兰人诺依霍夫（Neuhof）的《使华游记》，这部书附有许多他自己绘制的铜版画插图，使西方人对中国第一次有了直观的认识；5. 1677年，德国耶稣会士基歇尔（A. Kircher）用拉丁文出版了《中国图志》（*China Monumentis*

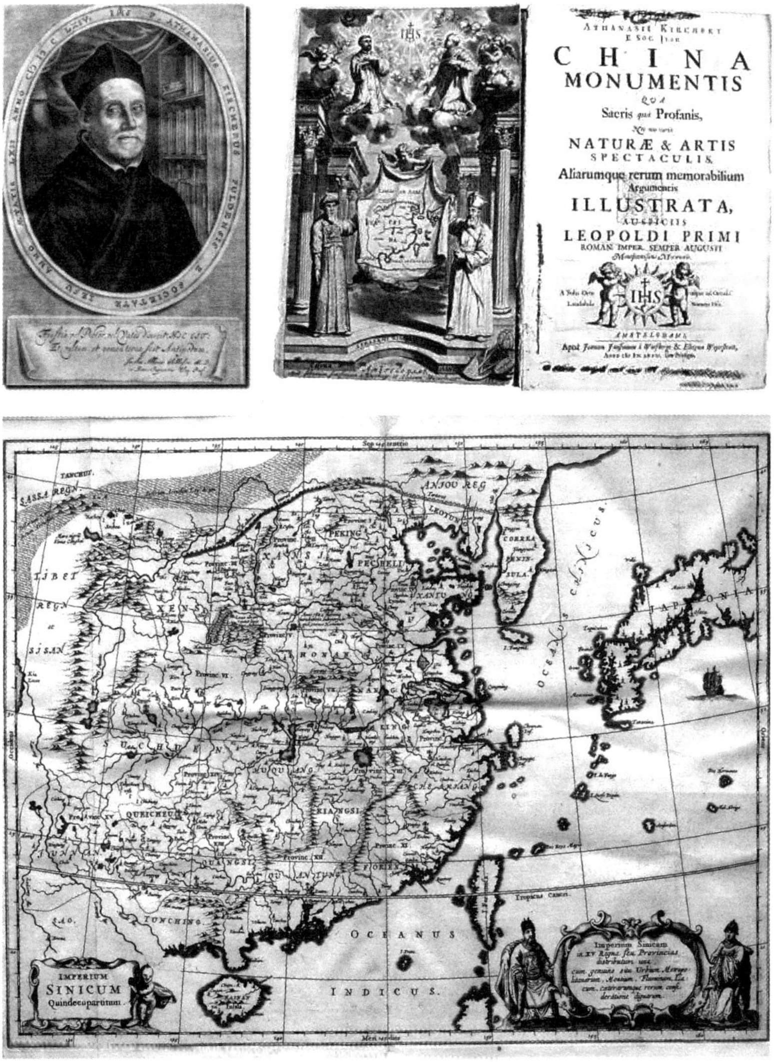

基歇尔和他的《中国图志》及书中的中国地图

illustrata），此书内容更深刻，插图更丰富，被誉为“17世纪的中国百科全书”；6. 1696年，法国耶稣会士李明（L. D. Le Comte）发表《关于中国目前状况的新观察报告》（*Nouveaux mémoires sur l'état présent de la China*），此书译成德文出版题名为《今日中国》（*Das heutige sina*）。[①]

在大量印行这些西方人自己的著述的同时，人们也开始翻译介绍中国的经典。最先出版的是耶稣会士殷铎泽（P. Intorcetta）用拉丁文翻译的《大学》（1662）和《中庸》（1673）。接着，比利时耶稣会士柏应理（P. Couplet）又重译了这两部典籍和新译了《论语》，收在他著的《孔子哲学》一书中（此书出版于1680年后不久，所用语言也是拉丁文）。1711年，在布拉格印行了拉丁语的《中国六经》（*Sinensis imperii libri classici sex*），除收柏应理上述三种译著外，还收了比利时耶稣会士卫方济（F. Noel）新译《孟子》《孝经》和《三字经》。总的来看，17世纪和18世纪被介绍到西方的，还只限于在中国占统治地位的儒家的经籍。

① 关于这些著作的详细情况，可参阅：U.Aurich：*China im Spiegel der deutschen Literatur des 18.Jahrhunderts*，Berlin 1935；E.H.V.Tscharner《China in der cleutschen Dichtung》，München 1939。

这里特别值得一提的是法国耶稣会士杜哈德（J. B. Du Halde）的《中国详志》（*Description géographique, historique, chronologique, politique et physique de l'Empire de la chine et de la Tartarie chinoise*）。这部1735年在巴黎出版的四卷对开本巨著，不仅如原文题名所标示的那样包含着有关中国地理、历史、政治、民俗、科技等方面的丰富内容，而且还收进了译成法文的元曲《赵氏孤儿》和《今古奇观》的四个短篇小说以及十几首《诗经》里的诗。也就是说在《中国详志》里，欧洲人第一次直接读到了中国的文学作品，虽然它们的翻译都不怎么好，特别是《诗经》里的那些诗，拿陈铨的话

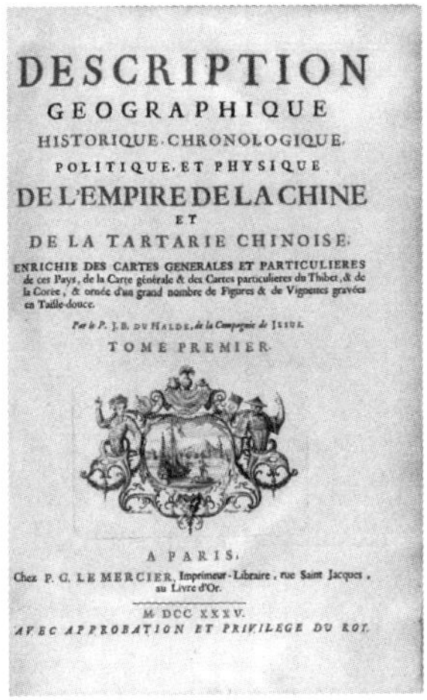
DESCRIPTION
GEOGRAPHIQUE
HISTORIQUE, CHRONOLOGIQUE,
POLITIQUE, ET PHYSIQUE
DE L'EMPIRE DE LA CHINE
ET
DE LA TARTARIE CHINOISE,
ENRICHIE DES CARTES GENERALES ET PARTICULIERES de ces Pays, de la Carte générale & des Cartes particulieres du Thibet, & de la Corée, & ornée d'un grand nombre de Figures & de Vignettes gravées en Taille-douce.
Par le P. J. B. DU HALDE, de la Compagnie de JESUS.
TOME PREMIER.
A PARIS,
Chez P. G. LE MERCIER, Imprimeur-Libraire, rue Saint Jacques, au Livre d'Or.
M. DCC XXXV.
AVEC APPROBATION ET PRIVILEGE DU ROY.

杜哈德的《中国详志》和书中的孔子像

来说更叫“闹得一塌糊涂”①。

继《中国详志》之后，1761年又出版了英国商人威尔金森（J. Wilkinson）翻译、珀西（T. Percy）润色的《好逑传》；珀西是以在美国刊行英国的《古诗笺存》著名的杰出作家，经他润饰的译文相当不错。此后，到了19世纪初，还出版了英国人汤姆斯（P. P. Thoms）翻译的《花笺记》（1824）和法国人锐慕萨（A. Reémusat）翻译的《玉娇梨》（1826）。所有这些在中国文学中充其量只能算二流乃至三流的作品，在欧洲曾经十分流行，歌德也全都读过。

《花笺记》和《玉娇梨》书封

① 见Chen Chuan（陈铨）：*Die chinesische schöne Literatur im deutschen*，*Schrifttum*，Inaugur-Dissertation，Kiel 1932，此书中文书名为《中德文化研究》，商务印书馆1936年出版。

这些介绍中国的书籍以及中国经典与文学作品的大量翻译出版和流传，产生了广泛而深远的影响，不只增进了人们对中国的了解和认识，还唤起了不满现状的学者文人对于远在东方的文明礼义之邦的无限钦敬和渴慕。由此便导致了“中国热”的第三个表现，那就是在启蒙运动和洛可可时期，出现了许多积极研究中国思想文化，主张与中国进行文化交流和虚心向中国学习的重要思想家和学者。

三、积极研究中国的思想精神、文化学术和社会现实

德国启蒙运动早期的代表人物托马修斯（Ch. Thomasius，1655–1728），他在1689年以前就读了柏应理出版的《孔子哲学》以及收在里边的《大学》《中庸》和《论语》，并且对儒家的哲学思想做过详细的评论。但他还说不上对中国哲学有深刻的认识，因此对之评价也不很高。

真正对中国的思想文化有深入研究、对中国称赞备至的是莱布尼茨（G. W. V. Leibniz，1646–1716）。早在1666–1667年在纽伦堡学习的时期，他已接触到了诸如基歇尔的《中国图志》之类的出版物。他还通过朋友，向一位叫缪勒（A. Müller）的也可能是欧洲最早的汉学家提出了一系列关于中国语言文字的问题。1669年，莱布尼茨已发表第一篇谈论中国的

文章。1687年，他读到了《孔子哲学》这部书，对孔子十分钦佩。但作为莱布尼茨一生中的重要转折点，则是他1689年在罗马遇见从中国回来的耶稣会传教士闵明我（Ph. M. Grimaldi）。从闵明我的口中，莱布尼茨自称“得到了许多关于中国皇帝本人以及他那非常进步的人民的十分可贵的消息”。通过与闵明我的交往，莱布尼茨心中燃起了对于有关中国的新知识的越来越强烈的渴望。他阅读了一切能得到的有关中国的书籍，潜心钻研中国的经典。1692年，闵明我接受康熙的邀请，再次动身前往中国，以便接替已故南怀仁（F. Verbiest）原任的钦天监监正的职务。他刚离开罗马，莱布尼茨就已寄出一封长信，向他提出了三十个有关中国的问题，涉及的内容可谓无所不包。从此，莱布尼茨与闵明我以及其他许多传教士书信往来不断，直至1705年他们之间的关系才渐渐疏远。

1697年，莱布尼茨用拉丁文出版了著名的《来自中国的最新消息》（*Novissima Sinica*，亦译《中国近事》《中国新事》）[①]。这部在当时极受欢迎、很快便获得再版的书，收集了关于中国的报道、通信和文献（如1689年的《中俄尼布楚

① 此书已由北京外国语大学海外汉学研究中心译成汉语出版，并于2005年7月30日至8月1日配合其首发式在北京举办了“莱布尼茨政治思想与《中国近事》学术研讨会”。

条约》），以及一些当时在欧洲难得一见的图片资料，如西安府的大秦景教流行中国碑、北京的观象台和穿着满清官服的汤若望的画像等。特别值得注意的是在序言中，莱布尼茨将中西文化进行对比分析，指出西方长于思辨哲学、理论科学以及军事技术，中国长于伦理哲学、政治哲学、礼义道德；认为中国（Tschina）和欧洲乃是人类文明发展的两个高峰，只要两者结合起来，便可达到最完美的和谐，实现世界的大同；强调西方要向中国学习，在学习许多具体的东西之前，首先要学习中国的实践哲学和养身之道。他说："鉴于欧洲的道德沦丧的情况日趋严重，简直没个尽头，我就觉得几乎有必要将中国人的传教士请到我们这儿来，向我们传授自然宗教的教义和实践，正如我们派人去向他们传播启示的教义一样。因此我想，设若选一位贤明的人来做裁判，要他判定的不是三位女神中哪位最美，而是判定哪一国的人民最优秀的话，那他一定会把金苹果扔给中国人的，因为我们仅仅只在一个非人力的方面，即在我们神赐的对于基督的信仰这一点上，才优越于他们。"①

经过莱布尼茨这位大学者的积极宣传和推崇，中国成了人

① 关于莱布尼茨和他大力推崇中国文化和积极促进中西文化交流的情况，详见B. F. Merkel：*Leibniz und China*，Berlin 1952，以及陈修斋的《莱布尼茨》（1994）等中国学者的著述。

莱布尼茨（1646-1716）

《中国近事》中译本

们向往的理想乐土，康熙皇帝——《来自中国的最新消息》第二版加进了白晋（J. Bouvet）绘的他四十一岁时的肖像——就成了人们景仰的贤明圣君，儒家哲学就得到进一步的介绍和传播。

作为莱布尼茨的后继者，克里斯蒂安·沃尔夫（Ch. Wolff，1679-1754）这位德国启蒙运动的大思想家以创立理性主义的理论体系而著称于世。他在研读了儒家的经籍以后，对其重理性、重实践的教育思想和教育制度极为赞赏，对其“以德化民”“爱民如子”的政治主张和国家哲学十分推崇。他相信，只要实践这些思想和主张，便可挽救颓败的世风，祛除时弊，而不是如当时流行的观点所认为的那样只有等待上帝的恩典和拯救。1721年，他在接受哈雷大学副校长职务的典礼上做题为“中国的实践哲学”（Oratio de Sinarum philosophia practica）的报告，大胆地阐明了自己的上述观点。为此，他被当局斥为“无神论者”，不但失去了大学副校长的职务，还被驱逐出哈雷市。但是沃尔夫的《中国的实践哲学》却流传开来，引起了极大的注意，1740年又由其他人从拉丁文译成德文出版，在整个欧洲产生了巨大影响。因为，在这篇报告中，古老的儒家哲学在西方第一次得到了系统、全面和详细、深入的阐述。①

在全欧范围内，还有伏尔泰和狄德罗这样伟大的启蒙思想家，也是中国文化思想的热情景仰者和传播者。伏尔泰视孔子为自己的思想的先驱，认为他是“自然的原始启示”的化身，说他认识了“最高的存

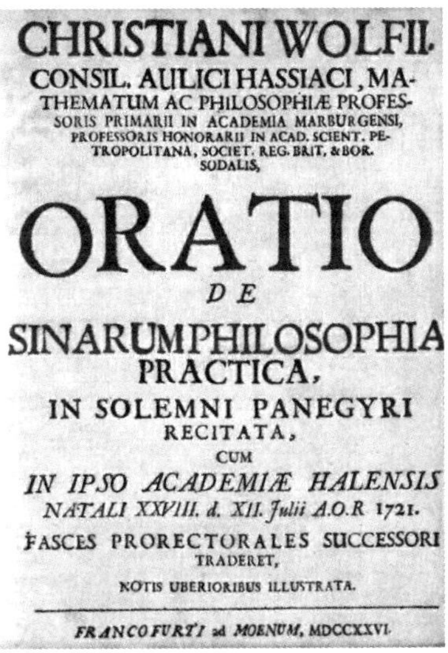
CHRISTIANI WOLFII.
CONSIL. AULICI HASSIACI, MATHEMATUM AC PHILOSOPHIÆ PROFESSORIS PRIMARII IN ACADEMIA MARBURGENSI, PROFESSORIS HONORARII IN ACAD. SCIENT. PETROPOLITANA, SOCIET. REG. BRIT. & BOR. SODALIS,
ORATIO
DE
SINARUM PHILOSOPHIA PRACTICA,
IN SOLEMNI PANEGYRI RECITATA,
CUM
IN IPSO ACADEMIÆ HALENSIS NATALI XXVIII. d. XII. Julii A.O.R 1721.
FASCES PRORECTORALES SUCCESSORI TRADERET,
NOTIS UBERIORIBUS ILLUSTRATA.
FRANCOFURTI ad MOENUM, MDCCXXVI.

沃尔夫的《中国的实践哲学》

① 详见Tscharner：*China in der deutschen Dichtung*。

在”的意义，因而也完成了一个人在世上所能完成的最伟大的业绩，自称“我非常专心地读了他的书，在这些书中谈的都是最纯净的道德”[①]。狄德罗称孔子为“中国的苏格拉底”，甚至将孔子置于这位古希腊哲学家和柏拉图之上。一次，他在海牙和人谈到中国的古代贤哲时说：“荷马是个糊涂蛋，普利琉斯（古罗马学者）是个大傻瓜，中国人才是最可敬的君子。”[②]至于伏尔泰还将我国的元曲《赵氏孤儿》改编成《中国孤儿》搬上欧洲舞台，则也早已是众所周知的中西文化交流史上的一段佳话了。

四、假中国人之名杜撰讽喻现实的“中国文学”

欧洲17世纪和18世纪出现了一大批以中国为题材或假托中国人之名写的各类文学作品。

远在17世纪的巴洛克时代，就有不少文学作品写到中国，例如被誉为“德语诗歌之父”的奥皮茨（M. Opitz）的长诗《歌颂上帝的战争》（1628），开德国流浪汉小说先河的格里美豪森（H. J. Ch. V. Grimmelshausen）的《痴儿西木传》（1669），

---

① 转引自Aurich：*China im Spiegel der deutschen Literatur des 18.Jahrhunderts*。

② 详见Tscharner：*China in der deutschen Dichtung*。

以及葡萄牙人平托（F. M. Pinto）的《平托奇遇记》（1671）和英国人黑德（Th. Head）的《扬·彼鲁斯流浪记》（1672）等模仿《痴儿西木传》的作品，都是其中较有名的。在这些作品中，对中国的描写大多出自作者的想象，目的仅是满足读者对中国的好奇而已。

真正以中国为题材并且有事实为基础的作品，是洛恩施泰因（D. C. V. Lohenstein）的《阿尔米琉斯》（1689）和哈格多恩（W. Hagdorn）的《艾全》（1670）。这两部卷帙浩繁的小说，都主要取材于卫匡国的《鞑靼战争史》（1654），写的是明末清军入关前后的事。如在《艾全》中，就具体写到了李自成起义、吴三桂勾结清兵从北京赶走李自成以及崇祯皇帝之死，等等，只不过李自成被丑化为残暴的叛贼，吴三桂却变成一位英雄的“骑士”。这两本书写的尽管好像是中国，实际上仍充满了巴洛克时期的游侠骑士小说的思想和情调，作者追求的只是冒险、艳遇、异国风情等给人以消遣的因素。

到了17世纪和18世纪之交的启蒙运动时代，文学家的注意力随之转到了教化和讽喻时事方面。1721年法国启蒙运动思想家孟德斯鸠出版《波斯人信札》，在信中常常借中国旅行者之口对本国的弊政进行讽刺批评。由此引出了一系列诸如此类的

《艾全》插图中的主人公骑士艾全与吴三桂

讽喻性旅行书简[1]。在德国第一个写这种书简的是法斯曼（D. F. Fassmam），此人系弗里德里希·威廉一世身边讲笑话的弄臣式小官，他那长篇累牍的书简题名为《奉钦命周游世界的中国人》。

十分有趣的是在众多缺少真正文学价值的旅行书简中，还有普鲁士国王弗里德里希·威廉一世的儿子弗里德里希二世（Friedrich II，1712-1786）的大作。弗里德里希二世在德国的历史上可谓功业赫赫，俗称腓特烈大帝，因此他于1760年发表的《费费胡游欧书简》也格外受人青睐。这位大帝崇拜法国，所以书简系用法文写成。书简共计六封，都是主人公在旅途中向中国皇帝做的观感报告，内容涉及宗教、民俗、警务、政治诸方面，而重点在于批评讽刺罗马教廷和教会。如在第四封信中，费费胡写道："您的帝国是多么幸运啊，陛下，它有一个宽容而务实的、没有统治别人的欲望的教会！"又如在第五封信中，费费胡和一个葡萄牙朋友一起参观罗马的圣彼得大教堂，看见教皇竟然为人们用于征战的头盔和宝剑祝福，大为惊诧和不满。弗里德里希二世的书简是匿名在科隆发表的，目的主要在于发泄对罗马教皇的不满，因为教皇在七年战争

---

① 在英国，18世纪时也出现了这样的中国书简，其中最有影响的为哥尔德斯密斯著的《世界公民》（*The Gtizen of the World*）。

弗里德里希二世（1194-1250）

（1756-1763）中支持了他的对手奥地利。

与讽喻性的旅行书简同时盛行的还有所谓道德小品和道德故事。这类作品跟我国旧时代街头艺人说唱的善书颇有些相似，都是用当时欧洲人想象中道德高尚的中国的故事或寓言，去劝喻世人提高自己的德行。

以写道德故事出名的作家中有一位叫菲费尔（G. K. Pfeffel），他的代表作《寓言与故事集》系一首首短诗，宣扬的多半是儒家的孝悌伦常观念。试译其中一首《母与女》，以见一斑：

在中国，人们敬重白发，同时也
相信“黄荆棍下出好人”的道理。
一次一位八十岁的老母亲责打
女儿，一个六十岁的不成器的孩子。
女儿大声恸哭，泪如雨下。
母亲问她，为何这么痛哭流涕？

须知，我以前打得更狠、更重，
却从未听见你如此痛苦悲泣。
是啊，母亲，你说得太对了，
女儿哽咽着回答，唉——！正是
见你年老体衰，胳臂没劲儿，
我心中才感到格外痛楚，哀戚。

菲费尔在诗中极力夸大中国人的孝道，同时又相信某些从中国回去的旅行者的说法：这孝是靠棍子培养成的。

另一位写道德故事的作家叫泽肯多夫（F. V. Seckendorf）。他的代表作《命运之轮》（1783）写到老子和庄子，并且讲述了庄周化蝶的故事，值得引起注意。因为在此之前，人们只知道孔孟和他们的儒学，提到老庄或许以此篇为首。再者，整篇故事的说教气也不如同类作品明显，相反倒饶有诗意，这点似乎也像《庄子》。遗憾的是我们不知道《命运之轮》如何会有这些特点，以及从什么渠道了解了庄周化蝶的故事。[1]

如果说道德故事以教育老百姓为主的话，那么，同时出现的所谓“国事小说”（Staatsroman）就该是劝谏统治者了。最

① 在《中国详志》里收有庄周化蝶的故事，可能为泽肯多夫所采用。

A.V. 哈勒尔（1708–1777）

有名的国事小说作者为哈勒尔（A. V. Haller，1708–1777），他的第一部作品《乌松》（1771）写的是一个蒙古王子成长为既富有德行又勇武超群的贤明君主的过程。王子谨记中国古哲的教训，在执政后袭用了中国古代的许多好的典章制度，国力大增。晚年，乌松国王又以同样的办法培养孙子伊斯马尔，使他成为自己的继承人。在小说中，中国成了一个理想的国家。

但是，哈勒尔也知道《乌松》中的理想国不可能在欧洲出现，书中所包含的教诲和所推荐的典章制度难以为德国人所接受，于是又写了《阿尔弗雷德——盎格鲁撒克逊人的国王》

（1773）。这部小说同样有很多关于中国的内容，主人公阿尔弗雷德被塑造成了德国的乌松。

在德国文学史上还有一位远比哈勒尔有名和重要的作家维兰德（Ch. M. Wieland，1733–1813），他也写过一部国事小说《金镜》（1772）。在序言中，维兰德假称小说出自一位不知名的中国作家“祥夫子”的笔下，他自己只是译者和出版者。小说采用《一千零一夜》的一个接一个讲故事的形式，充满了富于中国哲理的对话。小说着力宣传孔夫子的“礼”的巨大作用，宣传重实践、讲恕道的理性哲学和理性宗教。小说关于中国的内容多得自杜哈德的《中国详志》，有学者认为它也受了《赵氏孤儿》的影响。[1]这部小说对德国四分五裂的可悲现状多所讽喻，在一部分统治者中产生了很大影响。正因此，维兰德被魏玛公国请去当了年轻公爵卡尔·奥古斯特的老师，先歌德几年到了这个撒克逊小邦中。从风格看，维兰德的小说已经有了洛可可的特征，

Ch. M. 维兰德（1733–1813）

① 详见Erich Ying-yen Chung：*Chinas Gedankengut in Goethes Werk*，Mainz 1977。

其表现之一就是使用了一些中国的词语作为装点。

除去小说外，在诗歌、戏剧、歌剧乃至芭蕾和皮影戏等文艺形式中，也产生了许多以中国为题材的作品。如德国著名的作曲家格卢克（Ch. W. Gluck，1714–1787），就曾不止一次地为洛可可风的“中国”歌剧和芭蕾谱曲。

综上所述，17世纪和18世纪德国和欧洲掀起的“中国热”有三个主要表现：1. 在物的方面追求中国时髦，形成了模仿中国工艺风格的Chinoiserie；2. 精神方面追求有关中国的知识，大量出版传教士关于中国的著述和中国经典（主要是孔孟哲学）的译本；3. 中国成了人们心目中的理想国，产生了许多研究和推崇中国的学者和著作，出现了许多写中国、美化中国、假中国人之名讽喻时政的各种样式的文艺作品。

那么，欧洲当时为什么会产生如此大规模的“中国热”呢？

第二节　产生“中国热”的原因

产生“中国热”的原因当然是很复杂的。要而言之，大致为以下三点：

一、历史、政治和社会原因

首先，欧洲尽管自宗教改革（1517）起算是结束了黑暗、蒙昧的中世纪，但是由此而产生的教派之争更加尖锐、激烈，德国、法国、英国无不受其困扰，尤其是在德国土地上进行的全欧性的三十年战争（1618-1648），更使欧洲特别是德国四分五裂，民不聊生，人心动荡。格里美豪森的小说《痴儿西木传》，就反映了当时欧洲社会的情况。这时候，耶稣会士们传送回来正处于康熙盛世的中国的消息，一个和平、统一、强大的东方帝国，一位勇武、博学、开明的年轻君主，一国勤劳、忠厚、礼让的人民，自然引起欧洲人无限的钦慕和向往。这，

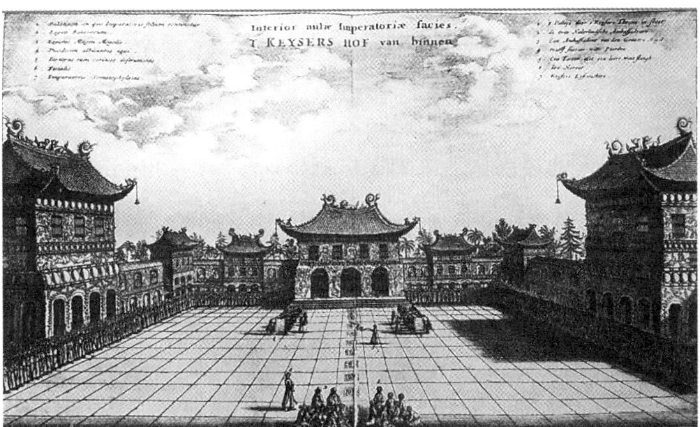

外国使臣在紫禁城等待中国皇帝接见

是基本的历史和社会原因。

二、哲学、精神和思想原因

作为维持这一东方“王道乐土”稳定的正统儒家思想，重理性、重实践、重教化，讲仁爱、讲孝悌、讲忠恕，以人类大同为崇高理想，这些，正好与欧洲启蒙运动思想家们提倡的理性主义、宽容精神和实现世界和谐统一的理想相吻合，也就难怪会出现像莱布尼茨、沃尔夫、伏尔泰、狄德罗那样热情推崇、积极宣传孔孟学说的伟大启蒙思想家，也就难怪儒家哲学会迅速传播，深入人心。这，是深刻的精神和思想原因。

三、物质层面的原因

五千年的古老文明，的确产生出了不少精美而实用的日常必需的器物和工艺品，一经传入就引起了自认为历史短根基浅的欧洲人的羡慕、追求和模仿，出现了所谓Chinoiserie（汉风）。这，是直接的物质方面的原因。

特别是中国精美的瓷器，一传到欧洲即受到上层社会的追捧，皇家宫苑和高官贵胄的府邸竞相收藏，无不以拥有一套中国瓷器为荣耀。例如在歌德度过了大半生的魏玛，虽寡民小国，在赶中国时髦方面却不落后。笔者借应邀前往领取歌德金

老公爵夫人避暑的美景宫（Schloss Belvedere）展出的莲台观音像

质奖章的机会，花一个多月时间，在热爱文艺的老公爵夫人安娜·阿玛莉亚的宫室中搜集到不少物证。

解说词标明上面这尊彩釉观音产生于18世纪，称她是佛教的慈悲女神和生育女神。并援引1716年出版的耶稣会士旅行记的说法，把她与西方的维纳斯相提并论，说不同只在于瓷像造型异常的圣洁、端庄。

除了观音像，美景宫还收藏着不少青花瓷和彩釉瓷器，限于篇幅，这儿只能展示一小部分：

除去数量可观的瓷器，美景宫也藏有一些不大为欧洲人重视的中国陶器、银器。

笔者于陶器、银器的鉴赏完全是门外汉，不敢对上面展示的魏玛藏品说三道四，只能讲那银罐和银盒的绘图异常精美，制作技艺实在精湛。还有就是三把造型别致的宜兴陶壶，被解说误判为了“石壶”，足见宜兴陶器在欧洲相对陌生。

说到魏玛的中国器物收藏，于美景宫之后不能不说一说更大、更专业、藏品也多得多的公爵府邸博物馆（Schlossmuseum）。馆里同样藏有一些中国器物，其中的两件青花瓷器特别引人注目（见下图）：

解说词注明这两件明青花生成于1620年前后。魏玛公爵一家十分珍爱这两件宝贝，特差人送去以金银匠作著称的纽伦堡城镶嵌了边框，配制了底座，可谓锦上添花，更加赏心悦目。

自然，在“中国热”高涨的过程中，也出现过“盲目引进”的情况，如放弃车马改坐轿子，而且还要讲究中国式的等级、排场，就是一例。也出现过“食汉不化”的情况，例如在仿瓷上将中国的石榴画成了洋葱，形成了所谓“葱采式”；在文学作品中生硬地加上中国名称、使用汉语词汇，等等。也出现过认为“中国的月亮比欧洲圆”，把中国说成是没有压迫、

老公爵夫人坐过的蓝呢小轿，现藏于她过冬的魏图姆斯宫（Wittumspalais）。

没有苦难的“王道乐土”，过度地将中国理想化和美化的情况，具体的例子在那些道德故事、国事小说中比比皆是；而狄德罗贬低自己的老祖宗荷马和抬高中国人的言论，更算得上妄自菲薄的典型了吧。

自然，在蓬勃的“中国热”面前，有数不清的赶浪头、趋时髦、坐着轿子风光风光的浅薄之人；但是，也不乏为了国家、民族乃至全人类的未来而积极主张学习中国，倡导和促进中西文化交流的先知先觉者，如莱布尼茨一样的有识之士。我们不能无视和抹杀前者造气氛、造声势的作用，更应尊重和铭记后者开拓道路、引领潮流的功绩。

17世纪和18世纪弥漫欧洲的“中国热”，一直到法国大革命前夕的狂飙突进运动时期（1770–1785）才渐告消退。因为这时人们已摒弃“干枯的理性”而追求个性解放和感情自由，西方资产阶级共和国的理想已代替东方“王道乐土”的幻想。加之在中国做买卖不顺利的欧洲商人带回去的充满怨毒情绪的报告，已经逐渐改变了中国和中国人在欧洲的形象。尽管如此，中国仍然没有完全失去吸引力，研究中国、翻译中国作品、写“中国”小说、诗歌、戏剧的遗风影响仍然存在。这方面一个突出的例子就是歌德，以及与歌德同时代的赫尔德尔和席勒。

第二章

歌德——“魏玛的孔夫子”

第一节 “中国热”影响下的魏玛

在人类思想文化史的天幕上，约翰· 沃尔夫冈· 歌德（Johann Wolfgang von Goethe，1749–1832）无疑是一颗灿烂明亮的巨星。歌德一生辛勤写作，为后世留下了卷帙浩繁的作品，搜集最全的魏玛版《歌德全集》多达143卷，西方的文学史家惯于把他和荷马、但丁、莎士比亚相提并论。但是，歌德不仅仅是一位杰出的诗人和文学家，还是伟大的思想家和哲人；尽管他没有像同时代的德国杰出哲学家那样创建庞大而完整的体系，他高瞻远瞩的思想，却不只影响了一个时代和一个民族。对人类思想文化史作一番客观的检视、分析，像歌德一样

魏玛版歌德全集（1887–1919）

的大哲人和大思想家实在不多；他所倡导的“浮士德精神”，可谓浓缩了肇始于16世纪的欧美资本主义的时代精神，影响不但至今犹在，并且遍及整个世界。在德国和德语国家，歌德更是像我们的孔夫子似的被看作民族精神的代表，被看作圣人。他长期生活和工作的小小魏玛城，一个多世纪以来一直享有德国民族文化圣地的光荣。

1749年8月28日，歌德出生在德国美因河畔法兰克福的一个市民家庭。作为诗人的父亲约翰·卡斯帕尔·歌德尽管家道殷实，学问也好，但由于出身微贱——诗人的祖父是一名裁缝，便受到贵族社会歧视，终生未获公职，仅仅花钱从帝国皇帝处买了个皇家顾问的空头衔，在不满和愤懑之余怀着“望子成龙”的强烈愿望，十分重视对儿子沃尔夫冈的教育和培养，不但让他在家庭教师带领下完成一般学业，掌握了法语、英语、意大利语以及拉丁语、希腊语和希伯来语等多种外语，而且养成了阅读的爱好。诗人十岁时已开始读伊索、荷马、维吉尔和奥维德等的作品，还有《一千零一夜》《鲁滨孙漂流记》以及德国的民间故事书《浮士德博士》，等等。这为他日后的文学创作打下了很好的基础。

1765年，十六岁的歌德离开家乡，遵从父亲的意愿去莱比锡大学攻读法学，然而他却对文学和造型艺术更感兴趣，并开始了写作尝试，完成了流传下来的第一个诗集《安内特之歌》，以及他的第一部完整的剧作——纯粹洛可可风的牧歌剧《恋人的乖僻》。

歌德的父母

1770年春天，歌德转到斯特拉斯堡大学继续学习，与正在斯特拉斯堡治眼疾的赫尔德尔的邂逅和交往，成了诗人一生中的一个重要转折点。正是在赫尔德尔影响下向古典杰作和民歌学习的结果，歌德写成了由《五月歌》《野玫瑰》等抒情诗组成的《塞森海姆之歌》。这部诗集不但是年轻诗人真情的流露、迸发，而且有了崭新而独特的风格，既带有民族和民间的特色，也响起了富于诗人个性的音调、韵律，可以称得上是他一生创作的真正起点和里程碑；加上他稍后创作的剧本《铁手骑士葛慈·封·伯利欣根》也取得成功，在1773年正式出版后引起热烈反响，被誉为狂飙突进运动的第一个重要文学成果，歌德本人也成了人们心目中“真正的天才”。

青年歌德

1772年，歌德遵父命到威兹拉尔城的帝国最高法院实习，在那儿狂热地爱上了友人克斯特纳的未婚妻夏绿蒂·布甫，内心绝望而又痛苦。后来，又遇上一些其他刺激，特别是听到威兹拉尔一个公使馆的青年秘书为单恋朋友之妻而绝望自杀的消息，诗人就再也控制不住自己的情感，用仅仅四周的时间写成了书信体小说《少年维特的烦恼》。这部小说在1774年的秋季书展上与读者见面，当即引起巨大的轰动，使年仅二十四岁的歌德成了当时德国乃至全欧最享盛誉的作家，成了狂飙突进运动的杰出代表和无可争议的“旗手”。

然而，这位“旗手”很快便扔下手中的大旗，离开狂飙突进运动中志同道合的朋友。1775年11月，他应对《少年维特的烦恼》的作者钦慕之极的卡尔·奥古斯特公爵的邀请，乘上公爵派来迎接他的马车，动身去了公爵刚继位亲政不久的萨克森－魏玛－埃森纳赫公国。

萨克森－魏玛－埃森纳赫公国简称魏玛公国，约有十万居民，面积仅三十六平方英里，只是三百多分裂的德意志小邦中的一个。它的首府魏玛城居民不足六千，是一座非常宁静的小城。在卡尔·奥古斯特年满十八岁主持政事前，公国有十七年之久一直由他寡居的母亲安娜·阿玛莉亚治理。公国虽然小得可怜，但宫廷的设施、排场、礼仪一样也不缺少，一点都不马

安娜·阿玛莉亚老公爵夫人

卡尔·奥古斯特公爵

虎，而且长期主政的女公爵醉心文艺，在自己小小的宫廷里先后礼聘了为数不少的有影响的作家和艺术家，她儿子也继承了这个传统。歌德去魏玛的时候，著名作家维兰德、诗人兼作曲家封·艾因西德尔和封·泽肯多夫，以及以“童话之父”著称的穆佐伊斯和《堂·吉诃德》的德译者弗·伯尔图赫等已在那里。之后，经歌德举荐，又来了赫尔德尔等文艺界的名流。

歌德之应邀前往魏玛并且定居下来，在这个小城中生活、工作了半个多世纪（1775–1832），不论对歌德个人或是对魏玛甚至对整个德国文化的发展，都是一件意义巨大和影响深远的事情。宁静而古老的小城魏玛，决定了伟大诗人歌德二十六岁以后的整个人生旅程；大诗人、大文豪、大思想家歌德，则帮

魏玛建城1100年纪念邮票：
席勒、歌德、维兰德、赫尔德尔

助小小的魏玛成了辉耀古今的德国文化圣地，成了全欧洲乃至全世界的文化名城。

初到魏玛，歌德还仅仅是作客，除了陪年轻好动、任性贪玩的奥古斯特公爵骑马野游，参加组织宫中的娱乐活动，就没有什么正事。可是，随着时间的推移，比歌德年轻十岁的公爵和他越来越亲密，对他越来越言听计从。歌德本人呢，也为魏玛浓厚的文艺气氛所深深吸引，并且发现公爵年纪

魏玛公爵府邸，现为展示公国历代统治者艺术收藏的博物馆

虽小，却不无抱负，本质就像是“尚在发酵中的名贵的酒”，将来定会有所作为；而歌德留在魏玛的初衷，也是自己想“有所作为”。

随着年龄的增长和阅历的丰富，歌德慢慢抑制住狂热的激情，增加了务实精神。“有所作为”在他意味着施展自己的才能，实现自己的社会理想和抱负，而小小的魏玛公国，在当时可以讲比较开明，正好让命运安排给歌德做了实现理想、抱负的试验场。1776年6月，歌德正式就任魏玛宫廷的枢密顾问之职，从此便政务缠身，渐渐地把公国的大至外交、军事、财税、林务、矿业、水利、交通，小至防火条例的制定和宫中游乐活动的安排组织等事情，都通通管了起来。

魏玛的歌德故居

歌德魏玛故居内的书房

在魏玛从政的一些年，歌德也确实努力做了些改革，但都只能是小修小补，既不能根除大的制度弊端，对他所同情的农民和手工业者也爱莫能助。相反，他倒为无聊的琐事和应酬耗费了不少时间、精力，并且不得不违心地在许多事情上委屈求全，一改自己狂放不羁的本性而变得来谨小慎微。尽管如此，歌德仍不免遭到宫中善于搬弄是非和钩心斗角者的攻击、暗算。再说，魏玛实在太小了，他在这里的所作所为，也无补于改变德国鄙陋的现实。当然亲身参政也扩大了歌德的人生阅历，使他这个市民青年不但对宫廷和贵族社会有了深刻认识，对民间的疾苦也多了几分了解，为他日后的创作例如特别是写《浮士德》积累了重要素材。这些收获自然也反映在创作中，例如著名的诗歌《神性》《人的局限》《水上精灵歌》《对月》，等等，就少了狂飙突进的澎湃激情，多了成年人细致深入的人生思考。

在魏玛一住十年，整天忙于政务和宫廷酬酢的歌德终于感觉累了，烦了。1786年9月3日凌晨，他事先没有通知他称作“小巢”的魏玛的任何人，便改扮成一个画家（亦说商人），化名“缪勒”，离开他正在那儿疗养的卡尔斯巴德温泉，朝着他从童年时代起就十分向往的南方古国意大利奔去。在《罗马哀歌》中诗人唱道：“在古国的土地上，我感到欢欣而又快

歌德在意大利坎帕尼亚荒原

乐”——“我青年时代的所有梦想眼下全都变成了活生生的现实”；他感觉像“每天都在脱一层皮”似的经历着“脱胎换骨的变化”，整个人“从内心深处彻底改变了”，获得了“新生”。

1788年6月，歌德回到魏玛，坚决辞去大部分官职，只担任宫廷剧院总监，兼管矿业和耶纳大学的一些事务，以便专心从事写作和科学研究。他个人生活也出现了重大转折，即与二十三岁的制花女工克里斯蒂娜·乌尔庇乌斯的邂逅、相爱与结合。歌德在魏玛还经历了一件大事，就是和当时与他齐名的德国大诗人兼剧作家弗里德里希·席勒（Friedrich Schiller，1759-1805）结下了友谊。正如歌德所说，这是一件极其“幸运的事”，不只使他的创作生命开始了狂飙突进时期以来的第二个春天，也不只让席勒的创作和思想发展得到了同样的促进，还造就了整个德国文学长达十年之久的成果辉煌的古典时期。他们在歌德领导的魏玛宫廷剧院排演自己和莎士比亚等的剧作，以验证共同追求和发展的古典主义风格。他们一道提出以审美教育来完善人性和改造社会的理想，在德国的美学发展史上占有了一席之地。通过这些努力，小小的魏玛进一步成为整个德国的文化中心，又吸引去了许多在国内外享有盛名的作家、学者和艺术家，如哲学家费希特、谢林、黑格尔，地理学家和语言学家洪堡兄弟，作家、诗人和文艺理论家让·保罗、蒂克、诺瓦利斯和施莱格尔兄弟，等等；还有俄国大诗人普希金和匈

亚利杰出的钢琴家李斯特，也曾旅居魏玛，在这个小城中留下了影响和足迹。魏玛作为德国文化圣地的影响经久不衰，甚至远远地超越德国的国界，至今仍受到整个欧洲乃至世界的景仰。

受到全世界景仰、向往的文化名城魏玛，在曾经五次前往朝圣和做研究的笔者看来，在一个数十年潜心学习研究歌德，学习研究中德文学、文化的中国学者看来，迄今为止在人们的描述、定性中都被忽略了一个重要的方面。这就是在本书第一章所阐明的大背景下，魏玛堪称一个全面受到“中国热”熏染的典型。在这样的城市和氛围中生活、创作了五十七年，歌德与中国自然就会发生方方面面的接触和关系，值得我们做具体、详细的考察和阐述。

在众星辉耀的德意志科学文化天宇中，歌德被尊为天神宙斯，如北斗一般居于领袖群伦的地位

第二节　歌德与魏玛

德国人尊歌德为“魏玛的孔夫子”，意在说明这位大诗人和大文豪思想深刻、学识广博，以及对后世产生了巨大而深远的影响；笔者袭用此代比喻性质的提法，并不意味着可以将两位先哲或者说伟大的思想家等量齐观，实则只是为了指出歌德与中国的关系的一个重要方面而已。

1886年，也就是说在歌德逝世已经半个多世纪以后，在德国莱比锡出版了著名学者比德尔曼的《歌德研究》[①]一书；在这本书中，他第一次提出了歌德与中国的关系问题来进行研究。自此，这个问题便引起人们注意，相继又出现了奥里希（U. Aurich）、常安尔（E. H. v. Tscharner）、卫礼贤（R. Wilhelm）、施泰格尔（E. Steiger）、迪特马尔（Ch. W. Dittmar）等重要研究家。

我国于1932年纪念歌德逝世一百周年前后，也发表了不少谈歌德与中国关系的文章，而集大成者，则为商务印书馆1936年发行的《中德文学研究》一书。这本书是作者陈铨在德国撰

---

① Woldmar Freiherr von Biedermann：*Goetheforschungen*，Neue Folge，Leipzig 1886。

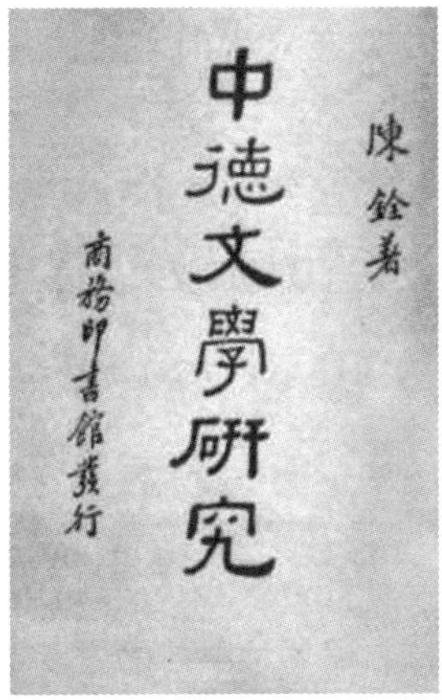

陈铨（1903–1969）

写的博士论文[1]的中译，书里的一个主要内容，就是探讨歌德受中国纯文学的影响。此后，我国发表的有关文章，在材料方面都很少能超出陈铨这本专著。近年来，各国学者又有一些新的收获，其中旅居德国的中国学者杨恩霖（Yang En-lin）和钟英彦（Erich Yin-yen Chung）的研究尤其引人注目。

这里仅据掌握的资料，扼要地探讨和论述歌德与中国的关系的几个问题。

---

① Chen Chuan：*Die chinesische sehőne Literatur im deutschen Schrifttum*，Inaugur-Dissertation，Kiel 1932。此书中译本在台湾出版时即叫《中国纯文学对德国文学的影响》。

一、歌德对中国文化的接触和了解

在前一章谈17世纪和18世纪德国和欧洲的“中国热”的文章里，介绍了歌德与中国发生关系的历史前提和社会背景。在这个大的前提下和大的背景中，便衍生出了歌德接触了解中国和中国文化的可能性、必然性和局限性。

歌德的父辈显然也受过“中国热”的影响。在美茵河畔法兰克福的诗人故居，二楼的主厅名字叫“北京厅”，厅中陈设着中国式的描金红漆家具，蓄着八字长须的彩色小瓷人，墙上挂的也是印有中国图案的蜡染壁帔。在同一层楼的音乐室里，摆着一架仿照中国家具风格制作的古老风琴，琴盖上绘有一幅典型的中国风景画：山水、杨柳、宝塔、垂钓，一派中国乡村的静谧气氛。这就是说，歌德还在孩提时代，已开始不自觉地受到中国文化的濡染。

歌德在莱比锡上大学的年代（1765–1770），严重地受过当时欧洲流行的洛可可风气的影响，这是毋庸置疑的事实。现在有学者认为，在建筑艺术、家具制造和园庭布置等方面表现出来的奇巧轻灵、华丽雕琢的洛可可风，又受汉风特别是我国的

法兰克福的歌德故居

明代生活方式和艺术格调的影响，[1]因此可以说，歌德在莱比锡时期同样不自觉地间接受到中国文化的影响。

17世纪后半期，由于莱布尼茨等大思想家的积极倡导，孔孟哲学开始在德国引起注意，到了18世纪的启蒙运动中，更得到广泛传播，备受推崇。据歌德遗留下来的一则拉丁文日记

① 参见*Neues Großes Volkslexikon*, Band 8，S. 217。以及*Das neue China* 1979年第4期第二十八页。

推断，他1771年在斯特拉斯堡学习法律时，已通过卢梭接触到了中国的哲学，可能读过诸如《大学》《中庸》《论语》《孟子》《孝经》等中国经典的拉丁文译本。①

然而，年轻时的歌德并不喜欢他周围这些“中国式”的或洛可可式的东西，对他读过的中国经典除写了一则短短的日记外也没有留下更多的印象。因为此时的德国正进入狂飙突进运动时期，整个社会风气已起了变化，而歌德深受启蒙思想家法国的卢梭和德国的莱辛等人著作的影响，以及他在莱比锡学习时过从甚密的该市艺术学院院长画家厄泽尔（A. F. Oeser）美学观点的影响，欣赏的是意大利文艺复兴式的单纯、素朴、宁静、伟大的风格，而“坚决反对涡卷形装饰和贝壳装饰以及离奇古怪的艺术趣味”②。青年歌德曾对家中“一些有涡卷形花饰的镜框加以指摘，对某些中国制的壁衣加以讥评”，结果引起了父亲的不快。③

---

① 歌德提到的就是1771年布拉格印行的《中国六经》（*Sinensis imperii libri classici sex*）。事见E.Beutler：*Goethe und die chinesische literatur*，收*Das Buch in China und das Buch über China*，Frankfurt 1928。

② 详见刘思慕译《歌德自传》上卷第三一六页，北京人民文学出版社1983年版。

③ 见刘思慕译《歌德自传》上卷第三六四页。

1775年，因写了《少年维特的烦恼》而名声大噪的歌德应邀到魏玛，做了卡尔·奥古斯特公爵的朋友、导师和臣僚。这不仅对诗人歌德一生的发展有重要意义，对他与中国的关系亦然。因为魏玛虽小，却有着浓厚的文艺气氛，而且和德国的所有小邦宫廷一样，也是亦步亦趋地学习法国，受以倾慕中国文化著称的法王路易十四影响很深，在赶中国时髦这点上同样不甘落后。例如，“富于中国智慧的”小说《金镜》的作者维兰德就被请去当了太傅，还有以写道德小品《中国的风化导师》闻名的泽肯多夫也是魏玛宫中的常客。在这样的环境中，歌德接触和了解中国文化的机会增多了，看法也随之发生了转变。

1736年出版的法国耶稣会士杜哈德编纂的《中国详志》，在魏玛公爵的宫廷中颇为流行。歌德在1781年肯定已读过此书，证据是他在同年1月10日的日记里写上了“呵，文王！”这样一句话；文王在《中国详志》里一再被提及，这句话则表露了作为魏玛宰相的歌德对于“以德化民”的“理想君主”的“羡慕惊叹”。[1]《中国详志》是一本介绍“中华帝国”的地理、历史、政治以及科技文化等的百科全书式的巨著，其中还

---

① 中外学者一般都持此说，唯德博（G. Debon）另有看法，认为歌德可能是从《中庸》的译本中知道了文王。详见G. Debon：*O Ouen Ouang*！打字稿。

德语版《中国详志》扉页（1747），
现藏魏玛安娜·阿玛莉亚图书馆

收有元曲《赵氏孤儿》和包括《吕大郎还金完骨肉》等四篇出自《今古奇观》的短篇小说，以及十几首译得“一塌糊涂”的《诗经》里的诗。同年8月11日，歌德动笔将《赵氏孤儿》的故事改编成悲剧《哀兰伯诺》。这个悲剧几经修改，时辍时作，一直到1806年还是未能完成，颇令歌德感到遗憾。[①]

1871年8月28日，为了庆祝歌德三十二岁的生日，魏玛宫廷中的人们用迈宁根公爵格奥尔格从巴黎带回来的中国皮影，演

① 参见*Goethe Werke*，Hamburger Ausgabe Band 5，S. 648–651。

了一出名为《米涅华的诞生、生平和业绩》的中国风格的戏。为此戏作曲的，就是上面提到过的泽肯多夫。为什么单单演中国皮影？当然是为了投合歌德在内的人们的喜好。

同样，在魏玛生活一段时间以后，歌德对他曾经讽刺过的“中国庭园”也喜欢起来了，1776年搬进伊尔姆河畔的别墅时也在园子里建了一所中国式的用树皮盖的小屋，作为他体验安静与孤寂的“隐居处”。还有歌德参与设计的魏玛公园，处处表现出崇尚自然之美的中国造园艺术的影响，整体布局自然天成，没有遵循流行欧洲的巴洛克花园的对称与整齐划一原则，

安娜·阿玛莉亚图书馆著名的洛可可厅

离歌德园林别墅不远处现仍存在的圆形树皮小庐

树木花草都任其自由生长，绝少矫揉造作、生硬死板的几何图案造型，倒有了一些小桥流水、怪岩幽洞、曲径通幽的中国意趣。

老公爵夫人热衷于中国事物，除了歌德别居所在的魏玛公园，老公爵夫人避暑的美景宫（Schloss Belvedere）和过冬的魏图姆斯宫（Wittumspalais）以及爵府博物馆，也可以见证中国热在小小的魏玛公国热度之高。

又如，在歌德的私人收藏品中，有一把精致的中国纸伞、一个装着火绒的小漆盒、一个面带微笑的坐着的小石人儿和两枚乾隆通宝，等等。他于1786–1788年间游览意大利，对在那不勒斯等地的博物馆中见到的中国工艺品大加称赞。

1796年1月，歌德与席勒在通信中曾讨论一本中国小说，这就是最早翻译成德文的中国长篇小说《好逑传》，但估计歌德当时尚未读完，[①]也不十分重视。

1797年12月6日至次年11月10日，歌德曾从魏玛公爵图书馆长期借阅一本叫作《外国，特别是中国的历史、艺术和风俗新鉴》[②]的书，并从中抄了一段《一位中国学者和一名耶稣会士的对话》，送给席勒。歌德觉得这段对话“有意思极了”，使他“对于中国人的睿智获得了很好的认识”。所谓中国学者乃是一名僧人，与他对话的即16世纪来华的著名耶稣会传教士利玛窦。

1813年至1819年，歌德对于中国的兴趣剧增，大量借阅中国书籍的译本及有关中国的游记和外交人员的报告。仅据他在魏玛公爵图书馆一处借书的登记进行统计，[③]歌德在此期间涉猎的有关中国的图书不下四十四种，内容包括历史、地理、文

---

① 见陈铨《中德文学研究》第十六页。

② *Neupolierter Geschichts*，*Kunstund Sittenspiegel auslandischer Völker für nehmlich der Sinesen*，Nürnnberg1670。此书作者为Erasmus Francisci。

③ 歌德还曾在耶纳大学图书馆和耶纳皇宫图书馆借过同类的书，可惜具体情形已无资料可考，只有在魏玛的借书登记保存了下来，由艾丽舍·冯·柯伊德尔整理出版了《歌德借书目录》。

学、哲学，其中有的书如《马可·波罗游记》还一借再借。

1817年9月4日，歌德读了元杂剧《散家财天赐老生儿》，同年10月9日写信给友人克纳伯尔说："我们一谈到远东，就不能不联想到最近新介绍来的中国戏剧。这里描写一位断了香火不久就要死去的老人的感情，最深刻动人。"①

1818年，歌德在汉学家克拉普罗特（Heinrich Julius von Klapproth，1783–1835）指导下学习过一段时间中国书法，并向图书馆借来中文手稿和印刷字板（Druckstock）进行观摩。后来，他还在魏玛宫中当众表演过写汉字。不少学者认为，他的《中德四季晨昏杂咏》第一首最后一句的Zug in Zügen，就反映了歌德练习中国书法的感受；Zug即笔画（Schriftzug），Zug in Zügen（笔画套笔画）则道出了汉字结构的复杂错综。②

1827年，歌德与中国文学发生了多方面的关系。1月，他再次阅读《好逑传》，这次不仅仔仔细细读完了，而且在31日与艾克曼的谈话中对中国文学的特点做了认真的分析，指

---

① 参见《中德文学研究》第八十二页以及*Goethe Werke*，Hamburger Ausgabe Band 12，S.302。

② Günther Debon：*Goethes Chinesisch-Deutsche Jahresund Tageszeiten in sinologischer Sicht*，in：*Euphorion*，Band 76/1982，S.32。

出“诗是人类的共同财富”，预言“世界文学的时代已快到来”。2月初，歌德接连花了好几天时间研究和阅读中国诗体小说《花笺记》，并将附在后面的英译《百美新咏》中的《薛瑶英》和《梅妃》等四首诗转译成德文，当年就发表在他自己出版的《艺术与古代》杂志第六卷上。在为这几首诗写的未刊登的引言里，歌德称《花笺记》为“一部伟大的诗篇”[①]。5月，歌德又读了中国另一部小说《玉娇梨》的法译本，并在书上写了很多评注。就是在《花笺记》和《玉娇梨》的启发下，歌德在同年5月和8月，创作成功了他著名的组诗《中德四季晨昏杂

《百美新咏图传》中的薛瑶英、梅妃

① 见陈铨《中德文学研究》第三十页。

咏》。8月，歌德还读了法国人戴维斯（M. M. Davis）选译的《中国短篇小说集》；这个集子计收《今古奇观》里的小说十篇，其中四篇原已包括在《中国详志》内。

以上所述，就是百年来各国学者锲而不舍，发微索隐，精心研究考证出来的歌德与中国和中国文化直接接触的事实。依据这些事实，我们便可以进一步研究他对中国的了解、认识以及受中国文化的影响等问题，并引出实事求是的结论。

二、歌德心目中的中国形象

从以上事实中我们首先可以看到，歌德与中国的关系并不限于一时一事，而是久远和多方面的。由于时代风气所致，他青少年时代就不知不觉地在客观上受过中国文化的熏染，虽然主观上并不欣赏；随着年龄和阅历的增加，他对中国和中国文化慢慢地注意和重视起来，研究的兴趣也越加浓厚。其中有两个年代又特别引起笔者注意，那就是1813年和1827年。

在欧洲历史上，1813年乃是一个重要的转折点：拿破仑·波拿巴在莱比锡大会战中的失败，带来了封建复辟的黑暗时期。歌德是拿破仑的崇拜者，作为资产阶级的诗人和思想家，不管表面行事上如何力求与周围的封建势力相安无事，适应妥协，他在骨子里对于封建制度仍是十分痛恨的。对于战前欧洲大陆上出现的社会动乱和战后紧接着到来的历史倒退，歌德感到厌倦了，失望了，他在《西东合集》首篇题名为“Hegire”（阿拉伯语，意即：逃亡）的诗中写道：

北方、西方和南方分崩离析
宝座破碎，王国战栗，
逃走吧，逃向纯洁的东方，
去呼吸宗法社会的清新空气，
……

也就在1813年的11月10日，歌德给他在魏玛的友人克内贝尔（C. V. Knebel）写了一封信，把他的上述心情表达得更清楚：“最近一段时间，与其说是真想干点什么，不如说是为了散散心，我着实做了不少事情，特别是努力地读完了能找到的与中国有关的所有书籍。我差不多是把这个重要的国家保留了下来，搁在了一边，以便在危难之际——像眼下正是这样——能逃到它那里去。即便仅仅在思想上能处于一个全新的环境中，也是大有益处的。”

1813年以前，歌德与中国文化的接触一般是无意识的或带有偶然性的，对中国的事物并未表现出特殊的兴趣和赞赏：他

1770年到斯特拉斯堡后很快就厌弃了受汉风影响的洛可可文艺；完成到意大利的旅行后还写过一首题为《罗马的中国人》的短诗，[①]对他认为是“病态的”汉风进行讽刺；除上述的一则拉丁文日记外，歌德在其他地方从未提到过自己读过孔孟的著作；他虽于1781年动手按《赵氏孤儿》改写《哀兰伯诺》，但终于未能完成；他1797年第一次读《好逑传》，但却读不下去，更未作肯定的评论。然而，1813年以后的情形便大不一样了：他不仅大量和长期地借阅有关中国的书籍，而且翻译中国的诗歌，对于所接触到的中国的一切都赞颂备至。

在歌德个人的思想发展中，由于时代历史的原因曾于1813年前后出现一个转折，这是早有定论的；上述歌德对于中国的态度的明显变化，是否也可作为这一转折的佐证呢？看来可以。也就是说，歌德对于中国的态度的转变，与其自身的思想发展有着密切的关系：后者乃是前者的前提。

再说1827年。我们知道，1827年是歌德一生创作中最后一个兴旺时期的开端；在这最后六年中，他完成了《威廉·迈斯特》第二部和《浮士德》第二部。就是在1827年5月18日，差不多在创作《中德四季晨昏杂咏》的同时，歌德重新着手完成自己中断了

---

① 此诗作于1796年，本意主要在回击让·保罗（Jan Paul）对他的《罗马哀歌》的指摘。

的“主要事业”——写作《浮士德》。[①]此其一。

如上所述，1827年是歌德接触中国文学作品最多的一年，不但一本一本地认真阅读，而且精心研究，且看他1月底至2月初的部分日记：[②]

1月31日。艾克曼博士。关于中国诗的性质。

2月2日。研究中国诗。

2月3日。《花笺记》。晚上自修，继续读《花笺记》。

2月4日。晚上，《中国的诗》。

2月5日。同约翰谈《中国女诗人》。夜里继续研读中国文学。

2月6日。抄写《中国女诗人》。

2月11日。晚上向艾克曼博士朗诵中国诗。

这些日记的内容虽然简单，却也足以说明歌德对《好逑传》等中国文学作品绝不是抱着猎奇或欣赏的态度，随便浏览

---

① 参见*Chronik von Goethes Leben*，Insel-verlag Leibzig，S.78。

② 转引自：《中德文学研究》第一三一页，以及G. Debon：*Goethes Chinesisoh-Deutsehe Jghres-und Tages Zeiten in sinologischer Sicht*，in：*Euphorion*，S.29。

浏览，而是专心致志，有他的目的。这目的就是学习和吸收别国文学的可取之处，因为“好的东西只要有用，就必须借鉴”[①]。此其二。

现在我们所要考虑的问题就是，在大量认真研读中国文学作品与重新开始完成自己的“主要事业”这两件看来并非偶然碰在一起的事情之间，是否存在着某些联系呢？应该说是有的。歌德要么是有意识地向中国文学作品学习，吸取其可取之处，以便更好地完成他的“主要事业”（歌德是在前一年的2月11日的日记里第一次使用这个词来称呼自己的《浮士德》创作）；要么是无意识地从中国文学中获得了启示或者说灵感。无论怎么讲吧，在歌德最后几年的创作中，是会有中国的影响存在的；至于具体是怎样影响的，后文将进行专门的探讨。

从歌德接触中国和中国文化的具体事实中，我们还可以看出他对中国的了解，比之当时欧洲的一般人乃至一般学者都要多得多。1827年1月31日他与艾克曼之间有关《好逑传》的那一场对话，足以证明这点。他告诉艾克曼，中国的小说并“不像你想象的那么怪”，“人们的思想、行为和情感几乎跟我们一个样，我们很快会觉得自己跟他们是同类”。艾克曼问，《好

① 《歌德谈话录》，杨武能译，四川文艺出版社2008年版第一三四页。

《歌德谈话录》的作者J. P. 艾克曼（1792–1854）

逑传》“也许是他们最杰出的小说之一吧？”“才不哩，”歌德回答，“他们有成千上万这样的小说，而且早在我们的祖先还生活在莽莽森林里，就已经有了”[①]。

过去，我们在分析这两段话时常得出匆忙的结论：歌德仅仅读到《好逑传》一类的少数二三流作品而能有如此正确的见解，足见他是一位伟大的天才。笔者现在固然也不否认歌德有其超过常人的洞察力，但他关于中国文化和历史的正确见解，却应该讲主要是认真阅读有关中国的书籍和中国文学作品的结

① 《歌德谈话录》，第一三三页。

马可·波罗（1254-1324）
（身着鞑靼服饰）

德文版《马可·波罗游记》

果，其中包括像《中国详志》和《马可·波罗游记》之类富于知识性的书。

但是，歌德对于中国的了解和认识尽管比欧洲当时一般的人要多得多，要深刻得多，本身却并不十分正确和全面。因为，对于中国这样一个远在东方的历史悠久、幅员辽阔的伟大国家，对于中国丰富多彩而又完全属于另一个体系的思想文化，是不可能通过一些书本上的知识所能很好理解的，更何况这些书本身就可能给人以片面的甚或虚假的知识和信息。问题在于，歌德所接触到的究竟是怎样一些性质的书。

歌德接触到的第一类有关中国的书，是外国人写的介绍中国的游记和报道，如《马可·波罗游记》和《中国详志》等。这类书固然包含着关于中国历史、文化、风土人情各方面丰富的知识，但作者大多为来华的旅行家、传教士或者外交官，观察问题的方法和角度多半有偏差。通过这种第二手的资料，歌德势难看到一个真实的中国。

对于歌德之认识中国和中国的思想文化来说，更重要的是第二类书，即中国本身的哲学和文学著作。然而受着文化交流水平以及欧洲本身在启蒙运动时期的思想倾向的局限，歌德所接触到的这一类书也只反映了中国思想文化的一个侧面，即孔孟的儒家思想。《大学》《中庸》《论语》《孟子》这些儒家经典自不必论，我们只需再简单分析一下他所读过并大加赞赏的文学作品。

最先为歌德读到并赞赏的为元人纪君祥所撰杂剧《赵氏孤儿》。故事梗概是奸臣屠岸贾处心积虑要杀害忠臣赵盾一家，进而弑君篡位。为救赵家的最后一个婴儿，屠岸贾的家将韩厥自刎身亡；赵家的义仆程婴不但牺牲了自己的亲生儿子，而且忍辱负重，抚养赵孤；程婴的好友公孙杵臼则代替程婴让屠岸贾杀死。赵孤长大成人后报仇除奸，屠岸贾一家被满门抄斩。这个剧本十分突出和动人地表现了一个“义”字。

第二部受到歌德称赞的也是一部元代杂剧，即武汉臣所著《散家财天赐老生儿》。写的是财主刘从善年老无子，为了不绝香火，先是向穷人散钱，以求上天给以子嗣；待到侍妾小梅为他生了儿子后，又将财产分为三份，女儿、侄儿和自己的儿子各得一份，以息财产继承权利之争，所谓“疏财留子”。孔孟之道有所谓“不孝有三，无后为大”，剧本《老生儿》所极力宣扬的就是一个“孝”字。

再有就是最受歌德赞赏的《好逑传》《花笺记》和《玉娇梨》等几部明清时代的小说。正如陈铨所说，这几部书虽然都在所谓“十才子书”之内，实则价值不大，唯有《好逑传》在结构和男女主人公个性的塑造上有某些特点。[①]它讲的是官家公子铁中玉与官家小姐水冰心在患难中相互救助，彼此产生了爱慕之情，但尽管如此，两人同居一室却“五夜无欺”；后来双方父母做主让他们结合，他们始而不从，后来不得已才“名结丝罗以行权，而实虚为合卺以守正”，以避“先奸后娶”之嫌。他们婚后果然微言四起，结果由皇帝皇后出面令宫人对水冰心进行检查，证明她确系贞身。这样，铁水二人才既成就了好事，又保全了名节。这样一部小说，可算把“男女授受不

---

① 《中德文学研究》第十九页。

亲”的孔孟礼教渲染发挥到了极致，难怪其作者自命为“名教中人”了。《玉娇梨》和《花笺记》在情节与艺术风格方面虽有别于《好逑传》，但同为才子佳人小说，思想倾向也没有差异，这里就不再赘述了。

总之，歌德所读过的中国文学作品，包括这里未一一作具体分析的《吕大郎还金完骨肉》等十篇《今古奇观》小说，在思想倾向上统统都超不出孔孟之道的“礼”“义”“仁”“孝”这样一些范畴。也就是说，不管在文学中还是在哲学中，歌德所看到的都只是一个儒家思想所统治的中国，孔夫子的中国。[①]

然而，在中国的历史上尽管长期以儒家思想居于统治地位，中国在事实上却绝非仅仅是孔夫子的中国，与孔子同时的老子的道教思想以及汉代以后传入的佛家思想，在中国特别是民间的影响同样是非常大的。中国人的思想和生活方式在不同时代和不同阶层中呈现出不同形态，而反映现实生活的文学作品也就各式各样。我们在上述宣扬孔孟之道的《好逑传》等作品之外，还有许多更加有价值的非孔孟之道和反孔孟之道的戏剧、小说和诗歌，只可惜歌德未能接触到罢了。

---

① 德国著名汉学家鲍吾刚（Wolfgang Bauer）认为，歌德平生中只有一次接触中国佛道思想的机会，即在读前述《一位中国学者和一名耶稣会士的对话》的时候。

由于这种接触和了解的片面性，歌德对于中国的认识就很难正确和全面。且看他所描绘的中国的形象：

在他们那里一切都更加明朗，更加纯净，更加符合道德。在他们那里一切都富于理智，都中正平和，没有强烈的情欲和激扬澎湃的诗兴……在他们那里，外在的自然界总是与书中人物共同生活在一起。人们总是听见池子里的金鱼在泼喇喇地跳跃，枝头的小鸟儿在一个劲儿地鸣啭，白天总是那么阳光明媚，夜晚总是那么清朗宁静；写月亮的时候很多，可自然景物并不因其改变，朗朗月华在他们的想象中明如白昼。还有房屋内部也精致，宜人得一如他们的绘画。例如，“我听见可爱的姑娘们的笑声，随即看见她们坐在纤巧的藤椅里。”这情景立刻让人觉得美不胜收，因为藤椅必然使你联想到极为轻巧，极为纤细。而且故事里随时穿插着无数典故，援用起来恰似一些个格言。例如讲到一位姑娘的双脚是如此轻盈、纤小，她就是站在花上，花也不会折掉。又讲一个青年男子，德行和才学都很出众，所以三十岁时便获得了和皇帝谈话的恩宠。还讲到一对情侣，双方长期交往却洁身自好，一次不得已在同一间房里过夜，仍旧只是以交谈

打发时光，谁也不曾碰一碰谁。类似的无数典故，全都着眼于伦常与德行……[①]

这样一幅图画看起来似乎很美和很明朗，但却并没有反映出现实的中国；它只存在于孔孟的说教中，存在于“名教中人”之类的孔孟之徒杜撰的才子佳人小说里。如果歌德有机会读到《金瓶梅》《红楼梦》或者《牡丹亭》，他就绝不会再说什么中国一切都“更合乎道德”，“没有强烈的情欲”；如果他读过《西游记》或《聊斋志异》，他就再不会认为中国总是鸟语花香、“阳光灿烂”“月白风清”；如果他知道在所谓“道德和礼仪”的祭坛前，牺牲了多少像林黛玉和贾宝玉似的青年男女，他就绝不至于再欣赏中国姑娘轻盈的金莲，以及《好逑传》中铁中玉和水冰心之间那种“贞洁自持”。歌德对中国的认识是错误的，而由此所得出的结论更加成问题。他说：“正是这凡事都严格节制，使中华帝国得以历数千年而不衰，而且还会这样继续维持下去。”[②]我们说，靠着“这种在一切方面保持严格的节制”，靠着孔孟的“礼仪和道德”，得以维持几千年之久的不是中国本身，而是中国长期的封建制度。

① 引自《歌德谈话录》第一三三页。

② 引自《歌德谈话录》第一三三页。

相反，历史已经证明，中国要想长存，要想发展，就必须破除那样的“礼仪和道德”，顺应历史潮流，奋发进取，不断实行变革。

写到这里，有必要说明，笔者决无意于苛责生活在一百多年前的德国大诗人歌德，而是试图客观地指出歌德对于中国的了解和认识并不全面和正确这一事实；而促使笔者这样做的，是我们应该认识到，在引述歌德有关中国的言论特别是那些赞扬之词时，也不能不加以分析，而不能一味地加以肯定，甚而至于忘乎其行，沾沾自喜。

歌德对于中国的片面认识，固然主要是因为他受时代和环境的局限，无法全面地了解中国的政治、历史和文化思想所致，但是以他这样一位欧洲资产阶级革命时代的大思想家，却赞赏维系中国封建制度的孔孟思想体系的“礼仪”“道德”“节制”等，又不能不说与他本人晚年政治思想保守的一面有关。他在前文引过的，“Hegire”一词中自我表白，他是厌恶身边充满矛盾、斗争和动乱的现实，才“逃向纯洁的东方”，为的是“呼吸宗法社会的清新空气”；他在晚年常常讲什么“断念”（Enfsagung），什么“放弃”（Resignation），这与孔孟之道的“中庸”和“节制”的意义是颇为相近的。在《好逑传》《花笺记》和《玉娇梨》等小说中，歌德看见了如他所描绘的那么一幅明朗、和谐、合乎道德的社会图画，在那儿没有他厌恶的矛盾、斗争和动乱（有矛盾也总会得到圆满的解决），只有阳光灿烂、花香鸟语、月白风清，与他想象中的“纯洁的东方”完全一样，因此加以赞赏。然而这样一幅社会图画，这样一个“纯洁的东方”，在现实中并不存在，只存在于孔子和歌德自己的理想中。

三、中国文化对歌德的影响

在德国，歌德干脆被人称为“魏玛的孔夫子”[①]；在中国，从郭沫若开始，不断有人将歌德与孔子相提并论。[②]如果以歌德与孔子一样同为对后世产生了深远影响的一代大思想家，而且歌德在晚年与孔子的思想还产生了许多共鸣而言，那样称呼和那样对比又未尝不可。再者，两位大哲人在思想上的共鸣或一致之处，也不仅仅限于“节制”和“中庸”这些消极的方面；他们都主张有为哲学，对现世人生极端地肯定，信奉人道，不信鬼神。

---

① 见Hans Ewers：*Goethe—der Konfuzius von Weimar*，in：*Das Neue China* Nr. 4/79，S. 28。

② 郭沫若将歌德与孔子相提并论见《三叶集》第十二至十五页；此外张君劢、唐君毅等也以《歌德与孔子》为题写过专论。

子曰："未知生，焉知死？"（《论语·先进》）。歌德也说："不要老是憧憬遥远的未来，于此时此地发挥你的大才。"[①]

子曰："未能事人，焉能事鬼？"（《论语·先进》）而作为歌德化身的浮士德，他也在为广大民众谋福利中，在事人中找到了人生的真谛，反过来魔鬼靡非斯托则只能供他役使而已。

在《浮士德》第二部和《威廉·迈斯特》第二部结尾时所表现的乌托邦理想，与孔子以"仁"为核心的大同主义理想，不是也有某些类似之处吗？

还有一件事在德国的学者中间引起了很大的兴趣和注意，那就是歌德在《威廉·迈斯特的漫游时代》中关于所谓"教育省"的描写。在这个教育省里，对青少年实行一种"三敬畏"（dreifache Erfurcht）的教育，即一敬畏在自己之上者天，而天的化身和体现者就是父母、老师和首长；二敬畏在自己之下的地；三敬畏在自己周围的同类，也就是说在对人处世时不能只顾自己，而要大公无私。[②]在这个教育省里，一切都井然有序，例如不同教育程度的学子所穿衣服的式样和颜色也不同，向人

① 此系《中德四季晨昏杂咏》最后一首诗中结尾的两句。

② 见德文《歌德选集》汉堡版第八卷，第一五五与一四九页。

行礼的姿势动作也不同。[①]在这个教育省里，学童们在从事集体活动时总是唱着歌，每种活动都有特定的歌曲相配合，从而变得既愉快又协调。在这个教育省里，重视从实践中学习，每个学童都得学习一种有用的本领，或耕耘，或畜牧，或行医，或演奏乐器，或雕刻绘画……读到这样的描写，一般德国人多半会惊叹于歌德奇异而丰富的想象力，可我们却极自然地要想到我们的“大成至圣先师”。那“三敬畏”的头两敬畏的对象，加在一起不正好是写在“至圣先师”神位前那块小牌子上的“天、地、君、亲、师”五个字么，在歌德那里只不过是把次序稍微颠倒了一下而已。那第三敬畏的要求则差不多相当于“仁”。那秩序井然、充满歌声的教育区，也与重视礼仪、处处弦歌的山东曲阜的情形，不无某些类似。尽管歌德与孔子所要求学生掌握的“艺”或“术”在种类的多少和性质方面不一样，但在强调实践和“因材施教”这点上却又一致。生活在相隔两千多年的不同时代的孔子与歌德之间，教育思想竟会出现这样的巧合！？

儒家重理性、重实践、讲恕道、讲仁爱的教育主张和以孝悌为核心的伦理思想，如前所述，在德国是深得莱布尼茨和

① 见德文《歌德选集》汉堡版第八卷，第一五五与一四九页。

沃尔夫等启蒙思想家赞赏的。到了歌德这一代人，中间尽管经过了狂飙突进时期的曲折，孔子在人们心目中的大哲人和大教育家的地位仍然没有动摇。1724年，法兰克福出版了比尔芬格（Bilfinger）编辑的拉丁语《孔子格言》（*Specimen doctrinae veterum Sinarum moralis et politicae*）；1794年，舒尔策（Ch. Schultze）又出版了德文的《孔子格言与警句》（*Aphorismen oder Sentenzen Konfuzius*），“子曰”可谓进一步普及到了民间。与歌德同时代而且关系极为密切的一些作家如维兰德、赫

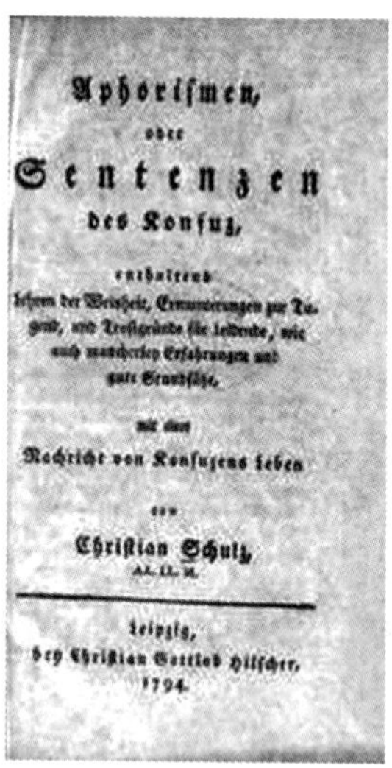

《孔子格言》

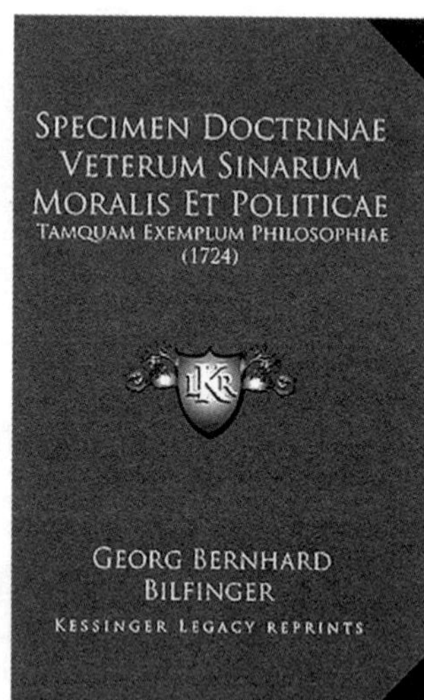

《孔子格言与警句》

尔德和席勒，都在一定程度上受过歌德的影响或启迪：维兰德写过《金镜》等富于中国哲理的小说；赫尔德晚年亲手从拉丁文转译了《中庸》的前十五节，收在他编辑的刊物《报应女神》（*Adrastea*）中，并且还出版了一本反映孔子嘉言懿行的故事集《日常的楷模》（*Exempel der Tage*）；席勒则在1795年和1799年，相继创作了两首名为《孔夫子的箴言》的诗。而歌德年轻时在斯特拉斯堡读过《大学》《中庸》《论语》《孟子》《孝经》和《三字经》后，虽然还不欣赏，却在日记上写下了“年长者的学校，不变的持中，年幼者的学校，智慧之书”这样一些字句，说明对儒家的教育主张至少还是留下了比较鲜明的印象。所谓“年幼者的学校”，看来是指《孝经》而言。至于老年歌德，便明白无误地对孔子倡导的孝道极为赞赏，称元杂剧《老生儿》最深刻动人。

鉴于上述情况，我认为歌德非常可能直接受到了孔子教育思想的启发或影响；他那《威廉·迈斯特的漫游时代》中的“教育省”，也就是一所歌德理想中的“年幼者的学校”。

早在20世纪30年代初，著名德国汉学家卫礼贤已指出“中国道德底出发点和他（歌德）的人类教育底出发点的相同”，并且把歌德在《威廉·迈斯特》中的话和《孝经》具体对照，

卫礼贤（1873–1930）

认为它们十分相似；只是说“至若他有没有见过《孝经》，则吾人现尚不能断定”。[①]

也在《威廉·迈斯特的漫游时代》中，嵌有一个题名《五十岁的男人》的中篇小说。它第一稿发表在1821年，在1827年定稿出版时，内容尤其是结尾都作了明显的修改。这一改变，特别是小说女主人公希拉莉坚决拒绝与自己所爱而又是她的母亲要她嫁的青年结为夫妻，照比德尔曼·奥里希和常安尔等研究家的看法，显系受了歌德所十分喜爱的《好逑传》的影响。而事实上，歌德在修订《五十岁的男人》期间，的确脑子里是装着《好逑传》的。[②]不过，也有研究家如迪特马尔反对这一推断。她反对的主要理由是，希拉莉和水冰心虽同为拒婚，但动机却完全不一样，水冰心是避“先奸后娶”之嫌，是出于对世俗礼教规范的顾忌；希

---

① 见卫礼贤《歌德与中国文化》，收宗白华编《歌德研究》，中华书局1936年版第二八三页。

② 见Ch .Wagner-Dittmar：*Goethe und die deutsche Literatur*。

拉莉则由于自己的感情还不适应小说结尾时情况出现的转折。也就是说，前者是外因，后者是内因。

已经有了定论，被认为是在中国文学影响下产生的作品有两种，即悲剧《哀兰伯诺》和组诗《中德四季晨昏杂咏》。

《哀兰伯诺》只写成了两幕。1828年歌德在与友人奥古斯特·马尔迪茨谈话时说："我也对这个片断怀有偏爱；如果我愿意赠给德国人一出好戏，我就应该在这条路上继续走下去。可叹的是一个人能开始的事如此多，能完成的事如此少！"[①]

《哀兰伯诺》在主要剧情方面显示出受了《赵氏孤儿》的影响。主人公哀兰伯诺相当于赵孤，他在还是婴孩时父亲被妄图篡权的李库斯暗害，自己后来却被杀父的仇人错当作亲子抚养成人。从哀兰伯诺在不知情的情况下立下的誓言看，这个剧如继续往下写，他也有可能像赵孤一样报杀父之仇。

《哀兰伯诺》与《赵氏孤儿》在情节上的近似，最早为W. F. 比德尔曼所指出。现在又有人认为，它的某些个细节，如亲子离散多年后相逢虽不认识却自然产生感情共鸣以及凭身上的痣瘢或伤疤认出丢失的孩子等，又和《今古奇观》的小说《吕大郎还金完骨肉》大同小异。这篇小说的德文译名为《喜儿》

---

① 见德文《歌德选集》汉堡版第五卷第六五一页。

（“Hi Oehr”），也收在《中国详志》中，可能与《赵氏孤儿》一起同时为歌德所读到。[①]

不过，《哀兰伯诺》在形式、格调和艺术处理上却与中国戏剧没有任何共同之点，而是以古希腊悲剧为楷模，其主要人物的姓名和身份等都是从古希腊悲剧作家欧里庇德斯一出散佚了的悲剧的残篇中借用来的。

与《哀兰伯诺》相比，组诗《中德四季晨昏杂咏》的中国因素就要多得多，情况也更复杂，所以百余年来吸引了无数的研究者。在德、美等国，人们已将这十四首诗进行了逐首逐段甚至是逐字逐句的分析，以找出中国对这组诗的影响。如前所述，《中德四季晨昏杂咏》的主要部分，都是1827年5月，歌德在读《花笺记》和《玉娇梨》这两部小说以及《百美新咏图传》中的一些诗歌的同时或稍后写成的；从组诗的题目本身以及诗的内容都可明显看出，他是把自己阅读所得的印象和感受，与自己当时的所见、所闻、所思、所感融合在一起，借景抒情，托物咏志。应该讲，诗中的中国因素和德国因素是不容易截然分开的。

总之，歌德一生与中国发生过多方面的接触，但由于时代

① 见：*Das Neue China*，Nr . 4/79，S. 30。

《百美新咏图传》

和本人思想的限制，他对中国的认识不可能是全面的，晚年思想与我国儒家哲学产生了许多共鸣，创作也有不少受中国文学影响的表现。

此外，还必须指出，由于歌德在德国民族文化思想形成和发展中的崇高地位，中国文化通过对他的影响，也进而影响了整个德国。我国的哲学特别是孔孟哲学，如果说是由于莱布尼茨的提倡而得以在德国流传的话，那么，中国的文学则在很大程度上是由于歌德的重视和赞赏，因而才开始为德国乃至欧洲所刮目相看的。在歌德以前，有人甚至怀疑平庸如《玉娇梨》

这样一部小说乃是法译者锐慕萨假托中国人的名义所著，说什么“一个像中国那样受人鄙弃的民族，不可能产生这样的杰作”[1]。在歌德之后，德国人对中国文学的兴趣和重视普遍增加，不但大量翻译中国的小说、戏剧、诗歌，还对中国的戏剧进行改编和仿作，整个汉学的研究也得到了发展。

---

① 参见《中德文学研究》第二十七页。

第三章
歌德和他的著名组诗《中德四季晨昏杂咏》

有人认为它是歌德晚年抒情诗创作的重要成果，有人视它为那部只写到阿拉伯的“西方作者的东方诗集”——《西东合集》的补充，有人称它为歌德在写完《威廉·迈斯特》第二部之后与开始《浮士德》第二部之前的一个“调剂和喘息”……诸如此类的看法，都并非没有道理。然而，组诗《中德四季晨昏杂咏》之所以为人瞩目和引起世界各国研究者的巨大兴趣，主要还因为它是歌德多年来孜孜不倦地学习中国文化的结晶，反映出了中国文学给予歌德的启迪和影响，反映出了歌德对于中国精神的理解、共鸣和接受。

以德国的歌德研究家W. F. 比德尔曼开其端，一百多年来，已有不知多少学者对组诗进行了详尽而细致的分析和研究，试图寻找出其中的中国因素。这种做法，对于西方人来说实为必要，对于我们中国的读者却显得多余；因为，只要认真地读一读组诗的译文，我们每个人都会有切身的感受，都能在稍加思考之后做出自己的判断。归纳起来，这感受和判断大致就是“似曾相识”。也就是说，《中德四季晨昏杂咏》的中国味道是相当浓的。这里只交代一下组诗产生的时间、环境和重要契机，可能会有利于读者更好地理解和欣赏。

一、《中德四季晨昏杂咏》诞生始末

组诗包含长短抒情诗和格言诗十四首，大部分都写成于1827年的5月和6月间。当时歌德已届七十八岁的高龄。他在终于完成了长篇巨著《威廉·迈斯特》第二部的艰辛创作之后，丢开在魏玛城中的琐屑事务，于5月12日来到他坐落在伊尔姆河畔的花园别墅中小憩。时值春光明媚，远离尘嚣的园子里一派蓬勃生机，诗人不禁心旷神怡，流连忘返，便在那里住了下来，一直到二十多天后的6月8日才回魏玛。[①]晨昏月夕，花鸟草

① 歌德在5月24日写给他朋友泽尔特的信中说：“告诉你，亲爱的朋友，我礼拜六，5月12日完全是身不由己地来到了我下边的花园里，唯一的想法就是在这儿散散心。谁知此地春光美丽无比，我感到惬意极了，不想留也就留了下来，直到今天耶稣升天节还待在这儿。近些日子我一直在写作。我希望其他人也和我一样生活愉快。”转引自Erich Chung：*Chinesisches Gedankengut in Goethes Werk*，S.212。

木，美好大自然的神奇变化激起了歌德的遐想，引发了他的诗思。或即景生情，或托物言志，或借景抒怀，一首一首情真意切的诗歌便从老诗人的心中涌泉般地流了出来。

组诗产生的时间和环境两个方面，更加重要的是时间。因为1827年，如前所述对歌德与中国的关系而言至关重要。在这一年，他重读了《好逑传》，并在与艾克曼的谈话中对中国文学发表了很好的见解；[①]他新读了《玉娇梨》和《花笺记》这两部明代小说以及附在《花笺记》后边的《百美新咏》的一些诗，他不仅读，而且将其中的四首诗译成了德文。值得注意的是，这一切都发生在歌德写《中德四季晨昏杂咏》之前的两三个月内。《玉娇梨》《花笺记》的男女主人公在庭园中的花前月下邂逅相爱，以及白大人、吴翰林、苏御史等"日日陶情诗酒"的场面和情景，于他都还历历在目；《梅妃》《开元宫人》等七绝五律，以及诗体小说《花笺记》和另外两本小说中大量序诗、引诗的韵律和音调，都还回响在他耳畔。因此，歌德在开始写组诗时，可以说是刻意在模仿中国诗歌的格调，以表现中国的精神和情趣。正因此，组诗的题名一直都干脆叫《中国的四季》（*Die chinesischen Jahreszeiten*）；直到后来经

① 参见《歌德谈话录》第一三三页，朱光潜译。

过修改补充，在1830年正式发表时，才更名为《中德四季晨昏杂咏》（*Die Chinesisch-Deutschen Jahresund Tageszeiten*）。这一更改大概表明，歌德已意识到诗中包含着他本人的大量思想情感乃至经历体验，也就是说渗进了不少德国的成分，再不能仅仅称作“中国的”了。

那么，在这十四首中国格调的抒情诗中，又隐晦曲折地反映出了德国大诗人歌德的哪些经历和思想情感呢?

二、《中德四季晨昏杂咏》的思想情感内涵

我想，主要有以下三个方面。

第一，歌德于1775年应邀到魏玛，辅佐年轻的卡尔·奥古斯特公爵，历任公爵的枢密顾问、首相、大臣、剧院总监，备尝政务辛劳和人事的烦扰，但是于国于民并无大补。歌德在写组诗之时，对魏玛小宫廷中的俗务琐事和社交酬酢可以说已经极为厌倦。组诗的第一首和第十二、第十三首，都表现了他这种疲于为政和向往宁静、向往自然的情怀。

第二，歌德一生多恋，晚年依然如此。如1814年至1815年，他与玛丽安娜·封·威勒美尔相爱，这一情况就反映到了1819年出版的《西东合集》中。1823年，歌德在卡尔温泉和玛利温泉又爱上了乌尔利克·封·列维错夫。此时诗人已七十四

玛丽安娜·封·威勒美尔

乌尔利克·封·列维错夫

岁，乌尔利克年方十九，这样的爱情除去相思之苦以外当然不会有任何结果。面对着满园春色、盛开的百花、成双的孔雀，老诗人不禁又心旌摇荡，思恋自己曾经热恋过的女子。组诗的第二、第三、第六、第七首，似都隐隐流露着这样的情感。

第三，到了晚年，歌德的抒情诗也如他的代表作《浮士德》一样，常常对人生、宇宙的大问题进行思考，因而充满了哲理和智慧，如组诗的第十和第十一首，就是很好的例子，这是一个方面。另一方面，年已七十八岁的老诗人在思考人生之时，不免也产生迟暮和孤单的慨叹：好友席勒、赫尔德以及狂飙突进时期乃至古典时期的其他许多同代的作家俱已谢世，唯他一人硕果仅存。组诗的第九首，就可以说是歌德的自况。但是歌德并不消沉，因为他认识到了“世间还有常存的永恒不变的法则”，所以决心在“匆匆离去之前”，“在此时此地发挥（他的）才干”。正是本着这样的认识，歌德在写成组诗后不久，又集中精力去从事自己的“主要工作”——写《浮士德》的第二部。

了解了歌德写作《中德四季晨昏杂咏》的时间、环境和种种契机之后，就请读一读组诗的译文。在进行翻译的时候，我参考了冯至老师上世纪30年代的旧译和钱春绮先生的译本。

中德四季晨昏杂咏

一

疲于为政，倦于效命，
试问，我等为官之人，[1]
怎能辜负大好春光，

---

① “为官之人”的原文为Mandarin。此词专用于清朝的官员，通常译为“满大人”。

滞留在这北国帝京？①
怎能不去绿野之中，
怎能不临清流之滨，
把酒开怀，提笔赋诗，
一首一首，一樽一樽。②

二

白如百合，洁似银烛，
形同晓星，纤茎微曲，
蕊头镶着红红的边儿，
燃烧着一腔的爱慕。

早早开放的水仙花，
在园中已成行成排。
好心的人儿也许知晓，
它们列队等待谁来。

---

① “北国帝京”原文为Norden（北方，北国），一般研究者认为指北京，也有人认为指处于歌德作诗的花园北边的魏玛宫廷。

② 原文为Schaale（碗，盏）。

三

羊群离开了草地，
唯剩下一片青绿。
可很快会百花盛开，
眼前又天堂般美丽。

撩开轻雾般的纱幕，
希望已展露端倪：
云破日出艳阳天，
我俩又得遂心意。

四

孔雀虽说叫声刺耳，
却还有辉煌的毛羽，
因此我不讨厌它的啼叫。
印度鹅可不能同日而语，
它们样子丑叫声也难听，
叫我简直没法容忍。

五

迎着落日的万道金光，
炫耀你情爱的辉煌吧，
勇敢地送去你的秋波，
展开你斑斓的尾屏吧。
在蓝天如盖的小园中，
在繁花似锦的绿野里，
何处能见到一对情侣，
它就视之为绝世珍奇。①

六

杜鹃一如夜莺，
欲把春光留住，
怎奈夏已催春离去，
用遍野的荨麻蓟草。
就连我的那株树
如今也枝繁叶茂，
我不能含情脉脉

① “它”指落日。在这首赞颂爱情的诗中，成双的孔雀成了情侣的象征。小说《花笺记》便有“孔雀双双游月下”句。

再把美人儿偷瞩。
彩瓦、窗棂、廊柱
都已被浓荫遮住；
可无论向何处窥望，
仍见我东方乐土。[①]

七

你美丽胜过最美的白昼，
有谁还能责备我
不能将她忘怀，更何况
在这宜人的野外。
同是在一所花园中，
她向我走来，给我眷爱；
一切还历历在目，萦绕
于心，我只为她而存在。

① 东方是太阳升起的地方。在欧洲文学中，情人常被比作太阳。

八

暮色徐徐下沉，
景物俱已远遁。
长庚最早升起，
光辉柔美晶莹！
万象摇曳无定，
夜雾冉冉上升，
一池静谧湖水，
映出深沉黑影。

此时在那东方，
该有朗朗月光。
秀发也似柳丝，
嬉戏在清溪上。
柳荫随风摆动，
月影轻盈跳荡。
透过人的眼帘，
凉意沁入心田。[1]

---

① 此诗上半阕写的是眼前的实景，下半阕写的是歌德想象中的中国的月夜。

九

已过了蔷薇开花的季节，
始知道珍爱蔷薇的蓓蕾；
枝头还怒放着迟花一朵，
弥补这花的世界的欠缺。

十

世人公认你美艳绝伦，
把你奉为花国的女皇；
众口一词，不容抗辩，
一个造化神奇的表现！
可是你并非虚有其表，
你融汇了外观和信念。
然而不倦的探索定会找到
“何以”与“如何”的
法则和答案。

十一

我害怕那无谓的空谈，
喋喋不休，实在讨厌，

须知世事如烟，转瞬即逝，
哪怕一切刚刚还在你眼前；
我因而堕入了
灰线织成的忧愁之网——
“放心吧！世间还有
常存的法则永恒不变，
循着它，蔷薇与百合
开花繁衍。”

十二

我沉溺于古时的梦想，
与花相亲，代替娇娘，
与树倾谈，代替贤哲；
倘使这还不值得称赏，
那就召来众多的童仆，
让他们站立一旁，
在绿野里将我等侍候，
捧来画笔、丹青、酒浆。

十三

为何破坏我宁静之乐？
还是请让我自斟自酌；
与人交游可以得到教益，
孤身独处也能诗兴蓬勃。

十四

“好！在我们匆匆离去之前，
请问还有何金玉良言？”——
克制你对远方和未来的渴慕，
于此时此地发挥你的才干。

三、《中德四季晨昏杂咏》的中国因素

读完这十四首诗，可以看出其受中国文学和文化思想的影响，也就是诗中包含的中国因素，表现在以下几个方面。

首先，十分明显的表现是艺术形式，即所有十四首诗都那么简短严整，而且多为八句一首、四句一阕；使用的语言也都异常精练、简约，极其耐人咀嚼和寻味。这些，使人不禁想起我国的古典诗歌，尤其想起律诗和绝句。在此我们不能排除一

种可能，即歌德是有意识地模仿他阅读和翻译过的《百美新咏》中的那些诗的格律。读过《浮士德》和《西东合集》的读者都知道，歌德是十分乐于和善于向别的民族的文学学习的。在《中德四季晨昏杂咏》中，歌德的同一优点得到了充分的表现。

其次，同样非常引人注目的是，这些诗格调恬淡、明朗、清新，“没有飞腾动荡的诗兴”；感情的抒发含蓄、委婉，常常采用比兴的手法，寄情于风、月、花、鸟，“没有强烈的情欲”。这些诗的情调、意境使人想起歌德在读《好逑传》后所想象的中国风情，[①]想起《花笺记》和《玉娇梨》里的不少描写，其中的好几首（如第一首和第六首）真分辨不出是小说中的场面，还是诗人自身的经历、感受。至于第八首“暮色徐徐下沉”，中外学者都一致认为是最中国味儿十足的；尤其是它的下半阕，更像一幅中国水墨晚景图，疏淡清雅，寓静于动，人的心境与大自然的景物变化做到了融合一致，相互映照。

在思想和情趣方面，组诗的中国因素也是不少的。第一首陶情诗酒、第十二首寄兴林泉的中国士大夫式的闲情逸致不必细论，就在第十、第十一、第十三和第十四等几首中，也隐隐闪烁着中国的智慧。歌德相信世间存在永恒的法则——道，主张入世

---

① 同六十三页注①。

《中德四季晨昏杂咏》诞生地——歌德在魏玛城郊的园林别居

的有为哲学；尽管我们不能妄下结论，说他是受了早年读过的孔孟经典以及杜哈德的《中国详志》等书籍的影响，但却至少可以讲，歌德的思想与中国的精神有许多共鸣。

最后，歌德还特意使用了一些中国词语，如Mandarin（满大人）和Schaale（碗、盏），诗中出现了一些中国的特有的事物或意象，如垂柳、孔雀、碗盏、满大人之类，也加强了组诗的中国色彩。

当然，综观全诗，中国因素和德国因素是自然而紧密地融汇在一起的。正因此，歌德的《中德四季晨昏杂咏》才不失为德语古典诗歌的一个佳作，才被视为中德思想文化交流的美好象征。

第四章

歌德论“世界文学”

在《共产党宣言》中，马克思和恩格斯明确指出：“资产阶级，由于开拓了世界市场，使一切国家的生产和消费都成为世界性的了……旧的、靠国内产品来满足的需要，被新的、要靠极其遥远的国家和地带的产品来满足的需要所代替了。过去那种地方的和民族的自给自足状态和闭关自守状态，被各民族的各方面的互相往来和各方面的互相依赖所代替了。物质的生产是如此，精神的生产也是如此。各民族的精神产品成了公共的财产。民族的片面性和局限性日益成为不可能，于是由许多种民族的文学和地方的文学形成了一种世界的文学。”[①] 由此

① 《马克思恩格斯选集》1972年版第一卷第二五四页。

可见，“一种世界的文学”或者简言之世界文学的形成，乃是开拓世界市场的必然结果。

一、歌德不同时期有关“世界文学”的论述

歌德在晚年也已经预见到了这一发展。还在《共产党宣言》问世之前二十一年的1827年，世界文学——歌德用的也是Weltliteratur这个德语复合词，就出现在了他的笔下和口中，而在中国最为人们称道的，又数当年1月31日他与他的秘书艾克曼的那次谈话，因为话题是由歌德正在读的我国明代的小说《好逑传》引起的。歌德告诉艾克曼，“中国人在思想、行为和感情方面和我们几乎一样，让我们很快就感到他们是我们同类的人”；又说，中国小说“和我写的《赫尔曼与窦绿苔》以及英国理查森写的小说有许多类似的地方”。接着，歌德又具体分析了中国小说留给他的印象，然后下结论道：“我越来越认为，诗（Poesie，概言文学——笔者）是人类的共同财富，而且正成百上千地，由人在不同的地方和不同的时间创造出来。……因此我经常喜欢环视其他民族的情况，并建议每个人都这样做。一国一民的文学而今已没有多少意义，世界文学的时代即将来临，我们每个人现在就应该为加速它的到来贡献力

量……”①

上述与艾克曼的谈话反映了歌德的远见卓识和博大胸怀。然而，这并非他论及世界文学这个当时是崭新的概念的唯一的一次和最早的一次。在此之前，歌德在他自己办的《艺术与古代》杂志的第六卷第一期中就写道：“我从一些法国报刊援引这些报道，并非仅仅想让人们记起我和我的工作，而是有一个更高的目的，我想先提它一下。那就是，我们在哪里都能听见和读到关于人类取得进步的消息，关于世界和人的生活前景更加广阔的消息。这方面的全面情况，无须我研究和细说；我只想使我的朋友们注意到：我坚信一种具有普遍意义的世界文学正在形成，而在未来的世界文学中，将为我们德国人保留一个十分光荣的席位……”② 随后，在1827年1月27日给友人施特来克福斯的信中，歌德又写道：“我深信正在形成一种世界文学，深信所有的民族都心向往之，并因此而做着可喜的努力。德国人能够和应该做出最多的贡献，在这个伟大的聚合过程中，他们将会发挥卓越的作用。”③

至于在与艾克曼那次著名的谈话之后，歌德还对自己关于

① 《歌德谈话录》第三十三页。

② 引自*Goethe · Werke*，Hamburger Ausgabe第十二卷第二六二页。

③ 引自*Goethe · Werke*，Hamburger Ausgabe第十二卷第三六二页。

世界文学的思想有许多阐述和发挥，这儿就不一一摘引。

但是，仅仅上述事实已可说明，世界文学这个概念在歌德并非偶然地被提了出来，而是经过长期的深入的思索，形成了具有丰富内涵的相当系统的思想。

二、歌德何以能第一个提出“世界文学”的伟大构想

不排除在歌德之前可能有人也使用过“世界文学”这个词，甚或提出过有关的想法；但是，对其进行反复、系统而且深刻的阐述，歌德却被公认是第一个。

为什么歌德，或者说恰恰是歌德，产生了关于世界文学的伟大思想呢?

客观上讲，诚如歌德自己在前述为《艺术与古代》杂志撰写的文章中所说，是“人类取得进步”及“世界和人的生活前景更加广阔”，为世界文学的形成创造了必要的前提；而主观上，歌德虽然生活在分裂落后的德国的小小魏玛城，目光却越过德国乃至欧洲的界线，密切关注着人类的发展进步，并且实际参加了因为人类的进步而开始了的那个“伟大的聚合过程”——由民族的文学和地方的文学形成世界文学的过程，所以，对歌德来讲，产生关于世界文学的思想就十分自然。这儿想就主观方面的原因再谈几句。因为，比起处于相同时代、相

同条件下的众多作家和思想家来说，歌德的优点的确是非常突出的。

歌德享有八十三岁的高龄，所处的是一个政治风云急剧变化、科学技术日新月异的时代，经历了美国独立、法国大革命、拿破仑战争、欧洲封建复辟，目睹了英国制造出第一台火车头和铁路在欧洲敷设以及美洲动工开凿巴拿马运河等具有世界历史意义的事件。歌德的伟大之处就在于，他不是站在狭隘的德国人的立场上来观察问题，而是胸怀着全人类和全世界。他说过："作为一个人和一个公民，诗人会爱自己的祖国。然而，他在其中施展诗才和进行创造的祖国，却是善、高尚和美。"又说："广阔的世界，不管它何等辽阔，终究不过是一个扩大了的祖国。"[①] 所以，他格外关注和重视诸如美国独立、法国大革命以及建造第一台机车这类对整个世界历史进程有积极影响的大事，而对自己国家反对拿破仑的所谓解放战争一点不热心。后者，使他受到自己同胞的众多指责。歌德为自己辩解说，他并不仇恨法兰西这个"世界上最有文化教养的"民族，而"一般说来，民族仇恨是个怪东西。你会发现，在文化水平最低的地方，民族仇恨最强烈。可也有一种文化水平，

① 转引自P. Boerner：*Johann Wolfgang von Goethe*，Rowohlt出版社1978年版第一三〇页。

在达到它以后民族仇恨便会消失，在一定程度上人民已处于超民族的地位，视邻国人民的哀乐为自己的哀乐。这种文化水平正适合我的个性。我在六十岁之前，就已坚定地立于这种文化水平之上了。”总而言之，诗人歌德乃是一个以全人类为同胞、以世界为祖国的胸怀博大的人道主义者，一个事实上的世界公民。这，看来就是他产生世界文学这一光辉思想的世界观方面的原因。

歌德是一位深深植根于本民族文化传统中的诗人和思想家。他自幼受到自己家道殷实而无所事事的父亲的精心培养，学会了拉丁文、希腊文、法文、英文、意大利文乃至希伯来文等多种语言，十岁时已开始阅读伊索、荷马、维吉尔和奥维德的作品以及《浮士德博士》等德国民间故事。由于信奉新教路德宗，他也熟读《圣经》的《新约全书》和《旧约全书》，从中汲取了许多智慧。从青年时代起，他更热衷于近代和现代德国作家以及英国、法国作家的作品，克洛普施托克、莱辛、莎士比亚、哥尔德斯密斯以及莫里哀等都是他学习的榜样。可以说，歌德很早就了解了以古代希腊罗马文学、希伯来文学以及古日尔曼文学三者融和而成的德国文学和西方文学的全貌。在一般人看来，这应该已经很了不起了；歌德却全然不感到满足。随着对世界历史和现状的眼界日益宽广，他的文学兴趣也在发展。对于阿拉伯文学，他不仅仅停留在小时候已经读得烂熟的《一千零一夜》——关于这部故事集对歌德的影响，美国学者K. 莫姆森出版了一部分量不小的专著[①]。他还研读波斯诗人的诗集，从而进入了近东世界。他还读过古代印度梵文诗人迦梨陀莎的诗剧《莎恭达罗》和其他印度文学作品，对它们倍加赞赏，并留下了赞《莎恭达罗》的著名短诗。到了六十岁以后的晚年，歌德又涉猎和倾心于远东的中国文学，因而完成了对于人类几个最主要和最发达的文学的了解。换言之，整个世界的文学都在他的视线之下，他有可能比较它们，找出差异，但却发现了更多的共同之处。不仅如此，他还博采众长，致力于将不同民族的文学融合起来，在1819年完成了“西方诗人写的东方诗集”《西东合集》，在1827年完成了《中德四季晨昏杂咏》。而他那如今已成为文学宝库中的瑰宝的《浮士德》，更从希腊罗马古典文学、圣经、德国民间传说以至印度的《莎恭达罗》等不朽作品中吸取了多种营养。因此可以说，当歌德1827年首次提出世界文学这个概念的时候，世界文学的现实已存在于他的心目中，已通过他而得以实践。这或许就是歌德能产生世界文学这一思想的文化素养方面的原因。它比起世界观

---

① K. Mommsen：*Goethe und 1001 Nacht*，Suhrkamp Verlag 1981.

方面的原因来，似乎更重要；因为在一般情况下，一个人的世界观很大程度上取决于他的文化素养或者如歌德说的“文化水平”。而歌德的博学多识和高瞻远瞩，在马克思主义诞生前的19世纪初是无人堪与比拟的。

人类的进步和科技、文化的发展使世界文学概念的提出有了客观的可能；而上述两个个人主观方面的优越条件，就决定了提出它的恰恰是歌德，而不可能是别的随便什么人。

对于世界文学形成的原因，马克思恩格斯在《共产党宣言》依据经济基础决定上层建筑的唯物主义原理，明确指出是世界市场的开拓；这一论断具有科学的确切性。从歌德的有关论述中可以看出，他心目中的世界文学形成的原因就是“人类的进步”和各民族的眼界的开阔，从而增进了相互的交流和了解；在此基础上，不同地区、不同民族的人们产生了同类感，发现了不同文学在基本方面的共同性。[①]因此是不是可以认为，歌德的关于世界文学的思想是基于一种明确的人类意识，所以更具有实践性和普遍意义呢？我想可以。

与此相联系，歌德的世界文学的概念的内涵，也是比较丰富的。

---

① 歌德在与艾克曼谈话时特别以中国人和中国文学为例。

1827年，他在《德国的小说》一文中写道：

既让不同的个人和不同的民族保持自己的特点，同时又坚信只有属于全人类的文学才是真正有价值的文学，这样，就准保能实现真正的普遍容忍。

第二年，在《艺术与古代》杂志第六卷第二期，他又写道：

这些杂志正赢得越来越多的读者，将最有力地促进一种我们希望的具有普遍意义的世界文学的诞生。只是我们得重申一点：这儿讲的世界文学，并不意味着要求各民族思想变得一致起来，而只是希望他们相互关心，相互理解，即使不能相亲相爱，也至少得学会相互容忍。

1830年，歌德已八十高龄，但关于世界文学的思想仍萦绕在他脑中。在为卡莱尔的《席勒生平》一书写的序言里，他说：

好长时间以来我们就在谈论一种具有普遍意义的世界文学，而且不无道理；须知各民族在那些可怕的战争中受到相互震动以后，又回复到了孤立独处状态，会察觉到自己新认

> 识和吸收了一些陌生的东西，在这儿那儿感到了一些迄今尚不知道的精神需要。由此便产生出睦邻的感情，使他们突破过去的相互隔绝状态，代之以渐渐出现的精神要求，希望被接纳进那或多或少是自由的精神交流中去。

三、歌德“世界文学”构想的丰富内涵

歌德对世界文学这个概念的解说远不止上面引的几点；但仅从这几点，我们可看出以下三层意思：

首先，歌德认为世界文学形成的最起码和最重要的结果，就是实现各民族之间普遍的容忍。为此，各民族应通过包括文学交流在内的精神交流，而学会相互了解，相互关心，相互尊重。歌德这种以容忍为基本内容的世界文学思想，是一种热爱人类、热爱和平的真诚情感在文学观中的反映。它发展了歌德与席勒过去提出的以美育改造人性的理想，将启蒙思想家倡导的不同宗教和教派之间的宽容，扩展为各民族之间的宽容或者说容忍。歌德生活在分裂落后的德国和战乱频繁的欧洲，一生历经沧桑，在晚年对世事的认识更深刻，才能提出这样的思想。通过世界文学，通过文学交流使各国人民相互理解、相互尊重、相互容忍，这一思想应该说在今天还没有过时，或者说

永远也不会过时。

其次，歌德坚信，“只有属于全人类的文学才是真正有价值的文学”。也就是说，文学——真正有价值的文学应该为人类服务，被人类所理解和接受。文学的历史证明，这是一个真理。正是由于各民族都贡献出了数量不等的这样的作品，世界文学在今天早已成为现实。歌德之所以能写出《浮士德》这样的不朽杰作，之所以能成为各国人民共同景仰的世界大文豪，正由于他有着为全人类而写的明确意识。因此，歌德心目中的世界文学的第二个含义，就是它不仅仅属于一个地区、一个民族，而属于全人类和全世界。他深信，“诗是人类共同的财富”。

但是，与此同时，歌德又讲要“让不同的个人和不同的民族保持自己的特点”，讲世界文学“并不意味着要求各民族思想变得一致”。作为一位德国作家，他不止一次强调“在未来的世界文学中，将为我们德国人保留一个十分光荣的地位”；他认为，在世界文学形成的过程中，“德国人能够和应该做出最多的贡献”，“发挥卓越的作用”。他同时又尊重其他民族的文学的特点和长处，在与艾克曼的谈话中对它们津津乐道。在创作实践中，他努力吸收其他民族文学的优点，奉行拿来主义，但却不放弃自己的传统；他创作的《西东合集》也罢，

《中德四季晨昏杂咏》也罢，其基调仍然是西方的，德国的，歌德的；他的浮士德，这位人类杰出的代表，仍然是一个德国男子。对于中国文学，歌德是十分推崇的，坦然地承认在“我们的远祖还生活在原始森林的时代”，中国已有了像样的文学作品。但是，他又认为不应拘守包括中国文学在内的某一特定的外国文学，奉它为楷模，如果一定要有楷模，那“就要经常回到古希腊人那里去找，也就是回到自身的传统中去找”。

总而言之，歌德有关世界文学的思想以及实践，都绝无抹杀民族特点和否定历史传统的意思。恰恰相反，越是具有民族特色和悠久传统的如中国文学、印度文学和阿拉伯文学，就越得到歌德的重视。一部《浮士德》使我们确信，歌德是一位很懂得辩证法的哲人和思想家；研究他关于世界文学的思想，加深了我们的这一信念。

应该说明一下，歌德并没有写一篇专文来郑重其事地论述世界文学，他的有关思想都散见于书信、谈话和文章中。他并未对世界文学下一个精确的定义；世界文学之于他只是一种理想，一种憧憬。这个世界文学的概念可以认为还相当模糊。而唯其模糊，它的内涵就更加丰富，不同的研究者尽可以对它作出不同的解释和生发；唯其模糊，它又具有更大的适应性，可以让不同民族、不同时代的人都接受、继承和发扬。在当今这个仍然战火纷飞，仍然存在民族歧视和民族仇恨的世界上，还需要通过文学交流来增进人与人的相互理解，增进人类的共同认识，增进相互宽容的精神。

1827年是歌德与中国文学发生关系最多的一年，也是他最早和最经常谈论世界文学的一年。这中间并不仅仅存在一个简单的巧合，而有着必然的逻辑联系。通过接触中国文学——虽然只是肤浅的接触，歌德事实上完成了对当时存在的世界各主要文学的了解。阅读《好逑传》等中国作品，为他世界文学的思想的产生提供了最好的契机。对此，我们有理由感到骄傲。但是，如果以为，歌德唯独重视中国文学，特别重视中国文学，那就是一个不符合事实的误解，而本书的读者，又极易产生这样的误解。事实上，歌德重视的是一种具有普遍意义的世界文学。晚年的歌德也无异于一种精神隐士，他从狭隘鄙陋的德国逃向广大的世界，从猥琐丑恶的现实逃向美善的文学，世界文学这个概念寄托着他对人类的未来的理想，成了他精神的归宿。

歌德关于世界文学的思想，既富于博大、积极、进步、乐观的人文精神，也充满深邃、超前的辩证精神。

歌德在差不多180年前形成的世界文学构想，已有了近乎于文学、文化领域中的“全球化”思维；他就此提出的一系列观点，诸如为迎接世界文学时代的到来而力主各民族之间“实现真正的普遍容忍”，认为民族仇恨乃是“文化水平”低下的产物，希望“让不同的个人和不同的民族保持自己的特点”，亦即在正视全球化、强调世界性的同时仍尊重和保持多样性，等等，不只其超前性质不说自明，而且对我们思考当今引发了诸多困惑和矛盾的所谓全球化问题，仍不无一定的参考价值和现实意义。

下编

歌德在中国

第五章

百年回眸：歌德在中国的译介、研究和接受

德国人模仿我，法国人读我入迷，

英国啊，你殷勤地接待我这个憔悴的客人；

可对我又有何用呢，连中国人

也用颤抖的手，把维特和绿蒂

画上了镜屏？

这一节诗引自歌德的《威尼斯警句》[①]，写成的日期

① 此诗主旨在于表达对厚待自己的魏玛大公卡尔·奥古斯特的感激之情，故而以“对我又有何用”作为反衬。请参阅《杨武能译文集》第七卷《迷娘曲·威尼斯警句》第三十四之二。

为1789年。一点不错，是歌德自己在谈歌德的影响和接受，讲具体一些，在谈那曾经席卷整个欧洲，但令歌德本人并不十分高兴的"维特热"。只不过，关于中国人似乎当时就已经感染上"维特热"一说，却无疑是一个误解。那时在闭关锁国的清政府统治下，完全不可能产生什么"维特热"。歌德产生误解的原因只在于轻信了这样一个传说：1779年，有人在一艘从东印度驶回德国停靠在荷尔斯泰因的格吕克施塔特港的商船上，看见了几幅据认为是中国的玻璃镜画，画着歌德的小说《少年维特的烦恼》男女主人公维特与绿蒂的故事。就算确实存在这样的玻璃镜画吧，那么制作它的中国工匠也不大可能了解维特和绿蒂为何许人；他们极有可能是按外国客商的要求依样画葫芦。而这些德国商人呢，自然是很懂得以维特的浪漫史，去迎合家乡的顾主们的口味的。[①]

另外，在歌德的一则日记里，曾提到有一个中国人去拜访他。遗憾的是对这个中国人我们一无所知，也就无法把他的访问看作中国认识和接受歌德的开始。尽管还在16世纪末，利玛

---

① 参见卫礼贤（Richard Wilhelm），《歌德与中国文化》，收入宗白华编《歌德之认识》，中山书局1939年版第二五七页，以及乌尔曼（Richard Ullmann）《歌德在中国——评〈施特拉〉在新近中国舞台上的一次公演》，文载《东亚展望》1932年第六期。

窦、闵明我和汤若望等耶稣会传教士已经来到中国，他们在传播基督教义的同时也带来了西方的先进科学，开始了所谓西学东渐，只不过在相当长时间里，这西学还只限于天文、物理、数学、建筑学一类的实用科学技术。后来，随着在罗马教皇与耶稣会传教士之间爆发的“礼仪之争”，后者在中国的活动遂告中止，[①]因此，西方社会科学和文学传入中国便推迟了许多。事实上我们知道歌德，比歌德知道中国晚了一个多世纪。那是在清政府天朝上国的迷梦和闭关锁国的藩篱，被鸦片战争中列强的炮火彻底动摇和震破，随之开始了更大规模的西学东渐以后。

下面按不同的历史时期及其先后顺序，对歌德在中国的译介、研究和接受情况，做一个概略的回顾。

一、洋务运动和中国人对歌德的最初了解

所谓洋务运动，今天看来实际上是一次迫不得已的、有限度的改革开放。发起运动的为一批开明的官员和知识分子。鸦片战争的失败和屈辱，使他们痛苦地认识到了自己国家的落后，特别

---

① 所谓“礼仪之争”（ Ritenstreit 或 Akkomodationsstreit ），指的是17–18世纪在华耶稣会传教士如利玛窦等入乡随俗，尊重和容忍中国人敬奉祖先和孔孟的习俗，引发了以罗马教皇为首的基督教旧势力的异议和反对，争论的结果是利玛窦等原本赢得了中国朝廷和士大夫阶层好感的做法遭到教皇禁止，导致了基督教在华传教的失败。

是在科学技术和军事装备方面的落后，认识到了要抵御外侮，重振国势，就必须放下天朝上国的架子向“洋鬼子”学习；但是却不愿因此变更国本，放弃传统。于是以李鸿章和张之洞为首的洋务派提出了“中学为体，西学为用”的主张，具体做法即为在继续尊孔读经，维持封建意识形态和皇权统治的同时，采取了一系列学习西方列强发展实业，富国强兵的措施：

在上海和武汉等大城市兴办新式的兵工厂，例如李鸿章创办的上海江南制造局；

1862年在北京建立了中国第一所外语学校同文馆；同文馆一开始教英语，1871年开始有了德语[①]；

派遣政府官员出洋考察，一开始主要去欧洲和美国；

选送官员和士绅子弟出洋留学，等等。

在奉派出洋的大员中有一位李凤苞（1834–1887）。他早年在同文馆学习过英语，属于李鸿章的忠实追随者之列。初为江南制造局编译，后来奉派担任旅欧留学生总监，1878年（光绪四年）至1884年升任驻德公使，并兼管奥地利、意大利和荷兰

---

① 详见熊月之《西学东渐与晚清社会》，上海人民出版社1994年版第三〇一至三一七页。

三国。他后来出版了一部《使德日记》，在1878年11月29日作了如下的记载：

李凤苞（1834–1887）

送美国公使美耶台勒之殡。……美国公法师汤谟孙诵诔曰："美公使台勒君，去年创诗伯果次之会。……（台勒）以诗名，笺注果次诗集，尤脍炙人口。"……按果次为德国学士巨擘，生于乾隆十四年。十五岁入来伯吸士书院，未能卒业。往士他拉白希习律，兼习化学、骨骼学，越三年。考充律师，著《完舍》书。二十三岁，萨孙外末公聘之掌政府。编纂昔勒诗以为传奇，又自撰诗词，并传于世。二十七岁游罗马、昔西里而学益粹。乾隆五十七年与于湘滨之战。旋相未马公，功业颇著。俄王赠以爱力山得宝星，法王赠以大十字宝星。卒于道光十二年。[1]

① 引自《使德日记》（收入商务印书馆发行、王云五主编《丛书集成》初编）第三十七页。

为了减少阅读理解这一段颇为有趣的文字的难度，有必要对其中的某些词语进行简要的今译和解释：美国公使美耶台勒即为以翻译《浮士德》闻名的Bayard Taylor；“德国学士巨擘”和“诗伯”果次显然就是大诗人歌德，而《完舍》书就是歌德的著名小说《维特》。来伯吸士书院应该叫莱比锡大学，而歌德攻读法律的城市士他拉白希则为斯特拉斯堡。聘请歌德前往任职的萨孙外末公即是撒克逊魏玛公爵卡尔·奥古斯特，昔勒显然就是歌德的挚友席勒。乾隆五十七年与于湘滨之战，应为歌德随同魏玛公爵一起参与神圣同盟的联军征讨拿破仑的法国，所谓湘滨，恐怕是将 Campagne （战役）误认成了以盛产香槟酒闻名的法国地方Champagne。李凤苞只会英语，所以便把“歌德”“维特”译成了这个样子。此外他对歌德生平的介绍还有好些年代和事实的差错。但是尽管如此，据钱锺书先生考定，这却是中国文字里第一次有关歌德的记述，仍然十分珍贵。

在评论这件事时，钱锺书很幽默地说：“事实上，歌德还是沾了美耶台勒的光，台勒的去世才使他有机会在李凤苞的日记里出现。假如翻译《浮士德》的台勒不也是驻德公使而又不在那一年死掉，李凤苞在德再耽下去也未必会讲到歌德。假如歌德光是诗人而不也是个官，只写了《完舍》书和‘诗赋’

而不曾高居‘相’位，荣获‘宝星’，李凤苞引了‘诔’词之外，也未必会再开列他的履历。现任的中国官通过新死的美国官得知上代的德国官，官和官之间是有歌德自己所谓‘选择亲和势’（die Wahlverwandtschaften）的。”①

很显然，李凤苞之与歌德，还只是一次偶然的邂逅，谈不上对这位德国“诗伯”有多少了解的。而在最早选送出洋留学的青年中，有一位名叫辜鸿铭（1856-1928）的，他才算得上是第一个真正懂得一点歌德的中国人。

在19世纪下半叶我国掀起的洋务运动中，辜鸿铭是引人注目的一位。“他自称‘生在南洋，学在西洋，婚在东洋，仕在北洋’。他1857年7月18日出生于当时为英国占领的马来西亚威尔斯王子岛（今天叫槟城），父亲辜紫云，母亲为葡萄牙人，当时取英文名字叫作汤生（Tomson）。1867年，辜鸿铭随其义父英国橡胶种植园主布朗前往苏格兰，十四岁时被送往德国学习科学。后回到英国，于1873年考入爱丁堡大学文学院攻读西方文学专业，1877年以优异成绩获得文学硕士学位。同年，辜鸿铭进入歌德曾经就读并获得法学博士学位的德国莱比锡大学学习，后获得土木工程文凭；接着又去法国巴黎大学攻读法

① 引自《汉译第一首英语诗〈人生颂〉及有关二三事》，载《国外文学》1982年第一期。

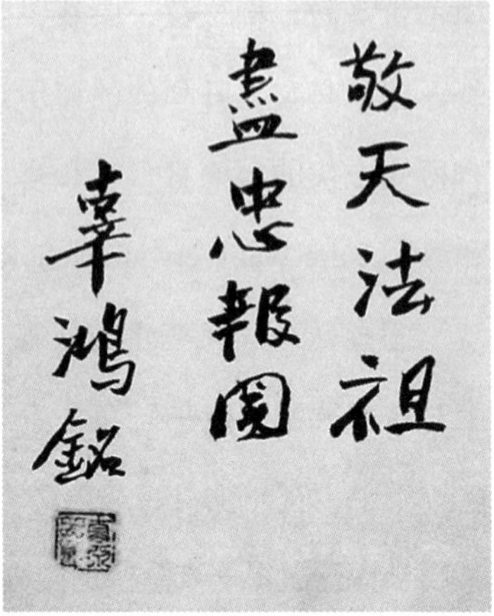

辜鸿铭先生手迹

学。他先后在英国、德国、法国和意大利生活学习达十四年之久，熟练地掌握了英、德、法和拉丁等多种西方语言。

辜鸿铭在德国还曾就读于耶那大学和柏林大学。耶那的近旁即是魏玛，他因此经常前往这座歌德长期生活、创作并且长眠在那里的小城怀古朝圣。年轻的辜鸿铭十分景仰歌德，有人曾看见他的屋子里挂着歌德的画像。德国著名学者阿尔方斯·帕凯（Alfons Paquet）在回忆这位中国学子时写道：

他是第一个我可以用地道的德语与之交谈的中国人，我们谈中国和德国。他给我讲他到过魏玛；他在魏玛的公园中碰见一个十二岁的男孩，正在读一本粉红色封面的小开本的《李尔王》。可是德国，这个有着强大的舰队和强大的社会民主党的国家，它是否还和从前一样地从古老的魏玛获取光明呢？…… 我平静地回答说：在当前这个人满为患、难保不会倒退到一种乐观的野蛮状态的德国，歌德是开始有些过时了。①

也就是说，辜鸿铭不只了解圣地魏玛对于德国的意义，而且能用纯熟的德语和德国人谈论歌德，并为当时走上了军国主义道路的德国已经背离歌德精神感到忧虑。由此可以推断，他在德国时肯定读过不少歌德的作品。证据是他在自己的著作和言谈中除了喜欢援引孔孟，也经常援引歌德，以至阿尔方斯·帕凯称他在惯于引经据典这点上也是个“地道的中国人”。从他的引文可以推断出来，他涉猎过的歌德作品至少包括《浮士德》《少年维特的烦恼》《威廉·迈斯特的学习时代》《诗与真》《格言与感想》以及不少的抒情诗和哲理诗。

在中国近代思想文化史上，辜鸿铭是以特立独行著称的大学者和大翻译家，被誉为一位“文化怪杰”。他之所谓怪，

① 见辜鸿铭著《中国对欧洲思想的抗拒》的德文版前言，耶那狄德利希斯出版社1921年版。

就在于“精通西学而极端保守”，一心一意地坚守着中国古老的儒家传统，对西方的精神和思想顽固地抱着否定和拒斥的态度，被人讥讽为“狂儒”。因此，他的两部驰名中外的著作便一名《中国人的精神》（即《春秋大义》），一名《中国对欧洲思想的抗拒》。然而就是这样一位被英国著名作家毛姆誉为“中国孔子学说的最大权威”的老顽固，却对歌德一点也不拒斥。岂止不拒斥，拿丹麦大评论家勃兰兑斯的话来说，他还“崇拜歌德，尊他为欧洲的最高人物”①。这个明显的矛盾，看来正好体现了辜老夫子最本质的特征以及他作为文化人最重要的贡献。

早在1898年，辜鸿铭就精心翻译和出版了《论语》（*The Discourses and Sayings of Confucius*）英译本，并给了它一个副标题《一个援引歌德等人的思想进行诠释的特殊译本》（A special Translation with Quotations from Goethe and other Writers），以此表明世无二道，中西一辙，他对歌德和孔子一视同仁。曾与辜鸿铭合作翻译出版《论语》法文本的法国学者弗朗西斯·博雷（Francis Borrey）评价他说：“他也是人文主义者，罕见的人文主义者，因为他接受了东方圣贤和西方圣

---

① 勃兰兑斯《辜鸿铭论》，林语堂译，见于《中国人的精神》黄兴涛、宋小庆中译本附录（海南出版社1996年版）。

贤——特别是歌德——的教诲。”[①]

辜鸿铭援引歌德的例子还很多。1901年，他在任湖广总督张之洞的秘书和慕宾期间出了一部《张文襄幕府纪闻》，卷下有一节题名《自强不息》，文中说：“‘唐棣之华，偏其翻尔，岂不尔思，室是远而。’子曰：“未之思也，夫何远之有？’余谓此章即道不远人之义。辜鸿铭部郎曾译德国名哲俄特自强不息箴，其文曰：‘不�不停，譬如星辰，进德修业，力行近仁。卓彼西哲，其名俄特，异途同归，中西一辙，勖哉训辞，自强不息。’可见道不远人，中西固无二道也。”[②]这位“西哲俄特”就是歌德；所谓自强不息箴，就是歌德一则仅有四句的所谓“温和的”警句或曰讽刺诗（Zahme Xenie）的中译。

值得注意的是，辜鸿铭随后用一句现成的中国古训即自强不息[③]来概括这个警句的思想内涵，并将其视为“西哲俄特”的伟大精神。而这种精神，也正是“不断努力进取”（immer strebend sich bemueht）的浮士德精神；所以从此以后，自强不

① 参见吴晓樵网上博文《辜鸿铭与歌德》。

② 引自雷晋辑《清人说荟·初集》，1928年扫叶山房石印本。

③ 《周易·乾》彖曰：“大行健，君子自强不息。”又《孔子家语·五仪解》：“笃行信道，自强不息。”

息这四个字就不断出现在我国论述《浮士德》和浮士德精神的文章中，成了浮士德精神的同义语。

辜鸿铭在用英文写成的《中国人的精神》和《中国对欧洲思想的抗拒》这两部代表作中，更没少引证歌德。《中国人的精神》开宗明义地以歌德的一节诗来作为全书导论的题词，随后在序言和正文里又反复引用：

> 世存两种和平的强权：
>
> 公理正义，适度得体。

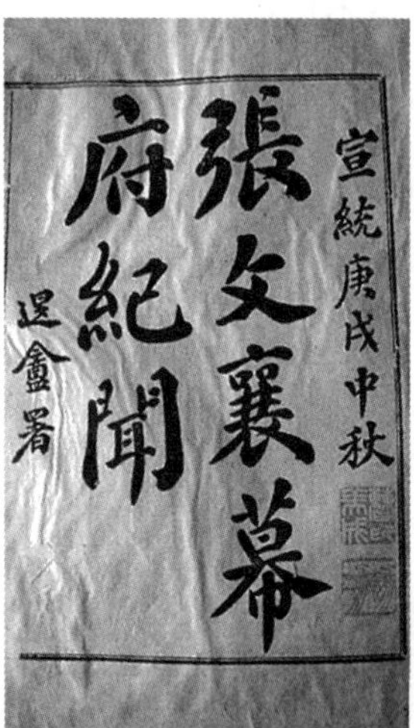

辜鸿铭部分著作

辜鸿铭酷爱歌德富有哲理的类似话语，表明他与其所包含的思想产生了强烈的共鸣，或者正如19世纪的丹麦大批判家博兰兑斯所说，在他看来这句诗“正好可以作为中国精神表现”[①]。

还有原书后面附录的第一篇文章《群氓崇拜教或战争与战争的出路》，也是如此。[②]在文中辜鸿铭甚至引用了以下一节歌德长期受到非议的诗句，因为它表现了诗人对民众的暴力和专政的忧虑和反感：

> 法兰西的悲剧，大人先生们是该考虑！
> 然而，民众自身应该考虑得更多一些。
> 大人物打倒了，谁又来帮助民众抵御
> 民众？否则一些民众将把另一些奴役。[③]

这一节诗，照一般理解确实反映了歌德趋于保守的政治

① 博兰兑斯：*Ku Hung-Ming*（《论辜鸿铭》），载*Miniaturen*，柏林Erich Reis Verlag 1917年版第三三二页。

② 附带说一下，黄兴涛和宋小庆合译的《中国人的精神》（*The Spirit of the Chinese People*，1915）很见功力，唯有这两则歌德警句虽有德文注释，但可能都是从英文转译的吧，因此有失准确。

③ 这首表达了歌德对法国大革命的思考和保留态度的短诗，系他《威尼斯警句》之第五十三页。

观点，因此也就得到了号称老顽固的辜鸿铭的赞同和欣赏；但是，在和笔者一样经历过“文革”的中国人看来，诗里却也蕴含着独到的见解和宝贵的智慧，甚至可以说是累经历史证明了的真理。

此外在谈到宗教信仰问题时，辜鸿铭还引用了浮士德对玛格莉特表白自己的泛神论或者说自然神论观点的两句话：

> 头顶，天不是浑然穹隆？
> 脚下，地不是平稳凝定？①
> ……

辜鸿铭从浮士德的一大段表白中间孤零零地摘引出这么两个设问，意在证明人们应该信仰和“服从的是心中的上帝”，“宗教的生命与灵魂”则寓于孔子所提倡的“君子之道”，却使人感觉得突兀，不无断章取义之嫌。然而，也正因此，可以看出随时引证已在很大程度上成为他行文的一个风格乃至癖好，更何况大名鼎鼎的“西哲俄特”和浮士德的话本身已分量不轻呢。

---

① 参见《中国人的精神》，第六十五页；《浮士德》，杨武能译，广西师范大学出版社2003 年版第一五九页。

总而言之，辜鸿铭身为洋务派首领张之洞的亲信，以思想保守著称于海内外。他接受的是西方教育却顽固维护中国旧传统，并“以子之盾御子之矛”，用从西方学来的知识对西方的思想进行“抗拒”。他之自己受西方教育也好，熟读歌德的作品和崇拜歌德的思想也好，其出发点和指导思想都是“中学为体，西学为用”。他援引歌德只是为了加强自己的论点；他翻译歌德的自强不息箴只是为了用“西哲俄特”的思想精神，来印证东哲孔子的“力行近仁”主张，证明“异途同归，中西一辙”，“中西固无二道也”。

以拒斥西方思想自行标榜和著称于世的辜鸿铭，他之特别推崇歌德，之积极接受歌德的思想特别是浮士德精神，正如勃兰兑斯一针见血地指出，是因为“他看见孔子的精神和学说在几千年后又重现在了歌德身上”。对于歌德及其倡导的浮士德精神来说，这真是一个可悲的误读和误解，但也并非完全没有一点道理。因为，在孔子与歌德之间，包括郭沫若、张君劢、唐君毅等在内的不少中国学者都认为，确实存在不少相似的地方。

辜鸿铭精通德语，能直接地、毫无困难地读歌德作品的原文，且本身是一位哲学家，所以能从比较深刻的哲学和社会思想的层面上宏观地认识歌德，接受歌德。相比之下，王国维和鲁迅对《浮士德》的接受，从我们能搜集到的极少的材料判断，还多半只限于文学的层面。

晚年，辜鸿铭尽管以政治立场保守著称，被视为顽固不化的清朝遗老，学贯中西的他却受聘为蔡元培任校长的北京大学教授，并以上述《中国对欧洲思想的抗拒》《中国人的精神》等著述以及他翻译成英文的儒家经典，在一段时间里风靡了西方的知识界，几乎成了中国思想界的代表。德国极富影响的汉学家同时也是他著作的译者卫礼贤教授，称赞他是一位智者（einen geistigen Kopf）；英国著名作家毛姆来华访问，也像个小学生似的诚惶诚恐地到北大拜见他。[①]丹麦大批判家布朗兑斯也十分重视辜鸿铭，称他为“那位高贵的、富有教养学识的中国人”，并且写道：

> 他像卡莱尔[②]一样，在所有欧洲人中最看重歌德。他认为，在历经数千年的中断间隔之后，孔子的精神和智慧，又

---

① 参见《中国人的精神》，第六十五页；《浮士德》，杨武能译，广西师范大学出版社2003年版第二九七至三〇六页。

② 卡莱尔（Thomas Carlyle，1795–1881）是苏格兰散文家和历史学家，辜鸿铭就读英国爱丁堡大学时有幸受教于他。他本身就景仰歌德并与歌德有交往，还成功地翻译了歌德的长篇小说《威廉·迈斯特的学习时代》，辜鸿铭受他影响也很早便喜欢上了歌德。

在歌德的身上完美实在地复活了…… 可以断定，从根本上讲，歌德是唯一一位让辜鸿铭产生了深刻印象的德国人。[①]

至于辜鸿铭自身，也可以说是在中国积弱积贫的那个时代唯一受到西方人尊重景仰的中国学人。他倡导东方特别是中国的文化精神的努力，产生了如此重大的影响，以致在西方学界有不少人认为“到中国紫禁城可以不看，却不可不看辜鸿铭”。对于我们后来的中国人，尤其值得注意的是辜鸿铭之赢得人家的敬重，不只在于他博学多识，更在于他对自己民族传统思想文化的坚守坚持，也就是作为文化人面对现实中强势文化时的自尊自重。

二、戊戌变法、辛亥革命和歌德作品的早期中译

1894年至1895年的中日甲午之战，使李鸿章为首的洋务派用购买来的先进德国军舰装备的北洋水师遭到覆灭，宣告了洋务派“中学为体，西学为用”主张的失败。这给了中国人一个教训：革新、改良不能见物不见人，工厂要人来管理，武器要人来操纵，而人又受政治制度和思想意识支配，所以要想富国

---

① 博兰兑斯：《论辜鸿铭》，载*Miniaturen*，柏林Erich Reis Verlag 1917年版第三二七页。

强兵，就不能光学西方的科学技术和坚船利炮，还必须引进人家先进的社会政治思想和精神文化，以实现政治体制的改良，民族精神的更新。

基于这个认识，便由以康有为、梁启超为首的一批知识分子，掀起了以推动君主立宪为目的的变法维新运动。在这一对外开放的新风潮涌起的1898年前后，翻译、引进西方文化和科学著作之风便盛行起来，并在具有变法维新思想的知识分子中出现了以严复为代表的一批翻译家。他们跟同样也做翻译的辜鸿铭反其道而行之，不是为了抗拒西方的精神、思想而将四书五经译成英文，而是把包括文学艺术在内的西方人文社会科学著作译成中文，以便学习、掌握西方先进的政治制度和精神文化。

在戊戌变法这一规模更大、更加深入的西学东渐过程中，德国和欧洲最伟大的诗人和思想家之一的歌德自然也开始受到关注。例如：梁启超研究屈原就曾以歌德为参照，认为屈原的《招魂》“这篇名作的结构和思想，都有点和噶特（歌德）的《浮士达》（《浮士德》）相仿佛”。后来又说：“《招魂》…… 的思想，正和葛德的《浮士特》剧本上一样。《远游》便是那剧的下本。……是写怀疑的思想历程最恼闷、最苦痛处。”[①]

然而1898年的变法维新运动很快便失败了。失败的原因在于推动维新的知识分子自身没有任何力量，完全受制于皇室的腐败政权，把全部的希望都寄托在了一位软弱无力的年轻皇帝身上，一经以慈禧太后为首的保守势力出头反对，便前功尽弃了。

吸取戊戌变法失败的教训，孙中山先生领导同盟会发动彻底推翻帝制的民主革命，并在1911年取得了成功。就是在这一革命的前后及其影响下，歌德开始得到了翻译介绍。

第一个将歌德译成中文的，是清末民初的重要学者、政治活动家和诗人马君武（1881–1940）。马君武1901年留学日本，1906年回国。因参加同盟会的革命活动遭到清政府追捕，又流亡到德国，在柏林大学攻读冶金专业，不但精通了德语，还获得了工学博士学位，是我国自有留学生以来第一个取得科学博士学位者。除了德文，马君武还精通日文、英文，一生著译相当丰富。1914年6月，作为《南社刊丛》第九集由上海文明书局印行的《马君武诗稿》（石印本），就收有他译的《威特之怨》（《少年维特的烦恼》）的一个片断和《米丽容歌》（今

---

① 见《中国韵文里头所表现的情感》，《饮冰室合集·文集之三十七》第一二九页；《饮冰室合集·文集之三十九》第五十五至六十八页。

孙中山和他的秘书马君武

诗人和翻译家马君武

译《迷娘曲》）。

《马君武诗稿》的作者在“民国二年癸丑五月廿八日”写的自序中说，集子里收的诗文“殆皆为壬癸间所作，十年前旧物也”。据此推算，也就是在这位革命者流亡日本的1902–1903年之间。马君武选译了《维特》主人公所念的“欧心之诗”（莪相的诗）中阿明哭女一节，题作《阿明临海哭女诗》。他在译文前简单介绍了作者贵推（歌德），称他“为德国空前绝后一大文豪，吾国稍读西籍者皆知之。而《威特之怨》一书，实其自绍介社会之最初杰作也”。

对于威特与沙娄（绿蒂）一起读诗并因之大为激动感伤的情况，马君武仅作了十分概略的节述，译诗本身也删改得非常厉害，基本上应该算是节述而非翻译了。

比较起来，《米丽容歌》的译文则完整而忠实，在相当程度上传达出了原诗的情调和意旨。作为歌德的作品甚至整个德国文学的第一篇真正中译（不是那种节述），这首诗是非常珍贵的。兹录于后，以供研究和赏鉴——

米丽容歌

君识此，是何乡？园亭暗黑橙橘黄。
碧天无翳风微凉，没药沉静丛桂香，
君其识此乡。归欤归欤，愿与君归此乡。

君识此，是何家？下撑楹柱上檐牙。
石像识人如欲语，楼阁交错光影斜，
君其识此家。归欤归欤，愿与君归此家。

君识此，是何山？归马识途雾迷漫。
空穴中有毒龙蟠，岩石奔摧水飞还，
君其识此山。归欤归欤，愿与君归此山。

这首古雅的译诗在《马君武诗稿》中从右到左竖行排印，分段不分行，没有新式标点；却十分超前地、十分艰难地排上

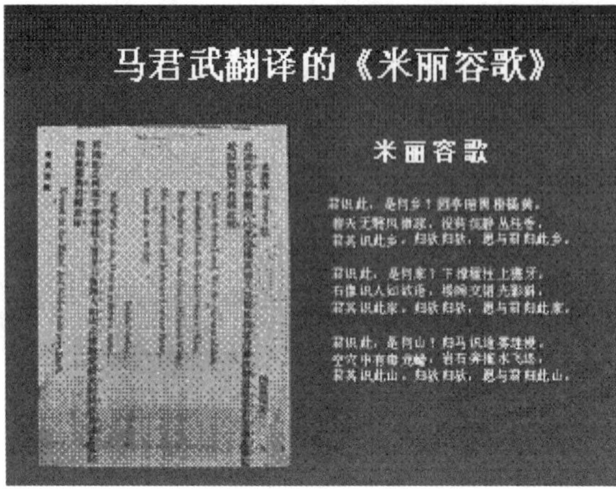

了德文原文作为对照。因此有不少排印的错误，如将《米丽容歌》（*Mignon*）误作了《米丽客歌》等；特别是德文，错误更比比皆是，图上因此难得地留下了冯至老师认真标注出错误的手迹和符号。

还需说明的是，《马君武诗稿》中的《米丽容歌》虽然排有德文进行对照，但最初即1902年前后翻译所依据的外文估计还是日文，因为在流亡日本期间译者精通日文而充其量只是粗通德语；但是，不排除在正式刊行之前，马君武又用后来留学德国精通的德语，对译文作了细致的修订和润色。由此可见，这首译诗的诞生过程，也曲折坎坷而富有特殊的意义，可以作为诗人马君武革命生涯的佐证。

除了歌德，马君武还翻译过席勒的著名剧本《威廉·退尔》，英国诗人拜伦的长诗《哀希腊》以及卢梭、雨果的作品，在译介达尔文、斯宾塞等人科学著作方面也有所建树。因为他本身就是一位诗人，译诗也特别富于诗的韵味。在我国早期诗歌翻译者中，马君武被认为自成一家，备受文学史家们的称赞。[①]

继马君武之后，我国另一位著名诗人苏曼殊（1884-1918）也译过歌德的诗。歌德读了印度古代梵文诗人迦梨陀莎的诗剧《莎恭达罗》大为感动，曾写过几首诗来赞颂它；苏曼殊在

苏曼殊（1884-1918）

① 请参阅吴泰昌：《不以诗人自居的诗人——马君武》，载《文汇月刊》1982年第二期。

1910年以前译了其中咏叹该剧女主人公的一首。译诗云：

春华瑰丽，亦扬其芬；
秋实盈衍，亦蕴其珍。
悠悠天隅，恢恢地轮，
彼美一人，沙恭达纶。[①]

苏曼殊这首以四言古体译成的短诗《沙恭达纶》，在忠实原文的“信”字上虽不无可以挑剔之处，但在富有韵味和诗情的“雅”字上却异常成功，因而脍炙人口，一直流传到了今天。

同样以文言文译歌德诗的还有王光祈和应时。他俩都译了歌德的著名叙事诗《魔王》（Erlkönig）。把两者的译文和原诗作一番比较，可以认为无论是王光祈的《爱尔王》还是应时的《鬼王》，都译得相当忠实、畅达。只可惜不知道它们的准确

① 歌德诗的原文为：Sakontala

1791

Willst du die Blüthen des frühen，die Früchte des späteren Jahres，
Willst du，was reizt und entzückt，willst du，was sättigt und nährt，
Willst du den Himmel，die Erde mit Einem Namen begreifen，
Nenn' ich Sakontala dich，und so ist Alles gesagt.

王光祈（1892–1936）

发表时间；①仅据系用文言译成这点来看，也该是比较早的，多半在五四以前吧。

就在歌德的作品开始译成中文的差不多同时，也有人注意到了向读书界介绍歌德本人。1903年（清光绪二十九年）的7月，上海作新社印行了一本《德意志文豪六大家列传》（亦名《德意志先觉六大家列传》），其中即有长达五千多字的《可特传》（《歌德传》）一篇，对歌德的生平、著作及在文学史上的地位，都作了相当详细的介绍。如关于《乌陆特陆之不幸》（《少年维特的烦恼》）在当时的巨大影响，便讲：“此

① 这两首译诗系从友人钱春绮手中传抄得来，据他说原书已在“文革”中损失了。

书既出，大博世人之爱赏，批评家争为恳切之批评，翻译家无不热心从事于翻译，而卑怯之文学者，争勉而模仿之。当时之文学界，竟酿成一种乌陆特陆之流行病。且青年血气之辈，因此书而动其感情以自杀者不少。可特氏之势力，不亦伟哉！”此即我国文字有关“维特热”的最早记述。可惜的只是，《德意志文豪六大家列传》这部在中国首先介绍歌德的著作，仍系由日文移译过来的，原作者为大桥新太郎，译述者为赵必振。通过《可特传》，中国人可算第一次对歌德有了较为全面的了解。

在这里顺便提一下，在歌德译介，不，乃至整个西学东渐的初期，曾经有过一座重要的桥梁或者说中转站，那就是我们位于东边大海中的小小的邻居日本。这个岛国由于明治维新而先行实现了西化，而且政治、军事、产业、文化和意识形态等都西化得相当彻底，所以在引进西洋先进的学术思想和文学艺术方面已远远走在前面。所以，继当年洋务派成立的同文馆之后，为了就近吸取先进的西洋学术文化，戊戌变法时期又成立了专门教授和翻译日文的东文馆。赵必振译的《德意志文豪六大家列传》，仅仅是无数从日文翻译或转译过来西学书籍之一而已。而具体到歌德及其作品，更可以讲早期几乎都是经过日本这座桥梁来到了中国。这个论断，将在下文中一再得到证明。论据中最有力的一点是，郭沫若、田汉、成仿吾等中国早期的歌德敬仰者和译介者，和比他们更早一些的马君武一样，都系留学日本的学生，都在日本学会了德文，并且在日本开始了翻译活动。

也在辛亥革命之前的这个时期，中国人在自己的著作中论及歌德的也多起来了。

王国维在他1904年写的《红楼梦评论》中，将曹雪芹的《红楼梦》和歌德的《浮士德》相提并论，称它们都是“宇宙之大著作”。他写道：“在欧洲近世之文学中，所以推格代（歌德）之《法斯特》（《浮士德》）为第一者，以其描写博士法斯特之苦痛及其解脱之途径最为精切故也。若《红楼梦》之写宝玉，又岂有异于彼乎？”

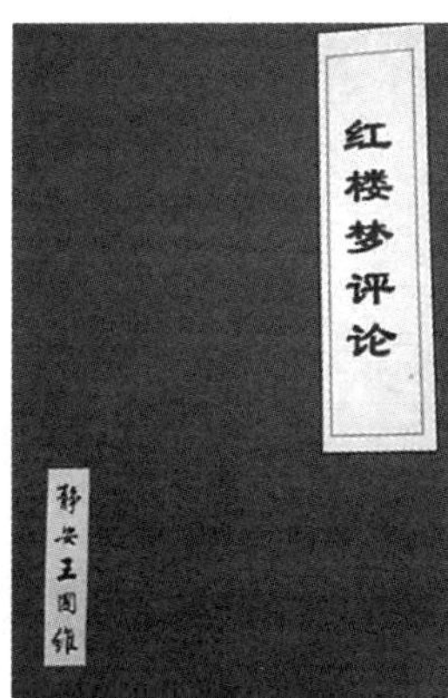

王国维（1877–1927）

王国维如此推崇歌德及其《浮士德》，应该讲并不奇怪。这一方面反映了他早年受德意志精神文化的影响，尤其是叔本华的悲观主义哲学的影响，另一方面也表现了他与《浮士德》在精神和情感上的共鸣；而引起这共鸣的，多半就是让歌德描写得“最为精切”的浮士德博士上下求索的痛苦，一个孤独的思想者的痛苦。王国维他自己，恐怕也同样长期经受同样的痛苦煎熬，却无法像浮士德一样寻求到解脱之途径。

就在发表《红楼梦评论》的同一年，王国维还在《教育世界》杂志上发表过《德国文豪格代希尔列尔合传》（歌德、席勒合传）一文，开篇即发出“呜呼！活国民之思潮，新邦家之命运者，其文学乎！”的慨叹。[①] 由此可见，王国维对歌德和席勒的推崇，出发点和后来的陈独秀、张闻天一样，也已经是欲以德国大文豪所体现先进思想启蒙民智，振新国家。

比王国维稍晚一些，鲁迅先生也对歌德有所论述。他在留学日本时写的《人之历史》和《摩罗诗力说》这两篇文章，都一再提到瞿提（歌德），在前文中称他为“德之大诗人”，说他“邃于哲理”，“识见既博”，“思力复丰”，充分估价了他所创立的《形蜕论》的重要意义；在后文中更誉之为“日尔

---

① 原载1904年3月《教育世界》第七十号，见佛雏校辑《王国维哲学美学论文散佚》，华东师范大学出版社1993年版，第二九九页。

曼诗宗”和“德诗宗”，并谈到了他的代表作《法斯忒》（《浮士德》）。[1]

鲁迅（1881–1936）

紧接在鲁迅先生之后，在清光绪三十四年（1908）的《学报》杂志第一卷第十期上，发表了仲遥的《百年来西洋学术之回顾》一文，更概括地介绍了歌德及其著作，说“歌的（歌德）为客观的诗人。其为人有包罗万象之概。故其思想亦广大浩漫，如大洋之无垠。而其文章，则感兴奔流，一泻千里”。

* * *

以上两节所述，为我国介绍歌德及其作品的最初情况，其特点是人们对德国最伟大的诗人歌德尽管推崇备至，但还谈不上有深入的了解和研究，作品的翻译也属一鳞半爪，尚未引起一般读者的注意，可以视为歌德在中国之接受这部宏大交响乐的前奏，真正精彩的展开部分还在后面。因为与此同时，在懂得外文和有机会接触到西方文艺的知识分子中，歌德的影响正

① 鲁迅还在后来的《致〈近代美术史潮论〉的读者诸君》（1929）一文中，将歌德、尼采、马克思相提并论，都誉之为伟大的思想家。

日渐增强和扩大起来，一些人已开始作全面深入介绍和研究歌德的酝酿、尝试和准备。这预示着一当出现有利的社会条件，一个波澜壮阔的高潮就将到来。

三、五四运动和我国介绍与研究歌德的第一次高潮

如同洋务运动和戊戌变法先后都遭到了失败，1911年爆发的辛亥革命尽管推翻了清政府，结束了在中国已维持一千多年的封建帝制，却未能完成反帝、反封建的民主主义革命任务，国家的权力仍然掌握在封建军阀及其背后的帝国主义列强手里，旧礼教的沉重枷锁仍然束缚着人们的头脑和精神，思想感情和立身行事仍然缺少自由，于是在中国先进的知识分子中便酝酿和掀起了五四新文化运动。运动的首要任务在于对广大民众进行科学与民主的启蒙，打碎残留在人们身上的精神枷锁，实现人们思想、感情和个性的解放，真正完成精神和文化领域内的民主主义革命。

为了宣传五四新文化运动的主张，早在1919年运动爆发前两年的1917年，北京、上海等地就创办了四百多种新的报刊，作为这一运动的旗手和先锋的陈独秀（1880–1942）就写了著名的《文学革命论》，发表在他主编的《新青年》杂志上。他在文中指出，我国“政治界虽经三次革命，而黑暗未尝

稍减”，主要原因就在“盘踞吾人精神界根深底固之伦理、道德、文学、艺术诸端，莫不黑幕层张，垢污深积”。他因此大声疾呼：

> 今欲革新政治，势不得不革新盘踞于运用此政治者精神界之文学。

他满怀激情地宣告：

> 欧洲文化，受赐于政治科学者固多，受赐于文学者亦不少。予爱卢梭、巴士特之法兰西，予尤爱虞哥、左喇之法兰西；予爱康德、赫克尔之德意志，予尤爱桂特、郝卜特曼之德意志……

他问：

> 吾国文学界豪杰之士，有自负为中国之虞哥、左喇、桂特、郝卜特曼、狄铿士、王尔德者乎？

陈独秀所说的桂特就是歌德；他所发出的呼吁，也很快引起反响。例如，1920年即紧接在五四运动之后由上海亚东图书馆出版的一本《三叶集》，便对他最后提出的在中国是否有人自诩为桂特这个问题，作了明确的回答。

五四运动的另一位先锋和主将，是后来同陈独秀一样担任了北京大学教授的胡适（1891–1962）。他也在1917年而且还比陈独秀早一个月，在《新青年》上发表了他著名的《文学改良刍议》，提出了自己比陈独秀激进的革命论的温和的改良主张。其时他还在美国留学，但是早已开始思考文学革新、改良的问题。胡适同样景仰德国的伟大诗人桂推（歌德），特别佩服的是桂推深邃的哲学思辨能力。 他认真研读了前文述及的《马君武诗稿》，认为诗稿中的三十八首译诗唯有歌德的《米丽容歌》最为成功、感人。①

经过陈独秀、胡适等先知先觉者的提倡和推动，五四运动逐渐深入。在这个过程中，西方文化文学的引进更见力度，影响也更加直接、显著，歌德也随之开始在中国深入人心。五四运动第二年出版的一本《三叶集》，即显示了歌德在中国年轻知识分子中的巨大影响。

《三叶集》收田寿昌（田汉）、宗白华、郭沫若三人1920年1月至3月的通信数十封，书前附有三人各写的一篇短序。

田汉的序说："写信的时候，原不曾有意发表出来。

---

① 参见吴奔星、李兴华选编《胡适诗话》，四川文艺出版社1991年版，第十二、第十六页。

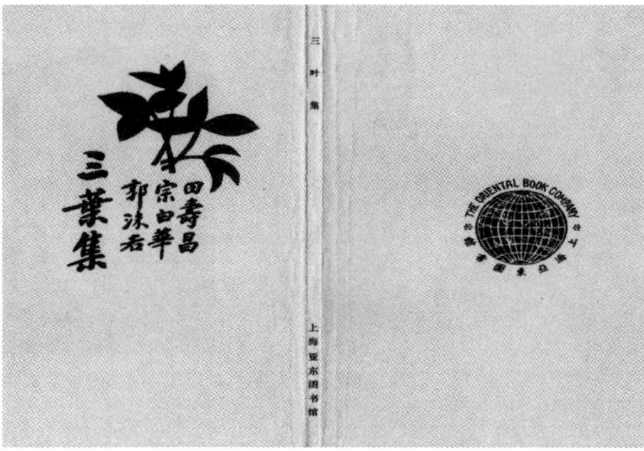

《三叶集》书封

后来你来我往，写的多了，大体以歌德为中心……”又讲：“此中所收诸信，前后联合，譬如一卷Werthers Leiden（《维特的烦恼》），Goethe（歌德）发表此书后，德国青年中，Wertherfieber（维特热）大兴！Kleeblatt（《三叶集》）出后，吾国青年中，必有Kieeblattfieber（“三叶热”）大兴哩！”

宗白华的序说：“刊行这本书的动机，乃是提出一个重大而急迫的社会和道德问题……简括言之，就是‘婚姻问题’；分开言之，就是：一、自由恋爱问题；二、父母代定婚姻制问题……”

郭沫若则干脆从“哥德之《浮司德》中”译诗一节，“即以代序”。

1920年的田汉

早年宗白华

早年郭沫若

两个心儿，唉！在我胸中居住在，

人心相同道心分开：

人心耽溺在欢乐之中，

固执着这尘浊的世界；

道心猛烈地超脱凡尘，

想飞到更高的灵的地带。

唉！太空中若果有精灵

在这天地之间主宰，

请从那金色的霞彩中下临，

把我引到个新鲜的，灿烂的生命里来！

像上面这样谈论和赞赏《浮士德》及其作者歌德的段落，在《三叶集》中实在太多，仅上面摘引的这些内容，已可说明三位通信者受了歌德多大影响；而田汉所谓他们的信“大体以歌德为中心”，也是一点不假的。

首先，三人在信里交换了对歌德的看法和评价。

他们不只谈到歌德及其创作在文学史上的地位，也谈到他的人生观、宇宙观乃至于作诗的习惯和对待恋爱婚姻的态度，等等。如郭沫若1月18日致宗白华的信，以四页多的篇幅，论证歌德“是一个将他所具有的一切天才，同时向四面八方，立体地发展下去”的所谓“人中之至人”①，并把他与孔子相提并论，将他们在各方面的活动和成就作了对比，最后得出结论说，“他有他的哲学，有他的伦理，有他的教育学，他是德国文化上的大支柱，他是近代文艺的先河……他这个人确也是最不容易了解的。他同时是Faust，Gott，Übermensch（浮士德，上帝，超人）；他同时是Mephistopheles，Teufel，Hund

① “人中之至人”（der menschlichste Mensch）是与歌德同时代的德国大诗人维兰德对他的评价。

（靡非斯托菲勒斯，魔鬼，狗）”，但归根到底，“哥德是个‘人’……是‘人中之至人’……”

又如在2月16日致田汉的信中，郭沫若更明白地指出：“哥德的一生只是一些矛盾方面的结晶体，然而不失其所以‘完满’。”

郭沫若的这些看法，都可算当年我国知识分子对歌德做的最为详尽、最为深刻的评论，值得我们重视。

其次，信中反映了他们热心阅读歌德的作品并为之倾倒的情形。

他们不只读他的代表作《浮士德》和《少年维特的烦恼》，还读他的《诗与真》和其他传记，甚至也读了他的自然科学著作如《植物形变论》。田汉称《诗与真》为“自叙传的告白文学之白描”。宗白华说读了《浮士德》中的《献词》和《天上序幕》这两段译诗，便消去了他“数日来海市中的万斛俗尘，顿觉寄身另一庄严世界”。郭沫若则认为：“海涅底诗丽而不雄。惠特曼底诗雄而不丽。两者我都喜欢。两者都还不足令我满足。”那么谁的诗才令他满足呢？歌德！因此，他“狠想多得哥德底《风光明媚的地方》”（指《浮士德》第二部第一幕）一样的诗来痛读，“令我口角流沫，声带震断”！我们这位“东方未来的诗人郭沫若”（宗白华在致田汉的信里如此预言），对八十多年前生活在西方的德国大诗人歌德真可谓钦佩之至了！难怪他和宗白华都认为，“诗人底宇宙观以Pantheism（泛神论）最宜”，就像歌德那样；诗人应“多与自然和哲理接近”，“多研究古昔天才诗中的自然音节，自然形式”，就像歌德那样。

这儿再举郭沫若3月3日致宗白华信中的一个十分感人的例子。

经过宗白华介绍，郭沫若与他在日本的朋友田汉也结下了友谊。两人在通过一段信以后，田汉便去拜访郭沫若。他们不但一道谈诗论文，同游风景名胜，还一起阅读歌德：

> 午后我们读了《浮士德》的前部。寿昌喜欢 Strasse（街头）至 Marthens Garten（玛尔特的花园）诸幕，我喜欢的是Am Brunnen（井旁）以后。我看我们俩人嗜好不同，也是我们俩人境遇不同的地方。我读Zwinger（内外城墙之间的巷道）一节，我莫有不流眼泪的时候。

郭沫若甚至就此写了一首题名为《泪之祈祷》的诗，诗前以歌德的诗句“有谁感觉到啊 / 我五内如焚 / 痛彻骨髓”（Wer fühlet / wie wühlet / Der Schmerz mir im Gebein?）为题词，诗的第一节和最后一节都是：

狱中的葛泪卿（Gretchen）！
狱中的玛尔瓜泪达（Margarete）！
要你才知道我心中的凄沧，
要你才知道我心中的悔痛。
你从前流过的眼泪儿……
流到我眼里来了。

流罢！……流罢！……
温泉一样的眼泪呀！
你快如庐山底瀑布一样倾泻着罢！
你快如黄河扬子江一样奔流着罢！
你快如洪水一样，海洋一样，泛滥着罢！
……………

狱中的葛泪卿！
狱中的玛尔瓜泪达！
你从前流过的眼泪儿，唉！
流到我眼中来了。……
我……我……我也想到狱中去！

郭沫若这首诗笔者在摘引时略有删节，但仍可看出诗人的感情是如此冲动，而原因就是如他自己所说，他在读《浮士德》时联系到了自己的“境遇”。这就意味着作为《浮士德》接受者的他，已经把自身的思想感情融入了作品，把自己变作了的作品中的一个角色。为什么会有这样的接受方式？前引描绘了时代背景的宗白华序可以是一个间接说明；直接的回答，则可在“浪漫的一代”、特别是自称像歌德一样信奉“主情主义”的郭沫若的个性和气质中获得。

十分可喜的是，当时我们年轻的作家和诗人并没有止于耽读《少年维特之烦恼》，耽读《格莉琴的悲剧》这些歌德狂飙突进时期的作品，没有沉溺于感情的放纵、发泄，以致老在那儿哭哭啼啼、以泪洗面，而是立下了要把歌德所有的杰作介绍过来，并在自身的创作中以歌德为榜样的宏愿。

以郭沫若为代表的“浪漫的一代”对《浮士德》的接受方式，在五四时代应该讲很有代表性，所以才会出现连德国人也感到吃惊的“维特热”。在这个意义上，郭沫若等对《浮士德》的接受又好似一面镜子；在这面镜子中，可以看见以放纵感情、张扬自我为其特征之一的五四时代。郭沫若在《三叶集》里指出，他们所处的这个时代与德国的“胁迫时代”——狂飙突进时代——很是相近，应该讲不无道理。

很显然，如此专注地投入了整个身心和情感阅读歌德的作品，不只会对阅读者的思想观念留下深刻的影响，而且也必然会给后来都成了中国新文学缔造者的郭沫若、田汉、宗白华三人的创作，提供直接有益的借鉴启示和可资效法的榜样楷模。也就不奇怪，郭沫若如此倾慕歌德的时期，正是他在宗白华主编的《时事新报》副刊《学灯》上大量发表新诗的时期；他当时创作的《凤凰涅槃》等诗作之所以那么雄伟瑰丽，富于哲理，显然在很大程度上应归因于从《浮士德》这部“雄丽巨制”中获得了启发和灵感。

还有《三叶集》收的最后一封信，记录了郭沫若和田汉在日本同游太宰府的一段趣事，意义也非同寻常，值得细加玩味。

话说二人上山后，在茶店中饮酒闲谈，一会儿“便醺醺然有酒意。想替Goethe和Sehiller铸铜像（郭老写此句时大概想到了魏玛那座歌德与席勒并肩而立的著名塑像），出庙寻写真师（照相师），问市中人，云在庙中。入庙遍寻不得。彼此相扶依，蹁跹梅花树下，不禁放歌”：

………

写真师！写真师！

我们在寻你！我们在寻你
哥德也在这儿！
许雷（席勒）也在这儿！

你替他们造铸铜像的在哪儿！
我的诗，你的诗，
便是我们的铜像，便是宇宙底
写真诗！
………

在这里，年轻的郭沫若直截了当地把自己比作歌德，把田汉比作席勒，说明他当时的确是以歌德为楷模；而他与田汉后来的文学发展道路，又实在与歌德和席勒有不少相似之处，令人不能不感到惊奇。

这段引文，这个史实，在我看来就是以郭沫若为代表的一批年轻有为的中国文学家，对陈独秀提出的是否有人有勇气成为中国的桂特（歌德）这个问题，作出的明确回答。

再次，三位通信者相互支持，相互勉励，打算对歌德进行全面深入的研究和介绍。

为什么介绍？郭沫若回答说："我想歌德底著作，我们宜尽量多地介绍，研究，因为他处的时代——‘胁迫时代’——（指狂飙突进时代）——同我国的时代很相近！我们应该受他的教训的地方很多呢！”

如何介绍？郭沫若和田汉都主张“多纠集些同志来，组织个‘哥德研究会’，先把他所有的一切名著杰作，和关于他的名家研究，和盘翻译介绍过来，做一个有系统的研究”，“预备过一两年的工夫，会把全部的哥德，移植到我们中国来呢！”

介绍研究的目的是明确的——“洋为中用”。抱负也不小——“和盘翻译介绍”，“有系统的研究”。于是，三人便分别拟定了介绍和研究的课题：宗白华写一篇题为《德国诗人歌德的人生观与宇宙观》的论文；田汉译《歌德诗中之思想》一文，并写一本《歌德传》和“做一篇《歌德与雪勒》（歌德与席勒），述他二人之生涯交谊与著述梗概”；郭沫若则着手或准备译《浮士德》和《少年维特之烦恼》……所有这些题目，除田汉的《歌德传》和《歌德与席勒》外，后来也都完成了。

《三叶集》以上三个方面的内容，说明它的的确确是“以歌德为中心”的，说明在中国进一步对外开放的社会语境里，尤其是在经过了五四洗礼的先进知识分子阶层，歌德已经深入人心。《三叶集》这本问世于六十多年前的小书，目前已不易为一般读者接触到，重视的人看来更少，但却是一部十分珍贵的文献：它不仅记录了郭沫若等三位中国现代杰出作家早年思想发展的轨迹，而且对研究中西特别是中德文学交流的历史，研究歌德在中国的接受特别对中国新文学发展初期的影响，更提供了重要的、稀罕难得的实证和依据。

为说明这重要与稀罕，仅以一桩不易为人注意的史实为例：现在通用的“歌德”这个译名，可以断定也是在《三叶集》中首先由田汉使用的——多数情况下他在书中用的是发音相同的“哥德”。而在此前后，歌德在我国还曾有过“果次”“俄特”“可特”“贵推”“瞿提”“瞿德”“哥的”“高特”“桂特”“据台”“戈忒”“勾特”“葛德”“珂德”等一系列的名字。这些名字有的念起来与原名相去甚远，显系从其他文字辗转翻译过来的；有的念起来感觉怪异。结果经过时间和广大读者的选择，终于胜出并获得了长久生命力的是还是田汉的歌德。

仅从译名的变迁，我们是不是也可看见，在把歌德这位德国大诗人迎来中国的漫漫长途中，先辈们曾做过何等艰辛的探索和尝试！在那初创阶段，自然不免会有失误和幼稚的表现——如把《三叶集》比作《维特》就不尽恰当，称歌德为果次、瞿提、勾特也有些滑稽，而且对于歌德的认识，整个说来还受着外国学者特别是日本学者的明显影响。但尽管如此，先辈们仍可谓成就斐然，功不可没。

《三叶集》的出版，可以看作是介绍和研究歌德热烈兴旺的新阶段即将到来的先兆。这个阶段持续近十年之久，到1932年歌德逝世一百周年纪念时，便形成了空前的高潮。新阶段及其高潮之所以到来，略而言之，有以下原因：

1. 我国新民主主义革命的发展和新文化运动的深入，迫切需要介绍更多的外国先进思想文化，歌德尤其青年歌德的思想和创作，正好能适应我国当时反封建的时代要求。

2. 先后成立的文学研究会和创造社，都积极从事外国文学的介绍，特别是后者，事实上部分地起到了始终未能成立的“歌德研究会”的作用。

前一阶段即从20世纪初至五四时期的酝酿、准备、摸索、尝试，已经开花结果。

3. 五四运动后第三年，即1922年，适逢歌德逝世九十周年纪念，这又为加紧研究和介绍这位大诗人提供了难得的契机。

在这一年的中国报刊上，出现了一些颇值得注意的有关歌德的诗文；其中上海《时事新报》的《学灯》副刊，于歌德辞世纪念日次日即3月23日，集中刊登了西缔（郑振铎）的《歌德的死辰纪念》、愈之（胡愈之）的《从〈浮士德〉中所见的歌德人生观》、谢六逸的《歌德纪念杂感》以及冰心为纪念歌德而作的《向往》一诗，名副其实地称得上是一个歌德纪念专号。1919年，宗白华主持的《学灯》刊登了郭沫若译的《浮士德》三个片断，在介绍歌德的伟大诗剧入中国的工作中带了头，这次同样得风气之先，在中国报刊中第一家有意识地组织了对歌德的纪念。

同年8月至9月，上海商务印书馆出版的《东方杂志》以三期一万多字的篇幅，连载了闻天（张闻天）的一篇题为《哥德的浮士德》的长文。

以笔者迄今掌握的资料判断，张闻天的这篇文章恐怕就是中国人写的最早的研究《浮士德》乃至歌德作品的长篇论文了。而且不只最早，不只有分量，还相当地系统、全面，并不乏理论的深度。文长一万五千余字，细分为五个部分：1. 歌德与浮士德；2. 浮士德的来源；3. 浮士德第一部的概略；4. 浮士德第二部的概略；5. 浮士德中所包含的根本思想。而在《哥德的浮士德》之前，中国人对《浮士德》尚无专文论述。鲁迅先生在《摩罗诗力说》和《人之历史》两文中虽提到这部作品，但仅限于片言只语；郭沫若在《三叶集》里讲得稍多一点，也不过随感式地议论；其他关于《浮士德》的文字，则都很难说

早年张闻天

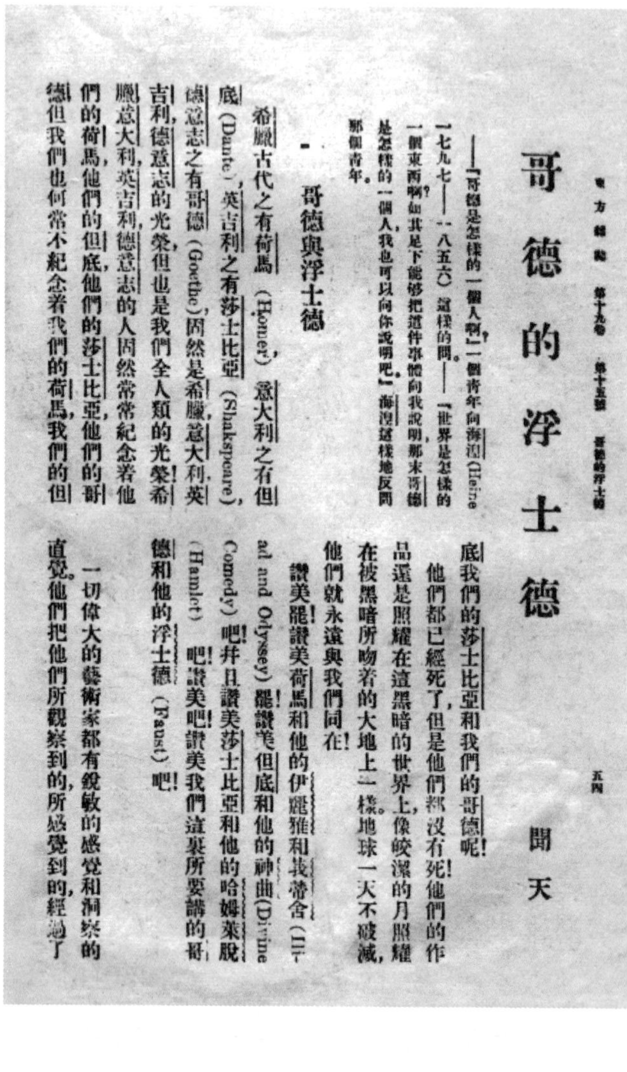

東方雜誌　第十九卷　第十五號　哥德的浮士德　五四

哥德的浮士德

聞天

——「哥德是怎樣的一個人啊？」一個青年向海涅(Heine 一七九七——一八五六）這樣的問。——「世界是怎樣的一個東西啊？如其足下能夠把這件事體向我說明，那末哥德是怎樣的一個人，我也可以向你說明吧。」海涅這樣地反問那個青年。

一　哥德與浮士德

希臘古代之有荷馬（Homer），意大利之有但底(Dante)，英吉利之有莎士比亞（Shakspeare），德意志之有哥德（Goethe)，固然是希臘，意大利，英吉利，德意志的光榮，但也是我們全人類的光榮！希臘，意大利，英吉利，德意志的人固然常常紀念著他們的荷馬，他們的但底，他們的莎士比亞，他們的哥德，但我們也何常不紀念着我們的荷馬，我們的但底我們的莎士比亞和我們的哥德呢！

他們都已經死了，但是他們都沒有死！他們的作品還是照耀在這黑暗的世界上，像皎潔的月照耀在被黑暗所吻着的大地上一樣。地球一天不破滅，他們就永遠與我們同在！

讚美罷！讚美荷馬和他的伊麗雅和莪蒂舍（Iliad and Odyssey）罷！讚美但底和他的神曲(Divine Comedy）吧！并且讚美莎士比亞和他的哈姆萊脫（Hamlet）吧！讚美吧！讚美我們這裏所要講的哥德和他的浮士德（Faust）吧！

一切偉大的藝術家都有銳敏的感覺和洞察的直覺。他們把他們所觀察到的，所感覺到的經過了系统、深刻、全面。

再看文章的内容本身，也自有一定价值。作者把《浮士德》摆在欧洲的时代精神和文化发展的大背景上，摆在与歌德个人的生活、思想和个性的具体联系中，来理解这部内容庞杂的巨著，引述资料颇为丰富，故事概括基本符合原著，种种的提法即在今天专门研究歌德和《浮士德》的人眼中，也不是皮毛之论。

上述各点，以及中国最早的一篇关于《浮士德》乃至歌德的论文系出自一位后来的无产阶级革命家笔下这一事实本身，都赋予了此文以文化思想史和中德文化交流史上的重要意义。这是它值得重视的一个方面。

另一个方面，这篇文章反过来又是研究张闻天生平和思想发展，乃至研究中国近代思想史的一份有价值的资料。[①] 过去我们一般只了解，闻天同志毕生从事革命，在马列主义理论和经济学方面造诣很深。《哥德的浮士德》却告诉我们，他不仅学识广博，富有文学修养，外文水平还相当高——当时他多半也在日本留学，否则，在当时尚无《浮士德》中译本的情况

① 除了张闻天，早期的共产党人中还有陈独秀、瞿秋白，民主主义者中还有马君武等都曾十分景仰歌德，不能不说是一个研究中国近代思想史值得注意的现象。

下，他是绝难读懂这部以深奥著称的诗剧的，更别提研究和评论了。

当时二十二岁的张闻天在文中写道：

> 一切伟大的艺术家都有锐敏的感觉和洞察的直觉。他们把他们所观察到的，所感觉到的，经过了他们的个性的溶化，更受了他们内部的迫切的表现的冲动，用了某种方法表现出来的东西，就是他们的伟大的艺术品。所以任何艺术家的作品中间都是以时代为背景而以作者的个性为中心的。

这段话，对什么是文艺作品的本质这个问题，不是作了符合唯物主义反映论的正确回答吗？

他又在分析歌德主张的“活动主义”时说：

> 他觉得自然界是永久的在活动，人生也永远是在活动。但是他更进一步说：这种活动是二种相对的，或是相反的势力的冲突的活动：善与恶，美与丑，向上与向下，施与受，收缩与膨胀，阴与阳，动与反动等等诸势力的活动，世界上一切复杂的样式都是拿这些势力为经纬而织成的。又讲：世

界不是盲目的乱动的。他（指世界 —— 笔者）也有一定的目的；那就是进步，就是向善，也就是向圆满。

这里张闻天讲的固然是歌德的主张，但又何尝不是他自己的看法呢？在全文结尾，他发出了深沉的感叹：

唉！保守的，苟安的中国的人呵！

这慨叹表明，张闻天赞赏歌德富于辩证精神的“活动主义”，赞赏表现在浮士德身上永不自满、永远追求的自强不息精神，完全是出于对中国人因循守旧、苟且偷安的不满，并且想借助浮士德的“活动主义”即有为哲学，来改变中国人这愚昧落后的精神现状。

也就是说，张闻天是理性地从哲学的层面来接受《浮士德》的，但是却又与同样这样做的辜鸿铭泾渭分明；他目光向前，为的是克服因循保守，辜鸿铭的目的恰恰相反。他同时也融入了自身的思想情感，把自己面临的现实摆进了作品中，但是也有别于郭沫若等“浪漫的一代”；他摆进去的是“大我”，是整个中华民族，想要改变的是中国人保守、苟安的国民性，而不是放纵个人的情感，追求一己的个性张扬和解放。

当然，张闻天的《哥德的浮士德》也难免有局限。他当时似乎还缺少明确的阶级观点和社会发展观点，在分析《浮士德》的时代背景时，只谈了思想文化方面，忽略了经济、政治、阶级和阶级矛盾方面。尽管如此，《哥德的浮士德》这篇长文乃是中国《浮士德》接受史上的一个重要标志，价值不容低估。

还值得一提的是，张闻天除了撰写有关《浮士德》的论文，还动笔翻译过它的一个片断，那就是诗剧第一部的最后一场“狱中”。“文革”浩劫之后张闻天在政治上得到了平反和恢复名誉，他早年文学活动也受到了关注，上述论文和翻译都收进了新出版的《张闻天文集》里。

张闻天的思想转化、发展过程，在中国20世纪二三十年代的先进知识分子中间应该具有相当的典型意义，不只是我们研究歌德在中国之接受的宝贵材料，恐怕就是研究中国的共产主义运动思想史乃至整个社会思想史，也无法忽略和回避。

也在1922年，还发生了一件比张闻天发表《哥德的浮士德》影响更加广泛、更加深远的事，那就是郭沫若译的《少年维特之烦恼》的问世。不，影响岂止超过张闻天的论文，应该说影响空前，在中国的歌德接受史上具有划时代的意义：一如当年在德国和欧洲，《维特》这本“小书”就像一枚投到了火药桶里的炸弹，在沉闷的中国知识界特别是青年读者中引发了一场大爆炸，大震撼。它的作者歌德随之名声大振，此前在古老、落后的中国只是少数知识分子和诗人们的歌德，随着郭译《维特》的出版和流传而成了广大读者特别是青年一代的歌德！

郭译《维特》于当年4月由上海泰东图书局初版，是歌德重要著作在我国的第一个全译本。郭沫若在《三叶集》中回忆，1919年还在日本学医时，他已在课余动笔翻译歌德的这部小说。1921年回到上海短暂逗留，经友人的劝导、鼓励，他又开始继续翻译，不幸却因生病耽搁了下来，结果还是回到日本

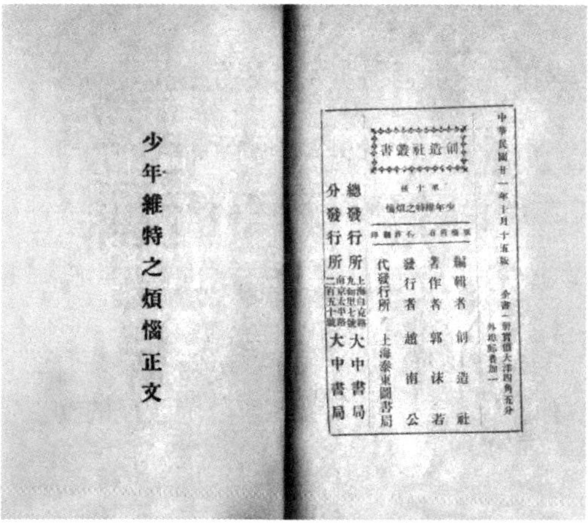

郭沫若译本版权页

以后，才于同年秋天一边继续学业，一边最后完成了课余翻译《少年维特之烦恼》的工作。跟他这时的诗歌创作一样，他翻译《维特》使用的汉语也是白话文，这无疑对译本的流传起了巨大的作用。

据同时代人的评论看，郭沫若的译笔在当时的人读来不但十分畅达，而且极富文采与情致。例如上海《时事新报》1924年11月24日的副刊《学灯》，载有同时代的作家肖裕芳的《读了〈少年维特之烦恼〉以后》，对郭译《维特》大加赞赏。

除此译文本身具有近乎原著的感人情致，郭译《维特》还在书前冠有长达十三页的译者《序引》，书后附了详细的注释，所以一问世即风靡了读书界。一代处于反封建斗争中的中国青年，欣喜地在《维特》中找到了知音；不少包办婚姻的受害者，与书中主人公同病相怜，让维特和绿蒂的故事感动得涕泪交流；一对对热恋中的情侣则以《维特》互赠互勉，以表示自己爱情的忠贞。一时间，“青年男子谁个不善钟情，妙龄女人谁个不善怀春”的诗句，便在广大青年口中传唱开来，汇成了一片反对封建礼教的示威和抗议之声。

例如有位后来当了南京师范学院副教授的女青年沈尉德，读过《少年维特之烦恼》后大为感动，给自己取了个笔名叫“维特”。

还有少数爱情生活遭受挫折和压抑的青年，也如维特似的愤世嫉俗，以致萌生了自杀之念（如后文将提到的作家曹雪松）。

总之，随着郭译《维特》的流传，就跟一个半世纪以前在德国和整个欧洲一样，在我国也迅速掀起了一股来势不小的“维特热”。

“维特热”不仅感染青年读者，而且影响着文学本身。蔡元培先生在《三十五年来中国之文化》一文中，谈到外国小说的翻译对我国“起于戊戌”的“文学的革新”的推动，具体举出的第一本书就是《少年维特之烦恼》，说它“影响于青年的心理颇大”（《蔡元培文集》第二八〇页，中华书局1959年版）。

“维特热”在文学界的表征之一是继郭沫若之后，其他人也纷纷翻译《维特》，接着又出版了黄鲁不（1928，龙虎书店）、罗牧（1931，北新书局）、傅绍先（1931，世界书局）、钱天佑（1936，启明书局）、达观生（无出版年月，世界书局）、陈韬（缩编本，《中学生》杂志）等的一些译本，书名全都叫《少年维特之烦恼》。在所有这些本子中，仍以郭译流布最广，最受欢迎。据不完全统计，在1922年至1932年的十年间，郭译《维特》已由不同书店重印五十次以上。以一部外国文学作品在我国流传之广、影响之大和重译重印次数之多论，《维特》可以说是无与伦比的。

比起翻译介绍的盛况来，更有意义的也许是《维特》对我国作家的思想和创作产生的影响。众所周知，郭沫若自己就承认在思想上与它产生了种种共鸣，特别是受了它所包含的“主情主义”和“泛神思想”的熏染。除此而外，还有一些鲜为人知，但却不无研究价值的例子：

1925年1月，商务印书馆出版了郑振铎主编的《小说月报丛刊》第十八种，内收两篇小说，其中一篇名叫《或人的悲哀》。作者为当时一位富有才情的著名女作家黄庐隐（黄英）。这篇《或人的悲哀》，从名称到体裁，从内容到情调，都无异于中国的《维特》，只不过现代化了和中国化了，而且内容缩减了许多。

1928年，最先印行郭译《维特》的上海泰东图书局还出版了一部题名《少年维特之烦恼》的剧本，更是一个明白无误的由《维特》改编成的四幕悲剧，改编者为青年作家曹雪松。

还有一件事也许更有意义，更能说明《维特》在中国的巨大影响。

1932年，即郭译《维特》问世后十年，茅盾就把它写进了长篇小说《子夜》里：一本读得破旧了的《少年维特之烦恼》和一朵夹在书里的枯萎的白玫瑰花——这是女主人公吴少

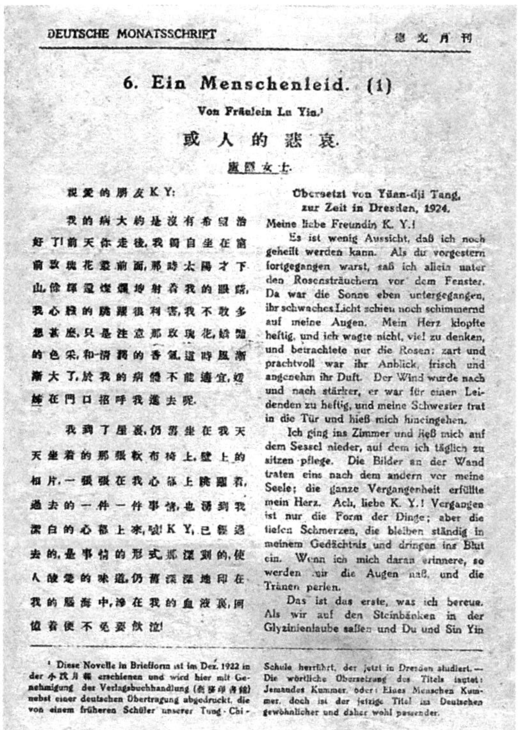

DEUTSCHE MONATSSCHRIFT 德文月刊

6. Ein Menschenleid. (1)

Von Fräulein Lu Yin.[1]

或人的悲哀.

廬隱女士.

親愛的朋友KY:

我的病大約是沒有希望治好了!前天你走後,我獨自坐在窗前玫瑰花叢前面,那時太陽才下山,餘暉還燦爛地射着我的眼睛,我心臟的跳躍很利害,我不敢多想甚麽,只是注意那玫瑰花,嬌豔的色采,和清甜的香氣,這時風漸漸大了,於我的病體不能適宜,姊姊在門口招呼我進去呢.

我到了屋裏,仍舊坐在我天天坐着的那張軟布椅上,壁上的相片,一張張在我心幕上跳躍着,過去的一件一件事情,也湧到我潔白的心幕上來,唉!KY,已經過去的,是事情的形式,那深刻的,使人酸楚的味道,仍舊深深地印在我的腦海中,浸在我的血液裏,回憶着便不免要飲泣!

Übersetzt von Yüan-dji Tang, zur Zeit in Dresden, 1924.

Meine liebe Freundin K. Y.!

Es ist wenig Aussicht, daß ich noch geheilt werden kann. Als du vorgestern fortgegangen warst, saß ich allein unter den Rosensträuchern vor dem Fenster. Da war die Sonne eben untergegangen, ihr schwaches Licht schien noch schimmernd auf meine Augen. Mein Herz klopfte heftig, und ich wagte nicht, viel zu denken, und betrachtete nur die Rosen: zart und prachtvoll war ihr Anblick, frisch und angenehm ihr Duft. Der Wind wurde nach und nach stärker, er war für einen Leidenden zu heftig, und meine Schwester trat in die Tür und hieß mich hineingehen.

Ich ging ins Zimmer und ließ mich auf dem Sessel nieder, auf dem ich täglich zu sitzen pflege. Die Bilder an der Wand traten eins nach dem andern vor meine Seele; die ganze Vergangenheit erfüllte mein Herz. Ach, liebe K. Y.! Vergangen ist nur die Form der Dinge; aber die tiefen Schmerzen, die bleiben ständig in meinem Gedächtnis und dringen ins Blut ein. Wenn ich mich daran erinnere, so werden mir die Augen naß, und die Tränen perlen.

Das ist das erste, was ich bereue. Als wir auf den Steinbänken in der Glyzinienlaube saßen und Du und Sin Yin

[1] Diese Novelle in Briefform ist im Dez. 1922 in der 小說月報 erschienen und wird hier mit Genehmigung der Verlagsbuchhandlung (商務印書館) nebst einer deutschen Übertragung abgedruckt, die von einem früheren Schüler unserer Tung-Chi-Schule herrührt, der jetzt in Dresden studiert. — Die wörtliche Übersetzung des Titels lautet: Jemandes Kummer, oder: Eines Menschen Kummer, doch ist der jetzige Titel im Deutschen gewöhnlicher und daher wohl passender.

奶奶赠予自己青年时代的恋人雷鸣的定情之物，先后三次出现在小说中，对刻画吴少奶奶及雷鸣这两个人物，对揭示20世纪二三十年代我国一部分青年的复杂心理状态和软弱性格，起到了画龙点睛的作用。

对上述三个文学界受“维特热”感染的显著例子，下文将专节详述。这里让我们先弄清楚一个更带普遍意义的问题，那就是《少年维特之烦恼》这本小书，为什么会在我国产生如此巨大的、多方面的影响呢？

歌德原著的文学魅力和郭沫若的传神译笔固然都起了很大作用，但更主要的原因却在时代，诚如歌德当年在分析《维特》之所以引起巨大震动时所说，“主要就因为它出版得正是时候”。

郭译《维特》在我国的问世同样“正是时候”！正如郭沫若在《三叶集》中指出，中国的五四时代与德国一个半世纪前的狂飙突进时代十分相似；五四时代的“一个重大而且急迫的社会和道德问题”，正是宗白华在《三叶集》的序中讲的“婚姻问题”即“自由恋爱问题”；反对包办婚姻，已成为当时一代青年争取个性解放、反抗封建束缚的重要内容。因此，《维特》这部以主人公的不幸恋爱遭遇为情节主线的小说，便格外吸引他们的注意；小说主人公狂热地追求个性解放以至于宁折不弯、以死抗争的精神和性格，便格外赢得了他们的同情。

顺便说一说，德语文学赢得中国读者特别是新时期以前年轻读者青睐的，除了歌德的《维特》，还有施笃姆的中篇小说《茵梦湖》，以及席勒的剧作《阴谋与爱情》。这三部作品从情节看都同为爱情悲剧，从格调看都同样文笔优美，都表现了缠绵悱恻的情感，都饱含着激情以至于悲情。这样的作品都得到中国读者喜爱，应该讲绝非偶然，而是它们正好符合我们民族的文学传统、审美取向和欣赏习惯，也刚好适应我们一定时期充满悲情的时代气氛和社会心理需要。特别是郭译《维特》诞生前后的时代，年轻人精神上受到各方面的沉重压抑，渴望获得感情自由、个性解放，阅读和创作《维特》式的悲情作品，便成了他们释放内心积郁的一种方式。

这样的情况，这样的效果，以郭沫若个人而论，不但反映在他本身的文学创作中，也折射在他历经曲折而成功地翻译《少年维特之烦恼》这一事实上。可以设想，他在翻译时也投入了情感，也进入了角色，也对主人公的烦恼、痛苦和不幸感同身受，再借助本人作家的才情和文笔，如此一来，《维特》的郭译本不感人才怪呢！

总而言之，《维特》的成功移植中国，“维特热”在中国之兴起和蔓延扩散一点也不偶然，而是多种复杂的因素不无幸运地凑在一起所促成的，这些因素缺一不可，但其中最重要的如歌德所言是时代，起主体或主导作用的照我看却不能不说是译者。试想，如果当年不是天才的诗人郭沫若，而是换成其他什么人第一个翻译《少年维特之烦恼》，在本“小书”能在中国一夜成名，家喻户晓么！

言归正传，郭译《维特》取得的惊人成功和广泛流传，“维特热”的不断扩散，大大激发起人们对歌德这位作家的兴趣，而且也和当年在德国和欧洲一样，歌德的名字从此长期与《维特》这本小书联系在一起，“维特热”遂发展成了“歌德热”，兴起了这位德国诗人在中国接受的一个高潮。一时间，对他作品的翻译、介绍和研究，便呈现出风起云涌之势。在抗日战争爆发前，歌德的重要作品除一两种外，几乎全都翻译过来了，特别著名的甚至不止一种译本。计有：

1.《浮士德》四种：（1）莫甦的全译本（1926，启明书局）；（2）郭沫若译第一部（1928，上海创造社出版部）；（3）周学普全译本（1935，福建永安东南书局）；（4）顾寿昌译本（无出版年代，上海北新书局）。此外尚有不少片断翻译或译完了未能出版的本子（如张荫麟的译本）。

2.《威廉·迈斯特的学习时代》三种：（1）伍蠡甫的英汉对照节译本《威廉的修业时代》（1933，上海黎明书局）；（2）伍光建译《威廉迈斯特》（1939，上海商务印书馆）；（3）余文炳节译本《迷娘》（郭沫若校，1932，现代书局）。

3.《列那狐》两种：（1）君朔（伍光建）译《狐之神通》（1926，上海商务印书馆）；（2）郑振铎译《列那狐》（无出版年代，开明书店）。

4.《诗与真》两种：（1）张竞生节译本《歌德自传》（1930，世界书局）；（2）刘思慕译《歌德自传》第一部（1936，生活书店）；此外郭沫若也译过，但未出版。

5.《歌德谈话录》两种：（1）曾觉之译《高特谈话》（1935，世界书局）；（2）周学普译《歌德对话录》（1937，上海商务印书馆）。

6.《歌德诗选》多种：（1）郭沫若、成仿吾译《德国诗选》（主要为歌德作品，1927，上海创造社出版部）；（2）张传普（张威廉）译《歌德名诗选》（1934，现代书局）；（3）梁宗岱译《一切的顶峰》（内收歌德诗八首，1934，上海商务印书馆）。

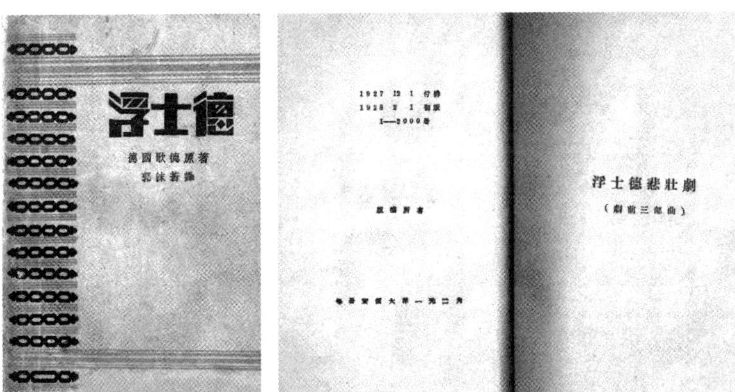

郭沫若译本

除此而外，《铁手骑士葛兹》《克拉维歌》《史推拉》《哀格蒙特》《塔索》《兄妹》等剧本，以及叙事长诗《赫尔曼与窦绿苔》、组诗《中德四季晨昏杂咏》和《释勒（席勒）与歌德通信集》等，也分别由周学普、汤元吉、胡仁源、冯至、张德润等翻译出版。剩下未译的仅《威廉·迈斯特的漫游时代》和《亲合力》两部长篇小说。

（一）歌德逝世一百周年忌辰：过度的热情闹出操之过急的笑话

毫不夸张地说，在1932年歌德逝世一百周年前后，我国文艺界对这位德国大诗人已经是非常热的了。也许就因为太热，便闹了一个笑话：

早在1931年，大概是由于报道欠准确，热心的人们把国外纪念歌德的筹备活动误当作纪念已经开始，便匆匆忙忙地提前行动起来，北平、上海的各种报刊纷纷发消息、登文章不算，出纪念专号和特刊的也不少。在此前后，刊登有关歌德的文章最多者数《北平晨报》《清华周刊》《鞭策周刊》《大公报》《读书杂志》和《现代月刊》；上海的《小说月报》也已收齐出纪念专号的稿子，不幸却为“一·二八”的战火所焚毁。后来，这些在报刊上发表的大量文章经过挑选，分别编成了《歌德之认识》和《歌德论》两个文集。

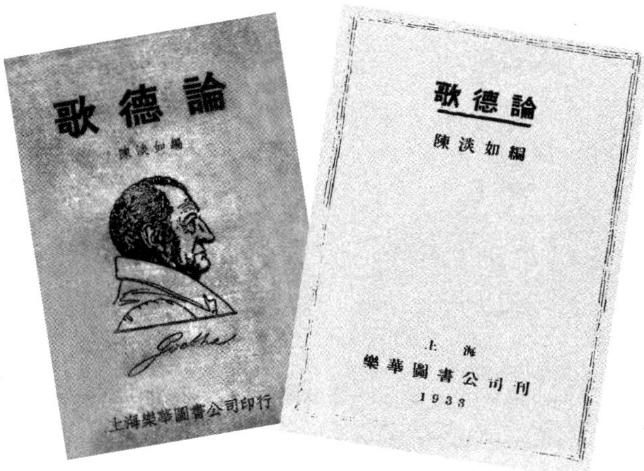

陈淡如的《歌德论》

《歌德论》在1933年由上海乐华图书公司出版，系陈淡如选编，收文十八篇，并附有歌德年谱，内容不可谓不丰富，但也有少数肤浅、牵强之作。所辑文章中有一篇胡秋原写的《马克思主义所见之歌德》，颇值得注意。这样讲不只因为作者胡秋原（1910–2004）乃国民党元老，被视为该营垒的一位重要学者和思想家，还因为文章本身的价值：在这篇文章里，中国读者第一次知道了年轻的恩格斯和马克思对歌德的评价，以及弗朗茨·梅林等马克思主义文艺理论家对歌德的评价。在其后的半个多世纪里，恩格斯和马克思有关歌德的评价成了中国人认识理解歌德的准绳和坐标，为歌德研究者及其著作所反复引用。

“书呆子马克思主义者”胡秋原

较之《歌德论》，《歌德之认识》内容更加全面、丰富，因此也更加可观。诚如编者宗白华①在“附言”中所说，它已“成功为一部较为完备，有系统的‘歌德研究’”。

《歌德之认识》将所收二十多篇文字编成了五大部分：1. 歌德之人生观与宇宙观；2. 歌德之人格与个性；3. 歌德的文艺；4. 歌德与世界；5. 歌德纪念。

拿其中的第四部分《歌德与世界》来看，就有杨丙辰的《歌德与德国文学》，范存忠的《歌德与英国文学》，徐仲

① 《歌德之认识》的另一位编者为当时尚在清华大学研究院学习的周辅成，后来成了北大哲学系教授。

年的《歌德与法国文学》，德国汉学家卫礼贤的《歌德与中国文化》，陈铨的《歌德与中国小说》，唐君毅的《孔子与歌德》和郑寿麟的《歌德与中国》等，可谓包罗万象，琳琅满目，仅题目就引人瞩目，忍不住要做披览。此外书前尚刊有冰心在纪念歌德逝世九十周年时作的《向往》一诗，以及歌德本人的画像；书后则附录了有关魏玛纪念歌德百年忌辰的盛况以及苏联的各种纪念活动的报道，还有一篇魏以新编写的歌德生平。

《歌德之认识》的编者署名宗白华、周辅成。宗白华时任南京中央大学教授，是前文多次提到过的我国研究、介绍歌德的一位元老；周辅成当时则只是北京清华大学哲学系的学生，然而编选这部著作的始作俑者偏偏是年纪才二十二岁的无名的他，而不是大名鼎鼎的宗白华前辈。

周辅成在《歌德之认识》的序文中回忆，他精心编好了这部内容充实、意义重大的文集，拿着稿子却找不到出版的地方，尽管他自己甚至还有他已经成名的四川同乡巴金都曾为此四处奔走，八方游说。最后，他不得已找到南京的宗白华教授，宗教授毫不犹豫地施以援手。

《歌德之认识》的“宗白华附言”说：“巴金先生在上海很热心地向几个大书店接洽此书的出版事，终于没有圆满的结果；殊堪惊异。”最后只好由宗白华要回去自行出资在南京付印，为此他从自己的腰包里掏出了三百多银圆即超过一位教授月薪的一大笔钱，也自行于1933年委托钟山书店发行销售。这样一来，宗教授付出的就不只是金钱了，还有时间与精力。“附言”写道：“全书各文的校勘，也由我在南京负责。惭愧我向来不善此事，所以每页亲自校勘到五六次，结果还难免有错字或标点符号的误刊。再版时自当改正。现在附一勘误表。这是要请各位作者与读者的原谅。”

宗先生是我国美学界成就卓著、建树巨大的前辈，涉及歌德最为人称道的是他慧眼识英才，早年在主编《时事新报》副刊《学灯》时发现和提携了“东方未来的诗人郭沫若”，发表了初出茅庐的歌德翻译者郭沫若的不少处女译；可是，今天人们不大了解，他作为我国早期研究和译介歌德的倡导者和组织者，功绩也是不可泯灭的。此外，他本人还精心撰写了不止一篇论述歌德的文章，如收在《歌德之认识》里的《歌德之人生启示》和《歌德的〈少年维特之烦恼〉》等，都有相当的分量与价值。

对于这样一位建树卓著、德行高尚的先行者，岂止是他希望的“原谅”而已，我们真该永远感谢他，好好地学习他提携周辅成先生的榜样才是啊！

1982年，宗白华接受作者采访于北大朗润园

说到这里，不能不特别讲讲文集所收贺麟先生的文章《歌德处国难时的态度》。贺麟是我国研究德国哲学的权威和著名的黑格尔专家。他文章题目中的“国难”二字，具体就歌德而言，指的是拿破仑军队在1806年10月16日占领魏玛，以及在此前后占领了德国相当多的领土；但是对于中国读者，更多地却会引起对时局的联想。贺麟详细地叙述了歌德在上述“国难时期”的遭遇和见闻，最后得出了一个结论：歌德对自己的祖国忠贞不贰。因为贺麟认为，当一帮王公大臣们在胜利挺进的法国入侵者面前仓惶逃走了的时候，歌德却无所畏惧地独自留在

魏玛，勇敢地代他们履行了职责。在贺麟笔下，诗人歌德成了一位爱国者，一位恪尽职守的官员。

贺麟这样做，显然是想以歌德为榜样——实际上未免有美化歌德之嫌，一方面鼓舞自己的哲学界和文艺界同道，另一方面也影射、鞭策在日本侵略者面前望风而逃的政界和军界当权人物。

贺麟先生和他纪念歌德的文章，不又是一个中国知识分子忧国忧民，在做学问时也不忘记现实并善于“洋为中用”的例子！

《歌德之认识》初版后，1936年更名为《歌德研究》，作为中国文化丛书之一由中华书局再版；1976年台北天文出版

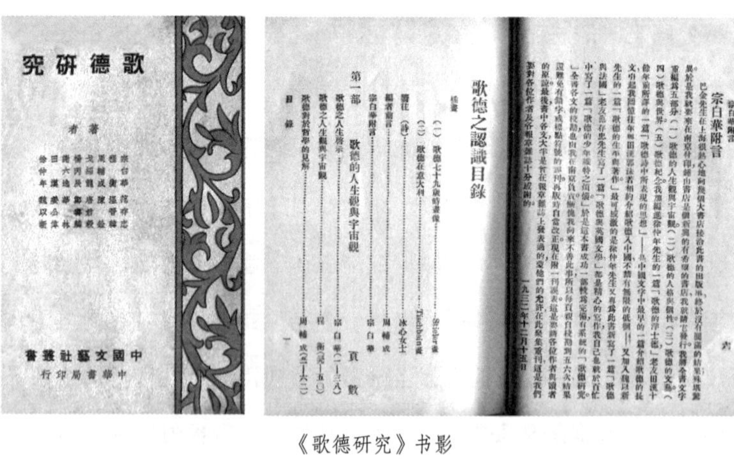

《歌德研究》书影

社又重排了这本书。宗白华在中华书局版的序言中说，希望有“作家研究”的姊妹书相继问世。这似乎表明，此书在当时乃是同类著作的第一部；而且直至目前，它在海内外都还有一定的影响。翻翻这部《歌德研究》或者《歌德之认识》，我们仿佛尚可窥见当年前辈们热心介绍和研究歌德的盛况。

以上的事实说明，在郭译本《维特》问世到抗日战争爆发的十余年间，歌德在所有外国作家中似乎是最受中国文学界和读书界重视的一位；莎士比亚、巴尔扎克、普希金等都是后来才超过了他。[①]

做这样一个在今天显得突兀的论断，至少有以下三个依据：

1. 在所有外国作家中，歌德被译介得最多，重要的代表作几乎都有了译本，如果把它们集中起来出版，差不多已构成一个多卷本的歌德文集，世界文学的其他一些大作家却无此荣幸。所以郭沫若在1944年仍在抱怨：还有许多世界文学杰作没有被我们译成中文。例如在中国生活着非常多穆斯林，可却没有一本汉语的《可兰经》。至于欧洲的文学经典，翻译过来

---

① 有兴趣的读者不妨参阅戈宝权的《莎士比亚在中国》（见外国文学教学参考资料第一册，福建人民出版社）和程代熙的《巴尔扎克在中国》（载《读书》1980年第六、第七期），以作比较。

了的也只是极少的一部分。早听说有人翻译了《神曲》，但迟迟未见译本出版。莎士比亚的作品译成汉语的只有三五种。除他之外还有巴尔扎克、左拉、莫泊桑、托尔斯泰、朵斯妥耶夫斯基、契科夫、易卜生等还没有翻译过来……他们的全集要问世，看样子还遥遥无期啊。[①]

显而易见，郭沫若没有提到歌德。身为歌德译者、曾经自诩为中国的歌德的郭沫若，不大可能单单把自己最喜爱的诗人给忘记了；根据上文列举的歌德作品那许许多多中译本，这位德国诗人确实是在中国译介得已经相当多的例外。

2. 学者们对歌德的关注也最多。除了《歌德论》和《歌德之认识》这两个论文集，还出版了不少研究歌德的专著：胡愈之的《但丁与歌德》（上海商务印书馆，1925），柳无忌的《少年歌德》（北新书局，1930），徐仲年的《歌德小传》（女子书店，1933），张月超的《歌德评传》（神州国光社，1933），黎青（廖尚果）主编的《歌德》（商务印书馆，1937）……

除了专著还有论文，情况也大致是这样。1932年北京图书馆出版了一册《文学论文索引》，收录了自清光绪三十一年

① 详见郭沫若《关于"接受文化遗产"》，收入《创作的道路》，1947年12月重庆文光书店出版，第二十八至三十九页。

早年张月超

张月超著《歌德评传》

（1905）至1930年年底发表在中国重要报刊上的所有论文和文章，其中计有论及歌德三十六篇、易卜生十六篇、泰戈尔十六篇、安徒生十一篇、巴尔扎克八篇、托尔斯泰七篇、莎士比亚三篇、但丁一篇。歌德仍然遥遥领先，最受青睐。

3. 歌德是唯一一位享有与孔夫子，与广大中国人心目中这位圣人相提并论的殊荣的外国诗人和思想家。把他俩摆在一起进行比较、将他俩等量齐观的著名中国人很多，他们属于不同的意识形态和政治营垒，既有辜鸿铭也有郭沫若，还有张君劢以及唐君毅。除此而外，歌德在中国还常被比作最敬仰的诗仙李白，例如梁宗岱和许思源都写过以《歌德与李白》

为题的文章。[①]

上述三点和其他一些事实，都证明在20世纪的二三十年代，歌德的确曾经是在中国最受欢迎的外国诗人。

（二）纪念歌德逝世一百周年：北京、上海、广州，不同的环境，不同的基调

有必要回顾一下1932年歌德逝世一百周年，在我国各地举行的纪念集会和演出活动的情况。这些情况，由于年代久远，又经过了长时间的战争，保存下来的有关材料已经不多，今日关心和知道的人就更少了。因此特别感谢斯洛伐克的著名汉学家马利安·高利克（Marian Galik）！1976年，在魏玛举行的第三届亚非文学理论问题国际学术讨论会上，他宣读了题为《歌德在中国：一九三二》的论文。[②] 是他根据当时存放于民主德国波茨坦中央档案馆里比较齐全的资料，率先介绍了当年我国北平、上海、广州三大城市的歌德纪念会的详情——

北京的纪念会于3月22日晚间在德国领事馆举行。那天晚上碰巧华北地区出现近乎全月蚀，有人就说这是老天爷也在

---

① 见梁宗岱《李白与哥德》，收《诗与真·诗与真二集》，外国文学出版社1984年版一〇九至一一五页。

② 本书作者更要感谢高利克教授，因为本节叙述主要的参考文献，就是他所做报告的英文打印稿。

为伟大的德国诗人吊丧。到德国领事馆参加纪念会的有大约三百四十位中国客人，其中不乏京剧大师梅兰芳、北京图书馆馆长袁同礼和著名哲学家张君劢这样的文化界知名人士。其他一些国家的外交使节也出席了纪念会。会上，曾在德国师从诺贝尔奖获得者鲁道夫·奥伊肯教授的（Rudolf Eucken）张君劢博士，代表中国方面做了题为《歌德与孔子》的发言。哲学家张君劢认为，歌德与孔子之间有许多共同之处，两者都倡导乐观哲学，都主张积极有为，都生来就对Logos（理念）感兴趣……不同只在于歌德较多地倾向于“肉体的享受”，孔子更倾向于“精神的完满”。

张君劢（1887–1969）

显而易见，张君劢的讲话强调的是传统，是过去，尽量地避免接触中国的现实，按照高利克的理解，这和北平整个纪念会的气氛和基调是一致的。须知在纪念会请柬上印着的一节歌德诗句，也是号召人们要忘记眼前：

别徒劳地追逐过往云烟！
它不能给你们任何启迪。
到往昔中去寻找有为者，
它已化作永恒而美好的业绩！

之所以有这样的基调，加利克认为，并不仅仅因为北平是一座富有文化传统的古城，而是主办纪念会的德国方面显然不希望涉及中国的政治和时局，这也是容易理解的。

与北平相反，广州的纪念活动时代色彩十分浓重，主办者似乎是有意识让人们在纪念歌德时也别忘了祖国面临着危难和灭亡的现实。这不仅仅表现在，六百多位参加纪念会的中国人中有军官和士兵；就在纪念会请柬上，印的也是“只有每天去争取自由与生活权利的人，才配享受自由与生活”。显然，主办者希望用这句体现着浮士德精神的名言，激励自己的同胞去为争取和捍卫民族的自由和生存而战斗。会后，在沙面的广州俱乐部剧场，还连演了两个晚上的《浮士德》片断。

至于上海的纪念会，那更是笼罩在一派战争气氛中。因为仅仅在两周前，即从1月28日至3月初，上海曾经就是战场；蔡廷锴将军率领的十九路军，就在这里为抗击日本侵略者进行过殊死的战斗。临了爱国将士因后援不济而撤退，城市遭到了日寇包围，眼前空气中还弥漫着硝烟的气味。可就在这样的情况下，留在孤岛上海的文化工作者仍尽可能地为纪念会做了充分的准备。在如期举行的会上，不仅致了辞，还有内容丰富的演出，与会者聆听观赏了诗剧《浮士德》的合唱，戏剧《葛兹·封·贝利欣根》的片断，以及歌德名诗《在一切的峰顶上》的朗诵。最后这首诗，高利克教授说，正好可以作为上海这座前线城市里暂时得以恢复的宁静的象征。

综上所述，在民族危机深重的1932年，全中国人民和文化工作者还如此尽心竭力，以出专刊、开纪念会和编文集等种种方式纪念歌德，足见他在中国和全世界一样，多么为进步的人们所景仰，所尊崇！

相比之下，中国的官方和政治人物却对纪念歌德完全缺乏兴趣和热情，不但没有主持任何像样的正式纪念活动，连应有的应酬似乎也给免了。例子只举一位俞大维先生，他名义为中国驻德国柏林使馆的商务参赞，实际却是国民党政府与德国国防部之间联系人，他先生被南京外交部委派为出席魏玛歌德纪念会的中国政府代表，却懒得亲自到场，仅仅派人送去一个花篮了事。

四、抗日战争和解放战争年代“歌德热”的余波

歌德逝世一百周年纪念后，我国的“歌德热”开始逐渐消退。首要原因是日本帝国主义加紧侵华，民族危机日益深重，1937年爆发了全面抗战，文化人和出版社流离转徙，面临着的是生死存亡的问题，大多无心或无力再研究译介歌德。随后到来的解放战争时期，国家继续经受着血与火的洗礼，人们也无暇顾及包括歌德在内的外国文学了。及至适逢歌德诞生二百周年的1949年，新中国正处于临产前的剧烈阵痛中，原本更加应该大肆庆祝的歌德诞辰便无声无息地过去了。再说，以歌德对法国大革命和德国人民反抗外来统治的斗争的态度，当时也很难再获得我国的爱国和进步文化人的同情，也就是说，他在精神上已与我们疏远了。

可是尽管如此，歌德在这个时期并未被完全忘记，“歌德热”余温犹在。

在1937年至1949年的第三阶段，翻译出版的歌德著作显著减少，较重要译著只有杨丙辰译的《亲和力》（上海商务印书馆，1942），郭沫若的《赫尔曼与窦绿苔》（重庆文林出版社，1942）和《浮士德》第二部（上海群益出版社，1947）等。从翻译的角度看，歌德的主要作品几乎都已介绍过来。

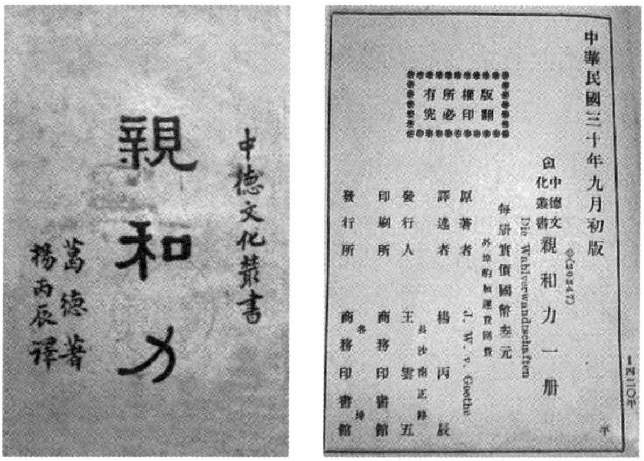

杨丙辰译《亲和力》

在研究方面，这一阶段最重要的成果要算冯至的专著《歌德论述》。此书在1948年由南京正中书局出版，为朱光潜主编的正中文学丛书之一种，收作者1941年至1947年间撰写的论文六篇。冯至在《序》中说：“这几篇关于歌德的文字，不是研究，只是叙述，没有创见，只求没有曲解和误解。”又讲：“作者最感缺欠的是：这里谈到歌德的晚年，而没有谈到他的少年；谈到维廉·麦斯特的《学习时代》，而没有谈到《漫游时代》；谈到歌德东方的神游，而没有谈到他的意大利旅行；谈到他的自然哲学，而没有谈到他的文学和艺术的理论。”

的确，《歌德论述》这部论著从内容来讲是不够全面，诚如作者指出“不能把整个的歌德介绍给读者”；但“不是研

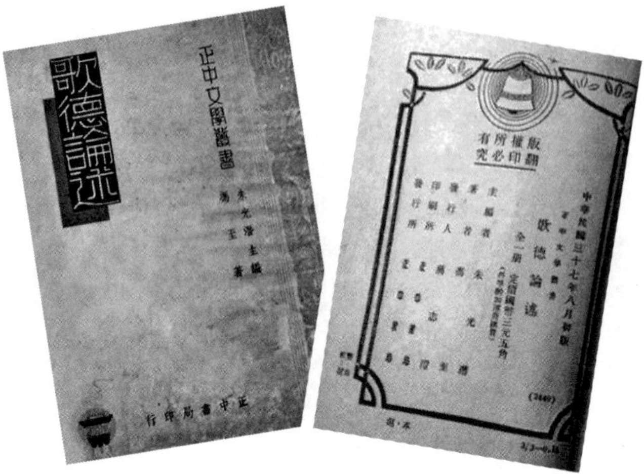

冯至的《歌德论述》

究”“没有创见”云云，却纯系作者自谦之词。即如书中所收《〈浮士德〉里的魔》《从〈浮士德〉里的“人造人”略论歌德的自然哲学》和《歌德的晚年》等篇，比起前人的研究来不只题目更细致，立论分析也更深入严谨，比较好地道出了老年歌德的思想特点，很有创见。再如《歌德的〈西东合集〉》和《歌德的〈维廉·麦斯特的学习时代〉》两文，更论了前人之未论。

这里附带说一下，后一篇本是冯至为其所译《维廉·麦斯特的学习时代》作的序言，译稿也已在1944年交上海商务印书馆排印，后因时事动荡耽误了出版；解放后冯至教授自认为译文已经

“陈旧”，不肯再交给出版社，致使该译著长时间有序无书。

《威廉·迈斯特》在我国一直没有完整和理想的译本，也不像《浮士德》和《维特》那样为人所熟知，但仍通过曲折隐蔽的渠道，对我国的文学以至于政治生活产生了意想不到的影响。

《威廉·迈斯特》是一部德国传统的所谓教育小说，分上下两大卷，上卷为《学习时代》，下卷为《漫游时代》，写的是主人公在社会上受教育、淘经验和成长发展过程，借以表达歌德本人的教育主张和社会理想，极富于哲理性；但作为一部长篇小说，情节却不够紧凑、集中，整个故事很难引人入胜。可是，在上卷《学习时代》里，有一个叫迷娘（Mignon）的神秘人物，她的故事却曲折动人，极有魅力和浪漫色彩；尤其是她唱那支怀念故国、通常译为《迷娘曲》或《迷娘歌》的歌曲，更是哀婉凄恻，感人肺腑。

关于这个生于意大利却流落在德国的迷娘，冯至在《歌德的〈维廉·麦斯特的学习时代〉》里写道：

在全书里，歌德还以另样优美的心情，穿插一个美妙而奇异的故事，那是迷娘与竖琴老人的故事。有几个《学习时代》的读者不被迷娘的形体所迷惑，不被竖琴老人的行动所感动呢？他们的出现那样迷离，他们的死亡那样奇兀，歌德怀着无限的爱与最深的悲哀写出这两个人物，并且让她唱出那样感人的诗歌。仅仅这两个人的故事，已经可以成为世界文学中的上品……

所以，有的人不译全部《威廉·迈斯特》，仅译迷娘的故事（如前述余文炳的《迷娘》）。《迷娘歌》则被视为世界抒情诗宝库中的一颗明珠，在我国为马君武、郭沫若、梁宗岱、钱春绮等一译再译，在全世界有贝多芬、舒曼、柴可夫斯基等为它谱曲达百次以上，在各个国家广为传唱。

然而，谁又料到，这位迷娘后来竟走上中国的街头，参加了我们抗日宣传的行列！[①]

从迷娘的故事到独幕剧《眉娘》再到街头剧《放下你的鞭子》，这中间既留下了几个不同时代的足迹，也凝聚着许多人的智慧的结晶。

也是田汉，他在1935年写过一出话剧叫《回春之曲》，剧中插有一首女主人公梅娘唱的歌，即经聂耳谱曲后至今还被人们经常演唱的《梅娘曲》。笔者不敢断言，田汉写此歌

① 详见后文《中国话剧舞台上的歌德》。

词时有意识模仿了歌德的《迷娘歌》；但是，他是受了后者的启发乃至影响的，却几乎可以肯定。《梅娘曲》和《迷娘曲》，两者题名小异大同；形式也极相似，都是整整齐齐的三节诗，每节七行，仅全诗结尾一句略有变化；情调俱为不同程度的哀伤缠绵；手法一样是女主人公对男主人公直接倾诉情怀；基本内容都是对往昔和故乡的忆念……要讲区别，只是《迷娘歌》的思想内涵更丰富深邃，《梅娘曲》则单纯明朗一些罢了。

（一）《海上述林》与瞿秋白翻译的《歌德与我们》

另外还有一个事实，也值得在这儿提一下，那就是继陈独秀和张闻天两位无产阶级革命家之后，瞿秋白也与歌德发生了关系。

1936年，为纪念瞿秋白遇害，鲁迅先生编辑出版了《海上述林》。这部文集由所谓“诸夏怀霜社”校印。在它的上卷中，收了一篇《歌德与我们》，原文出自1932年3月22日的苏联《真理报》，是当时的苏共领导人之一的加米涅夫为纪念歌德百年忌辰而撰写的，译者正是瞿秋白。估计这篇文章是他早些时候——很可能在1932年——就翻译出来并发表过了的，这次只是因为鲁迅认为它仍然有价值，才入选《海上述林》，并随这部在中国翻译文学史上占有一定位置的译文集而传承下来，引起了包括笔者在内的后人的注目和重视。

至于加米涅夫的《歌德与我们》这篇文章本身，拿今天的眼光来看，主要论点还是可取的，只不过在一些提法上也表现了过激的“左”的倾向。例如，歌德简单地被判定为“富有的贵族的儿子，韦马（魏玛）的总长，法国大革命的敌人”，显然不符合实际情况。类似的“左”的看法，在我们后来对歌德进行评价时，恐怕也产生过不利的影响。

（二）陪都重庆的歌德诞辰纪念

随后的十多年，在1937年全面展开的抗日战争和紧接着的解放战争中，文学工作者有了更加紧迫的任务。尽管如此，歌德和《浮士德》在中国并未被完全忘记。在陪都重庆，当1942年8月28日歌德诞辰193周年到来时——在今天看来其实并不是一个非纪念不可的日子——，仍举办了多场纪念会。在当天的“歌德晚会”以及9月12日由文化抗敌工作委员会举办的歌德诗歌朗诵会上，都由郭沫若做题为《关于歌德》的报告。他主要分析了《浮士德》丰富的思想内涵和鲜明的时代精神，指出：“《浮士德》这部书最完整地把歌德思想具象化了，把歌德自己六十年间的社会情况统统反映在里头了。浮士德的移山平海，建立共和国，正是反映德国社会。浮士德的苦闷就是当时社会的苦闷，而这个共和国也是市民阶层心理的满足，在想象里幻想去安慰自己。浮士德个性的发展里，也可以找到歌德自己的个性是如何向外发展 ……”[1] 报告之后，朗诵了包括《浮士德》第一部开始时老博士的独白等诗歌。出席纪念晚会的，还有当时在重庆的郑振铎等进步文学艺术界的代表人物。

再说说郭沫若，因为对于《浮士德》在中国之接受，他作为译者，影响实在太大了；作为接受者，又十分典型。

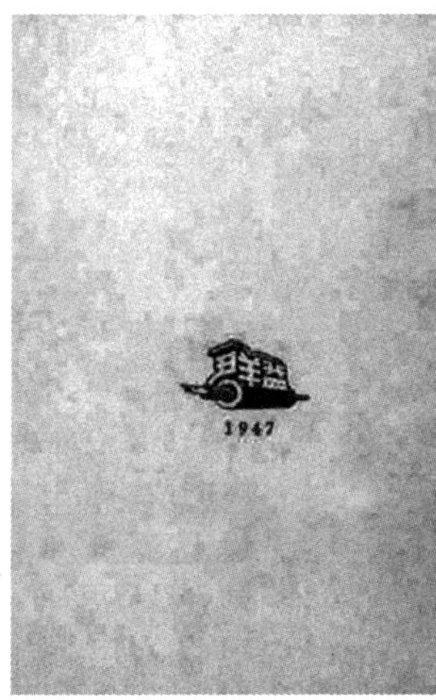

郭沫若译《浮士德》

① 转引自姜铮《人的解放与艺术的解放》，时代文艺出版社1911年版第二七八页；详见1942年4月15日出版的《笔阵》第8期和同年9月13日的重庆《新华日报》。

抗战胜利以后，上海群益出版社终于在1947年11月出版了郭沫若翻译的《浮士德》第二部。第一部和第二部的翻译出版之所以整整相隔了二十年，“主要的原因，在前有好些机会上我已经叙述过，是壮年歌德乃至老年歌德的心情，在第二部中包含着的，我不大了解——否，不仅不了解，甚至还有些厌恶……”郭沫若在同年5月25日写的《第二部译后记》中如是说。

那么为什么二十年后又用“不足四十天”就把第二部译出来了呢？郭沫若回答：

> 那是我的年龄和阅历和歌德写作这第二部时（1799-1832）已经接近，而作品中所讽刺的德国当时的现实，以及虽以巨人似的努力从事反封建，而在强大的封建残余势力的重压之下，仍不容易拨开云雾见青天的那种悲剧情绪，实实在在和我们今天中国人的情绪很相仿佛。就如像在第一部中我对于当时德国的“狂飙突进运动”得到共鸣的一样，我在第二部中又在这蜕变艰难上得到共感了。

因此，他对歌德和浮士德又产生了“骨肉般的亲情”。[①]

---

① 郭沫若《浮士德》《第二部译后记》，新文艺出版社1952年版第三七四至三七五页。

郭沫若的这两段自白雄辩地证明：

一、文学翻译家作为影响和接受之媒介，本身也有接受的问题，首先是一个接受者。郭沫若年轻时只愿也只能翻译《少年维特之烦恼》和以格莉琴的悲剧为主要情节的《浮士德》第一部，就是因为在与狂飙突进时代相近似的五四时期，他个人的处境、阅历和思想、情趣，都使他只能和只愿接受这类以反封建的个性解放为诉求的作品；直到经历了二十年的人生历练——在郭老更是血与火的革命和战争的洗礼，他自己也从围绕着个人的“小世界”飞升到了包容着国家、民族乃至人类生死存亡问题的“大世界”，才接受和翻译了《浮士德》的第二部。这同时也说明，郭沫若对待翻译的态度十分严肃，绝非为译而译，更不是为了追名逐利；作翻译在他和创作一样也是内心的需要。

二、《浮士德》这部作品确实是非同一般地难读、难解，难以接受，确如本文一开篇讲的那样是一部“天书”；博学、睿智如郭沫若尚且花了二十年来积累阅历和知识，才能完全理解和接受它，遑论一般的读者。为了能理解、接受和欣赏《浮士德》这样的作品，大量有关的知识和丰富的人生体验，断断不可缺少。

三、由于上述原因，要想使《浮士德》这样的巨著和智慧之书得到广大读者的理解、喜爱和接受，仅仅有译本，哪怕是多个成功的译本，也远远不够，还必须有学者致力于它的研究，并且拿出深入浅出的研究成果来，把所需的知识和人生体验介绍给读者，从而提高他们接受的能力和阅读的兴趣。而这，于《浮士德》和歌德乃至整个德语文学在中国的接受至关重要，但遗憾的却恰恰是一个薄弱环节。

以上事例，便证明在抗日战争和解放战争时期，我国的“歌德热”尽管已经过去，但影响之余波犹存。特别是歌德通过其塑造的迷娘这个人物，对我抗战宣传做出间接贡献这一事实，更可成为中德文化交流史上的又一佳话。它生动地告诉我们，文学的影响可以逾越语言的阻隔而发生，可以克服文化的差异和意识形态的限制而存在；在各国文学之间，有着大量相互渗透的明沟暗渠，尽管它们可能十分细微，十分曲折，但却总是畅通，无所阻碍。

五、新中国成立后歌德地位和影响的升降沉浮、大落大起

（一）前十六年受到冷遇，“文革”中受到贬斥

新中国成立，为外国文学的介绍和研究开辟了广阔的天地。可是，在解放后的前十年，与五四运动至抗战爆发的第二

阶段相比，与莎士比亚和巴尔扎克等其他外国大作家相比，歌德却似乎遭到了冷遇。除由上海新文化出版社和北京人民文学出版社重印了郭沫若的旧译《浮士德》《少年维特之烦恼》《赫尔曼与窦绿苔》和《沫若译诗集》（内收歌德抒情诗十余首），新译的仅是一些零散篇章，分别收在伍蠡甫编的《西方文论选》、钱春绮译的《德国诗选》及其他几种书刊里。至于研究，也只有少量文章散见于报刊，有分量的论著一部也没有。

造成这种局面的原因是多方面的：客观上，歌德的思想感情离我们已然不如五四时期那么近了；主观上，解放后不少老专家另有重任，剩下的翻译和研究力量一度又集中到东德文学方面去了，而且，对歌德这位外国古典作家的认识，也存在某些脱离实际的“左”的倾向。具体地讲，歌德不仅受到他的“反动家庭出身”和“政治历史问题”之累，而且在一次次批判资产阶级思想的运动中，他的《维特》也被贴上“宣扬恋爱至上的腐朽人生观”，被打入了冷宫。

十年浩劫，歌德也不幸因属于封资修之列而受到唾弃，研究和介绍歌德简直成了“罪行”，以致梁宗岱教授的《浮士德》译稿被一把火“批判”掉，钱春绮先生的《浮士德》译稿被送进造纸厂变成了纸浆，商承祖教授更赍志而殁，未能实现写一部《〈浮士德〉研究》的夙愿。还有冯至、陈铨、张威廉、张月超等老歌德专家，都不同程度受到了迫害；就连解放后身居要职的郭沫若、田汉，同样未能幸免。

（二）打倒“四人帮”与重新发现歌德

“文革”结束后，国家总的形势是百废待兴，包括歌德译介和研究在内的外国文学工作，情况也逐渐好转。为解除广大群众的文化饥渴，人民文学出版社抓紧重印了郭沫若译的《浮士德》和《少年维特之烦恼》。然而仅仅重印旧译已满足不了群众急剧增长的精神文化需要，该社很快又出版了朱光潜选译的《歌德谈话录》和王以铸译的《歌德席勒叙事谣曲选》等新译。其中特别是著名美学家朱光潜先生的《歌德谈话录》，更引起了热烈反响，很快就有刘半九（绿原）和程代熙等撰文评介，使人们对歌德的思想尤其是文艺理论的兴趣和重视显著增加，在一段时间里，在文章和讲话中征引歌德言论和语录几乎成为一种时髦。

进入80年代，随着对外开放和思想解放运动的深入，人们引进外国文学的视野更加开阔，翻译、介绍、研究西方现代派的理论和作品不再是禁区，相反成了时尚。与此同时，在介绍经典作家方面原有的一些禁忌也开始被打破，具体到歌德的译介，位高权重的郭老不再是只能顶礼膜拜的权威，他已经

朱光潜译本

王以铸译本

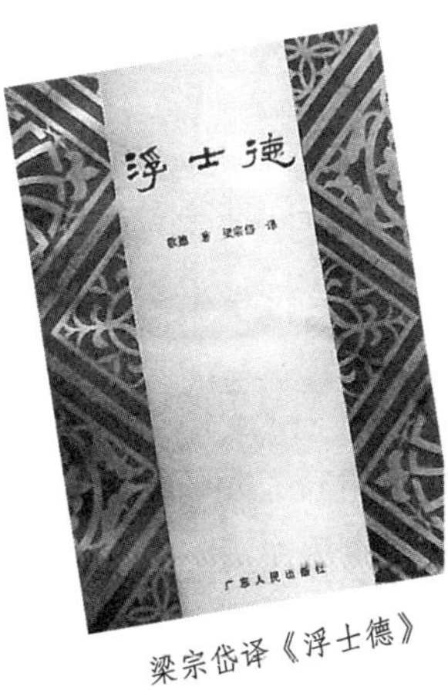

梁宗岱译《浮士德》

钱春绮译《浮士德》

杨武能译本

流传半个世纪的旧译也不再被视为不可逾越的顶峰和终点。于是，人民文学出版社就率先在1981年出版了拙译《少年维特的烦恼》。不久，上海译文出版社也推出了侯俊吉的《少年维特的烦恼》新译本，以及钱春绮先生重译的《浮士德》以及上下两卷的《歌德诗选》；复旦大学出版社出版了董问樵教授新译的《浮士德》，等等。这些新译本都大受欢迎，不断重印、再版，迅速为歌德在中国赢得了难以计数的新读者。

研究方面，同样也生机勃发。不只老专家冯至重新振笔，写出了《海伦娜悲剧分析》《歌德与杜甫》和《谈歌德的格言诗》等论文，他的学生高中甫、范大灿、杨武能，等等，也开始拿出研究成果；此外，程代熙的《歌德谈艺术规律》以及张月超、董问樵等论述《浮士德》的文章，都已陆陆续续问世。粗略统计一下，1976-1981年在报刊上发表的评介歌德的文章已有三十篇左右。

还值得一提的是，从1978年开始，冯至、董问樵等老专家已开始培养歌德研究的新生力量，到1981年这批学生毕业时，就至少通过了三篇研究歌德的硕士论文。笔者有幸成为这批研究生之一，所完成的是一篇题名为《论〈维特〉和“维特热”》的硕士论文；这篇论文很荣幸地获得了省一级政府的奖励。一批具有硕士头衔的、经过正规训练的新生力量正式登场，乃是歌德在中国的接受史上一件破天荒的事情，因为它标志着歌德接受的一个新时期的到来。

总而言之，“文革”结束后短短五年，由于实行改革开放的政策，开展思想解放运动，重视提高全民族的精神文化修养和素质，中国的歌德译介和研究无论从哪个方面衡量，都取得了较前二十多年大得多的成绩。至此，中国人不只重新发现了歌德，而且为其译介、研究和接受的新高潮的到来，为一次新的“歌德热”在中国的蓬勃兴起，做好了精神、物质特别是人员方面的准备。

（三）歌德一百五十周年忌辰与新的“歌德热”

1982年适逢歌德逝世一百五十周年。在这一年里，发生了许多值得记述的大事，仅择要列举几件：

3月20日，中国作家协会、中国人民对外友好协会、中国外国文学学会、中国笔会中心联合在北京举行隆重集会，纪念歌德逝世。出席纪念会的除了首都北京的文学艺术家、翻译家、歌德研究者和各界名流，还有两个德国以及奥地利、瑞士的大使，以及中国人民对外友好协会等有关政府部门和人民团体的代表。

纪念会开始，对外友好协会会长王炳南首先致辞，称“歌德在欧洲的文化思想史上，是继但丁和莎士比亚之后又一位举世钦仰的杰出人物”，“不仅仅属于德国，属于欧洲，也属于全世界，属于全人类”；歌德的不朽杰作“是全世界人民共同享有的宝贵财富”，无论现在和将来，都“会不断地给我们以智慧、力量和鼓舞”。

接着，中国作家协会副主席、外国文学学会会长冯至教授做了题为“更多的光”的主题报告，介绍了歌德的生平和创作，指出歌德的伟大主要在于一生“追求光明，与外在和内在的阴暗进行斗争”；冯至在分析了歌德与中国的关系后赞扬“歌德是中国人值得尊敬的精神的朋友”，他那“要更多的光”的遗言也曾鼓舞为争取光明和自由而斗争的中国人民。

冯至报告的这个主题思想，同样由著名画家高莽为纪念会设计的精美请柬反映了出来。这绿底的请柬正面饰着老年歌德的金色线描头像，里面则印有一段浓缩着浮士德精神的歌德语录：

> Über allen anderen Tugenden steht eins：das beständige Streben nach oben，das Ringen mit sich selbst，das unersättliche Verlangen nach grösserer Reinheit，Güte und Liebe.

在一切德行之上的是：永远努力向上，与自己搏斗，永不满足地追求更伟大的纯洁、智慧、善和爱。

报告结束后，由演员登台朗诵了歌德的《普罗米修斯》《二裂银杏叶》《自然与艺术》和《暮色徐徐下沉》等著名诗歌，男中音歌唱家刘秉义演唱了用他的诗谱写的《野玫瑰》《魔王》《跳蚤之歌》等歌曲，压轴的节目则是著名指挥家李德伦指挥中央乐团演奏贝多芬的《艾格蒙特序曲》，以及保罗·杜卡（Paul Dukas）根据歌德的叙事谣曲谱成的谐谑曲《魔

纪念会上李德伦指挥演奏贝多芬的《艾格蒙特序曲》

术师的徒弟》。整个纪念会气氛庄严、肃穆、热烈，给人留下了一个满怀激情地走向光明未来的深刻印象。

3月22日当晚和25日晚上，驻北京的西德和东德大使馆分别举行了纪念歌德忌辰的招待会。

除了北京，3月22日上海的复旦大学也集会纪念歌德，由歌德翻译家董问樵和德国哲学专家蒋孔阳两位教授在会上做了报告。

接下来的6月初，冯至教授率代表团到西德海德堡，参加加拿大麦吉尔大学教授夏瑞春（Adrian Hsia）和海德堡大学教授德博（Günther Debon）共同发起的“歌德与中国·中国与歌德”国际学术讨论会，代表团成员除了冯至，还有南京大学教师叶逢植，北京大学教师范大灿，中国社科院外文所研究人员高中甫，以及刚从研究生院毕业不久的区区。

有必要强调一下，这是中国的歌德学者第一次出国参加国际学术交流，因此颇受各方面的重视。举个例说，为了与各国同行交往交流时不显寒碜，我们不但领制装费改善了形象，还获准一律用上了教授的头衔，尽管当时只有冯至老师名副其实，叶、范二位老师或许也只是副教授。

在研讨会上，中国的歌德研究者提交了七篇论文，受到了与会的德国、美国等国同行不同程度的好评。我们一行会后受到了德中两国有关机构的热情招待，在德访问旅行了一个星期，其间自然也拜谒了歌德在法兰克福的故居。

1982年在歌德的介绍和研究方面所取得的成果，同样比以往任何时候包括一度出现“歌德热”的1932年为多：上海译文出版社出版了钱春绮的《浮士德》新译本和两卷本《歌德诗选》，侯俊吉的《少年维特的烦恼》新译本，钱鸿嘉等译的《歌德中短篇小说选》；人民出版社出版了钱春绮的《歌德抒情诗选》和杨武能新译的《少年维特的烦恼》，不久又出版了冯至和姚可崑合译的《维廉·麦斯特的学习时代》，刘思慕重译的《诗与真》；复旦大学出版社出版了董问樵的《浮士德》新译本。再有，北京出版社出版了解放后第一部歌德传记——高中甫著的《德国的伟大诗人——歌德》。至于报刊上发表的论文和文章，更是难以计数，其中值得特别一提的是绿原的长诗《歌德二三事》[①]，可称为一篇用诗写成的论文，内容丰富深刻，感情真挚热烈。此外，在广播和电视上也多次安排了纪念歌德的节目。

在中国，1982年这个“歌德年”无论从哪方面看都盛况空前。这样，以纪念歌德忌辰为契机，不仅使歌德在中

① 载《诗刊》1982年3月号。

刘思慕（1904–1985）

国完全恢复了原本受到敬重的地位，使他的作品重新赢得了读者，而且一时间成了人们注意的中心。在历经战乱和“文革”前后极“左”路线摧残的中国，一个译介和研究歌德的新高潮，一次新的“歌德热”便顺应时势，自然而然地兴起。

在此过程中，还发生了一件应该记入史册的大事：

1983年春天，从4月15日至22日，在北京大学，举行了为期一周的德语文学研讨会，实际上主要是歌德讨论会。这在中国同样可以称作破天荒第一次，来自全国各地的五十多位歌德研究者、翻译者和敬仰者济济一堂，除去冯至、张威廉、董问樵、张月超、钱春绮、严宝瑜等早已享有盛名的老专家，更多的则是如笔者似的初出茅庐的新生力量和后继者。会上共宣读了三十多篇论文，内容涉及歌德研究和译介的方方面面。这次研讨会的成功举行，不仅实现了郭沫若等先辈“多纠集些同志来，组织个‘哥德研究会’”的心愿，也有力地推动和促进了研究、译介和接受歌德的新高潮到来。

老一辈歌德学者：左三冯至，左二张威廉，左四张月超，右一钱春绮，右三董问樵

（四）1983–1999年的概况

1. 社会主义市场经济条件下歌德之译介和接受

接下来的一些年，随着邓小平同志“实践是检验真理的唯一标准”“不管白猫黑猫，抓着老鼠就是好猫”等理念的更加深入人心，经济工作真正成了所有工作的中心，原来被视为资本主义的市场经济逐渐代替了深受苏联影响的计划经济体制。旧的桎梏打破了，中国的经济建设取得了巨大的成绩和飞速的发展，整个国家的面貌日新月异。在这样的形势下，人们的思想进一步解放，文化领域中的各种条条框框和限制措施也逐步打破获得放宽，例如，不再单纯和片面地强调文学为政治服务，文学翻译作品的出版也不再按国家计划规定仅仅为少数出版社垄断，加之又有了雄厚的物质经济基础，一个外国文学翻译、出版的大繁荣时期随之到来。

2. 第二次“歌德热”

1982年的歌德忌辰一百五十周年正好赶上这一繁荣兴旺时期的开头，由其引发的新一轮“歌德热”因而迅速升温，到1999年歌德诞辰二百五十周年时便达到了高潮。在这社会主义市场经济取得决定性胜利，国家的经济和文化建设突飞猛进，社会的面貌和人的精神面貌一样发生了翻天覆地变化的十多年里，歌德的译介和研究也空前活跃，取得了超过以往任何时期的喜人成就。现今据笔者个人掌握的资料，列举出1999年之前出版的一些重要论著、译著和编著。论著主要有：

冯　至：《论歌德》，上海文艺出版社1986年出版；

董问樵：《浮士德研究》，复旦大学出版社1987年出版；

杨武能：《野玫瑰——歌德抒情诗咀华》，北岳出版社1989年出版；

杨武能：《歌德与中国》，三联书店1991年出版；

姜　铮：《人的解放与艺术的解放——郭沫若与歌德》，时代文艺出版社1991年出版；

高中甫：《歌德接受史》，社会科学文献出版社1993年出版；

杨武能：《走近歌德》，河北教育出版社1999年出版；

余匡复：《〈浮士德〉：歌德的精神自传》，复旦大学出版社1999年出版。

…………

需要说明的是，较之20世纪三四十年代，所有这些论著都不只内容更加系统和深入，而且研究的题材和方法也有所创新，如董问樵和余匡复都以专著的形式和篇幅，集中研究了歌德代表作《浮士德》，杨武能和姜铮则以比较文学的理论和方法，对歌德与中国的关系进行了研究。这里值得一提的是，杨武能的《歌德与中国》乃是国内外第一部对歌德与中国的相互关系做双向研究的专著，而以前的类似著作，如陈铨先生的《中德文化研究》和钟英彦的《歌德与中国》（*Goethe und China*）等，所涉及的都仅只是歌德受中国文化影响这一个方面。

至于译著，要一一罗列出来就太多了，现在只能归纳起来择要地说一说：

从1982–1999年，仅《浮士德》的就先后出版了钱春绮、董问樵、樊修章、绿原、杨武能等的全译本达五种之多；此外尚有梁宗岱翻译的第一部。至于《少年维特的烦恼》，新译本更层出不穷，举不胜举，几乎每一个省乃至行业的出版社都搞出了自己的《维特》本子，全国加在一起至少有二三十种之多。《亲和力》也出了高中甫、谢百魁、董问樵、杨武能、高年生等的四五个译本。至于诗歌，除去钱春绮和杨武能选译的两种较系统和齐全的本子外，同时还有其他一些篇幅较小的选本；戏剧则有韩世钟的《歌德戏剧三种》，以及钱春绮、章鹏高、王克澄等的《歌德戏剧选》，以及王克澄的《歌德中短篇小说选》，张荣昌、张玉书的《歌德席勒文学书简》，等等。顺便说一下，在译介歌德著作的同时，还翻译和出版了多种歌德传记，例如有埃米尔·路德维希（Emil Ludwig）的《歌德传》（*Goethe-Geschichte eines Menschen*），百花文艺出版社1982年版；汉斯–于尔根·格尔茨（Hans-Jürgen Geerds）的《歌德传》（*Johann Wolfgang von Goethe*），商务印书馆1982年版；以及彼得·伯尔纳（Peter Boerner）的《歌德》（*Johann Wolfgang von Goethe – in Selbstzeugnissen und Bilderdokumenten dargestellt*），人民文学出版社1986年版，等等。

这一阶段歌德作品的译介，除去数量超过包括20世纪二三十年代的任何历史时期，还有以下两点值得称道：

1. 此前歌德作品在中国只出版有零散的、单本的翻译，到这个阶段进入高潮的歌德诞辰二百五十周年前夕，则几乎同时出版了好几种多卷集，有杨武能一人选译的四卷《歌德精品集》（安徽文艺出版社，1998），上海译文出版社出版的六卷《歌德文集》（1999），人民文学出版社出版的十卷《歌德文集》，以及杨武能、刘硕良主编的十四卷本《歌德文集》（河北教育出版社，1999）。前两种《歌德文集》都是出版社汇总其历年来的出版成果，加以整理、编排而成；最后这种即河北教育出版社推出的十四卷本，不只选收的作品最齐全和几乎都是新译，而且系专为纪念歌德诞辰而特别地、精心地规划和选题，几乎动员了全国的歌德译介力量，经过了数年的努力才完成的，因此可以说真正弥补了我国自译介歌德一百年来没有一套歌德文集的遗憾，可以称为中国第一套真正意义上的歌德文集。

2. 这个阶段出版了一些从来不曾有过译本的歌德代表作，填补了歌德译介的重要空白。例如，《威廉·迈斯特的学习时代》有了冯至、姚可崑以及张荣昌、杨武能的三个全译本，《威廉·迈斯特的漫游时代》有了关惠文、张荣昌的各一个译本，《意大利游记》也由赵乾龙全文翻译了出来，歌德的文艺理论文章则有了一个罗悌伦译成的选本，歌德的自传作品《诗与真》，则在刘思慕的本子问世半个多世纪后，由魏家国完成了一个新的译本。所有这些新译，除去冯至、姚可崑的《学习时代》和关惠文的《漫游时代》系人民文学出版社出版，其他全都收在了河北教育出版社的十四卷本《歌德文集》中。

张荣昌译本

关慧文译本

赵乾龙译本

以上这些具有规模的歌德文集，无一例外地都是硬面精装，印工讲究。特别是河北教育出版社的版本，每一卷都配有铜版精美插图，设计装帧更是豪华而又典雅，完全达到了歌德作品的国际出版水平，因而受到了欣然为之撰写序言的国际歌德协会前会长魏尔纳·凯勒教授的称赞。这样的出书质量和出书规模，是歌德在中国的破天荒头一次，不只证明在诗人诞辰前夕一次新的、规模空前的“歌德热”已经达到高潮，不只终于实现郭沫若等先辈在《三叶集》中表达的把歌德“一切名著杰作”“和盘翻译介绍过来”的心愿，而且也告诉人们，与出现前一次“歌德热”的20世纪二三十年代相比，中国的发展进步实在惊人，中国社会已经发生了翻天覆地的变化。

3. 一个个案：《浮士德》在中国之接受

说到中国社会翻天覆地的变化，它在歌德的接受史上还有另一个反映。

一些年以前，无论在国内还是海外，只要一谈到歌德在中国的接受，人们津津乐道的总是《维特》和“维特热”，绝少涉及歌德更重要的代表作《浮士德》。那是因为，这部长达12111行的伟大诗剧不仅有着丰富、深邃和多层面的内涵，艺术手法也复杂多变、奇异独特，并且大量使用蕴藏有深厚民族文化积淀的象征、典故和比喻，致使《浮士德》既成了世界文苑中的一朵奇葩和一部智慧之书，也成了一部对于欧洲人乃至德国人都难以解读的“天书”。加之作为欧洲文化组成部分的德国民族文化，本身有着多源和多元的性质，对于中国完全是一种异质文化，因此《浮士德》在中国人读起来就更是难上加难，在中国的传播和接受便不能不经历一个曲折而漫长的发展过程。因此在很长一段时间里，《浮士德》只是极少数知识精英的《浮士德》；广大读者特别是年轻人只能耽读《维特》，对《浮士德》只好望而却步。如此一来，《浮士德》在中国的接受也就难以成为热门研究题目，以致直到歌德诞辰二百五十周年之前的漫长岁月里，在中国便没有出现比较系统、深入的相关研究。

《浮士德》是歌德以六十年的人生阅历和心血铸就的一部旷世不朽的杰作，素享“德国人世俗的圣经”、欧洲“现代诗歌的皇冠”、“西欧自文艺复兴以来三百年历史的总结”、“人类自强不息精神和光明前景的壮丽颂歌”，等等美誉，在德国和世界文学史上占据着几乎可称是至高无上的地位。因此，在歌德自身的全部文学创作中，《浮士德》具有无与伦比的重要性，堪称歌德经典中的经典，代表作中的代表作，以其做比较系统、深入的个案研究，可以收到窥一斑而知全豹的功效，笔者则意欲以此作为观察百年来歌德在中国之接受的实例和总结。

是的，《浮士德》在中国之接受的确是一面镜子，不仅浓缩了歌德在中国之接受的奇异景观，还反映出近百年来中西文化碰撞、交流的一个重要侧面，还折射出我国不同时期的社会风云变幻，可以作为我国近百年来社会思想发展史一个不无意义的参照。前文已经述及洋务运动、戊戌变法、辛亥革命、五四运动以及抗日战争和解放战争时期的《浮士德》接受概况，详略不等地分析了辜鸿铭、陈独秀、王国维、鲁迅、张闻天、郭沫若、冯至等杰出知识分子对《浮士德》这部著作的独特理解和接受，已经述及的这里不再重复，而只需重申和强调：在上述各个历史时期，《浮士德》在中国始终不过是极少数知识精英的《浮士德》。

还可以补充几个上述历史时期之后的例子，以说明中国的知识精英对《浮士德》的喜好与接受：

在中国20世纪的知识界有一位名闻遐迩的傅雷（1908–1966），他堪称中国首屈一指的法国文学翻译家，不仅是公认的译介巴尔扎克的权威，还翻译了罗曼·罗兰的《约翰·克里斯多夫》以及其他一些重要作家的代表作，因此去世后享有了出版以本人名字冠名的译文集的殊荣。可是这位与德语文学和歌德并无直接关系的大翻译家兼作家，同样对歌德及其《浮士德》怀有发自内心的尊崇和喜爱，因此昵称自己的爱妻朱梅馥

傅雷（1908–1966）

为"玛格莉特"；这"玛格莉特"——傅雷自己解释说——就是《浮士德》第一部的女主人公的名字。傅雷这么做是否意味着他也自视为一名浮士德呢？可惜的是他已不能自己回答这个问题：在所谓"文化大革命"爆发的1966年，不堪受辱而性格倔强的傅雷就带着他的"玛格莉特"，双双自尽身亡。

又过了二十多年，在北京权威的《文学评论》1988年第二期，刊登了一篇题名为《刘再复现象批判——简论当代中国文化思潮中的浮士德精神》的长文，作者为陈彦谷、靳大成。笔者引用此文为例只是指出"浮士德精神"在我国产生影响的历史事实；至于对文中的观点，不妨仁者见仁，智者见智。

我认为《浮士德》的译者郭沫若和前面谈到的张闻天，也应该属于中国第一代具有浮士德精神的中国知识分子之列，因为他俩都各自在文章中呼吁以浮士德精神改造中国的国民性，尽管后来他们也一样转而信奉了马克思主义。他们一为《浮士德》的翻译者，一为《浮士德》的评介者及研究者；翻译者和研究者对于原著和原作者来讲，首先也是接受者，而且他们的接受更加直接，也更加重要。这是因为，广大读者的接受往往以他们的接受为前提，并处于其有力的影响之下。因而，研究翻译者和研究者的接受情况，便格外地有意义。

产生于我国沧桑巨变的不同时期的十多种《浮士德》译本，它们几乎每一种都有自己形成的历史，都隐藏着一个个感人肺腑、发人深思的故事。郭沫若、梁宗岱、钱春绮、董问樵、绿原、樊修章以及笔者翻译和接受《浮士德》的经过和情况，后文将作详述。这里只想强调，进入改革开放的新时期以来，随着越来越多的新译本和研究著作问世，便给《浮士德》在中国为更多的人接受，创造了条件。

就因为创造了条件，才可能在1994年春天，由德国歌德学院北京分院发起和支持，中央实验话剧院在中国破天荒第一次把《浮士德》搬上了舞台，而且是连同在舞台上表现难度很大的第二部一起。这对于《浮士德》在中国的接受来说，应该讲是一件值得大书特书的收获和成绩。它标志着《浮士德》真正开始走向民众。对于此剧的演出，后文将详述和评论。

也因为创造了条件，阅读和欣赏《浮士德》这部智者之书的人才慢慢多起来了，曾经长期热衷于《维特》、感染上“维特热”的中国青年，才开始亲近《浮士德》，也从这部巨著中吸取智慧、勇气和力量。这些青年的一个代表，可以是后文将要讲到的著名电影演员陈冲。从热衷《维特》到亲近《浮士德》的这一变化，表明今日的中国人不愿再如海涅说的“像维特一样嘤嘤哀泣”，而是要学习浮士德的自强不息精神，以便振兴中华，创造美好的生活。也就是说，跟随中国社会的变革和时代的前进，歌德在中国的接受也有所变化，有所前进。

《浮士德》在中国百年接受史，远非一两页文字所能说完道尽。《浮士德》这样的巨著原本常读常新，每一个时代和每一种形态的社会都提供了不同的接受语境，每一个研究者、翻译者、演出者和读者都有为自己的“先结构”所决定的接受和阐释视角，所以各人的心中便有各人的《浮士德》，所以对不朽杰作《浮士德》的接受阐释也永远不会完结。本节摘取和陈述的，只能是极少数典型的人物和实例罢了。

4. 市场经济条件下的“维特热”，大发展中的浊流 ——“向钱看”

中国改革开放的深入发展，促使市场经济逐步确立并取代计划经济，形成了具有中国特色的社会主义市场经济。就是在这个前提下，才出现了上文所讲的出版大繁荣，才爆发了新一轮的“歌德热”。然而，事物总是两面，有阳光也就有阴影，有成绩也就有弊端。崇尚竞争的市场经济的阴影和弊端，就出版业而言，在于逐步打破出版范围划定和选题垄断之后，因“一切向钱看”而出现了无序竞争；就歌德在中国之接受而言，突出的表现则为曾经肆虐的“维特热”，在20世纪90年代演变为了来势凶猛的《维特》翻译出版热。

上文说过，几乎每一个省乃至行业出版社都搞出了自己的《维特》本子，全国加在一起至少有二三十种之多。为什么如此？因为我和侯俊吉的《维特》译本自1981年初版以来累累重印、再版，总印数都超过一百万册，给出版这个本子的人民文学和译文赚了不少钱，其他的出版社自然也想分一杯羹，却又碍于所谓专有出版权而不得不找人搞自己的新译本。要在短时期内搞出这样多的新译本，很显然已经超过我们德语界的实际翻译能力，也超出了出版社的编辑和审稿能力，结果除少数几种确系由认真负责的、有水平的同行所完成，因而也具有自身特色和存在价值以外，绝大多数的所谓新译本都只能是要么粗制滥造，要么滥竽充数。更有甚者，其中还不乏名曰“新译”实为抄袭和剽窃的本子。

在这史无前例的《维特》翻译出版热中，拙译作为继郭沫若译本之后在新中国最早问世也最为流行的本子，有幸而又不幸地受到各方面的关注最多，遭到抄袭剽窃的次数也最多。翻译文学出版家李景端发表过一篇抨击“抄译”、剽窃现象的专文，所列举的头一个剽窃侵权受害者，就是拙译《维特》。[1]为立此存照，并且增加一点儿阅读的兴味和实感，兹摘录一段有关这个问题的旧文：

劫贼心态初窥：从钟会胜到黄甲年

湖北一位热心读者来信说，我译的《少年维特的烦恼》遭到了剽窃，并从老远寄来一本某某文艺出版社收入其“世界文学名著新译”系列的赃书，封面上堂而皇之地印着“译者”的大名：黄甲年。

把这“新译”和本人的拙译对照一番，不禁悲从中来。倒不仅仅因为自己的精神劳动横遭劫掠，而是想到又不知有多少善良的爱书人将受到愚弄蒙蔽，想到炮制和推销这类伪劣赃书的竟多数是我们的省部级大出版社，想到在我们的文化人和准文化人中，竟有如此多为了区区名利而良知泯灭的败类和窃贼！

自1981年出版以来，拙译《维特》遭到剽窃以及其他近乎剽窃的侵权和劫掠已不止一次。有时翻翻手边这堆伪劣“文化”产品，把玩着一本本的这类“奇书”，却不想有了

① 见1998年4月4日的上海《文汇读书周报》。

一点意外的收获，那就是窥见了形形色色、老老少少的窃贼们的心态。

我遭遇的第一类窃贼的杰出典型大名“钟会盛”——请记住这个显然并非本名却不同凡响的名字！此人不只胆大妄为，而且颇有眼光，因此得风气之先。早在借“重译”之名——当然不包括某些可敬的同行们真正意义上的新译——行抄袭剽窃之实的现象累累出现之前的1992年，他就抛出本“新译”《少年维特之烦恼》，于是一时间，我国人口第一大省的大小书摊上便充斥着这本封面红粉艳俗的“小书”。明明定价2元6角，却在地摊上以1元的贱价大量甩卖。如果德国大文豪歌德看见一定会气死！

忍不住买回一本“钟译”进行研究，果然是本东拼西凑起来的“歪书”：正文剽窃上海译文出版社的侯俊吉译本，只在开头改了不多几个字；“附录”照搬拙译的“后记”，只将其四个小标题中的第一个略加改动，代替“后记”二字充作了篇名；封面和“引言”前都不加说明地印上郭老韵《维特》的名句“青年男子谁个不善钟情，妙龄女郎谁个不善怀春”而且书名也以郭老“之烦恼”代替了我等“的烦恼”，正所谓你中有他，他中有你！……

近几年来，出于众所周知的原因，外国文学翻译特别是有利可图的名著翻译，更成了被侵权的重灾区。但另一方面由于知识产权意识逐渐深入人心，有恃无恐的窃贼相对少了。像本文开始提到的黄、马二公，他们尽管胆大而笨拙，为掩盖自己也明知的丑行却多费了点心思，所以将拙译从头到尾“校改”一通，虽然结果并不理想，时常欲盖弥彰，弄巧成拙。令人惊诧的倒是，他们竟蠢到像其前辈“钟会胜”一样，连并不能以“复译”作幌子的“后记”和注释也偷，而且手法如出一辙……

由于受到社会舆论和翻译界的谴责，《维特》的翻译出版热以及随之而产生的粗制滥造、滥竽充数以至抄袭剽窃现象，很快成为过去，只给歌德在中国的接受史留下了怪异而令人叹息的一笔。

六、1999年歌德诞辰二百五十周年在中国

与1982年的歌德忌辰相比较，十七年后的歌德诞辰二百五十周年纪念，由于社会、经济条件大有改善，理当更加盛大、隆重，然而实际情形却只差强人意。一个重要原因是享誉海内外的歌德专家、中国外国文学学会会长、中国作家协会

资深副主席诗人冯至（1905 – 1993）不在了，原本由他领军的德语文学界影响力大大降低。因此，北京的纪念活动虽仍应有如仪，面面俱到，由任全国政协委员的德语文学研究会会长叶廷芳做主题报告，请著名作家、全国作协副主席王蒙致了辞，可是规格规模完全没法与不久之后的普希金纪念相比。

当然，北京的纪念活动也有一个值得称道的亮点，就是紧接着移师昆明举行中国第二次歌德研讨会。因为邀请了几位德国歌德研究家，如魏玛歌德纪念馆的前馆长舒马赫教授等与会做报告，与中国同行交流切磋，是一次真正意义的国际学术会议。

除去北京，还有成都也由四川大学文学院、外国语学院、四川作家协会等共同举办了歌德纪念会。在隆重热烈的有川大校领导和省市各界知名人士数百人出席的大会上，四川作协副主席和著名诗人杨牧热情洋溢地致了辞，曾师从冯至专攻歌德的笔者做了主题报告。报告结束后朗诵了多首歌德名诗，演唱了以歌德的诗谱成的歌曲，演出了歌德诗剧《浮士德》第一部的《花园》等片断。

在德国和欧洲，1999年是名副其实的歌德年，庆祝和纪念诗人诞辰的活动更是丰富多彩。笔者有幸分别应德国歌德学院和魏玛国际歌德协会的邀请，先后出席了魏玛的“《浮士德》

杨武能在艾尔福特的“国际歌德翻译研讨会”上做报告

译者工场”和艾尔福特的“国际歌德翻译研讨会”，感受良多，收获很大。[①]

随着20世纪最后一个歌德年的逝去，歌德在中国接受的第三个高潮逐渐接近尾声。在这以改革开放为背景和条件的十多年中，中国人译介和研究歌德的成绩空前巨大。

① 详见拙文《〈浮士德〉“译场”打工记》，收入许钧、唐谨主编“巴别塔文丛”杨武能著《圆梦初记》，湖北教育出版社2002年版。

*　*　*

从歌德的名字出现在李凤苞《使德日记》的1878年算起，到1999年歌德诞辰二百五十周年，纵观这一百多年来我国社会风云变幻，经历了一个个急剧变化的历史时期。在这所有的历史时期，都曾有过歌德的影响存在。歌德的影响不仅限于诗人、作家等知识精英，也遍及广大知识分子和人民群众。歌德的影响不仅限于文学、哲学，还表现在社会、政治、意识形态乃至经济方面：20世纪二三十年代兴起的“维特热”，随着《放下你的鞭子》走上街头参加抗战宣传的《迷娘》，“文革”中歌德的彻底遭否定到排斥，改革开放后人们热衷的对象从维特逐步转变为浮士德，市场经济条件下一度猖獗的新“维特热”即《维特》翻译热，等等，所有这些或积极或消极的情景和画面，都将载入我国文化思想史和中德文学关系史的史册。

第六章

歌德与中国现代文学

一、《维特》与中国书信体小说

和当年在欧洲一样，歌德在中国影响最强烈、最深远的作品，仍然是《少年维特的烦恼》这本书信体长篇小说。作家周而复写过一首赞中德文化交流的七律，其中有“歌德烦恼逐云来”句，记的就是《维特》当初在我国流传的盛况。田汉径直将自己与宗白华、郭沫若合著的通信集《三叶集》比作《维特》，并希望在中国也能像在德国兴起“维特热”一般兴起“三叶热”，这表明当时的青年文学家对歌德的这部小说是何等崇仰。对于我国的现代文学，《维特》的影响表现在好多个方面，这里先谈它对我国现代小说发展的促进和推动。

我国传统的长篇小说都是所谓章回体，而短篇小说也大都以“某生者某地人也……”作为开头。笔者不敢断言，我国在《维特》传入以前绝对没有作过写书信体小说的尝试。但是，在《维特》传入以后，特别是在郭沫若的译本问世从而引发“维特热”以后，我国便涌现了一批西洋式的书信体小说，这却是事实。冰心的《遗书》（1923），许地山的《无法投递的邮件》（1923），王以仁的《流浪》（1924），王思玷的《几封用S.署名的信》（1924），庐隐的《一封信》（1924）、《愁情一缕付征鸿》（1924）和《或人的悲哀》（1924），向培良的《六封信》（1925），蒋光慈的《少年飘泊者》（1926）和《一封未寄的信》（1926），郭沫若的《落叶》（1926）和《喀尔美萝姑娘》（1926），以及潘垂统的《十一封信》（1927），等等，都是紧跟在郭译《维特》出版后问世的一些书信体小说中较著名的。

上面列举的这些作品，看来都直接或间接地在一定程度上受了《维特》的影响。作如是观，有以下几点理由：1. 它们都产生在“维特热”于我国大兴的那些年，它们的作者极可能也受到了感染，得到了启发；2. 它们的形式全为主人公写给某个知己者的信函，恰似一种内心独白，这与《维特》基本相同；而西欧其他著名的书信体小说如英国理查森的《克拉莉莎》和卢梭的《新哀露绮丝》，则是几位主人公的相互通信；3. 它们的主人公也跟维特差不多，或者是世界上的漂泊者，或者是失恋者，或者是多余人；4. 它们的主要情节也多为主人公的不幸际遇，特别是爱情遭遇；5. 它们的情调都是低沉哀怨、缠绵悱恻的；6. 它们的主题思想多带有批判社会的愤世嫉俗倾向；7. 它们的结局也往往是主人公的自杀，要不就是绝望地出走，总之都是悲剧。一句话，这些小说的形式、格调、内容，与《维特》的相似之处是太多了。

为了把问题谈得更清楚，我们不妨再具体分析一下郭沫若以及庐隐的几篇小说。

作为《维特》的译者，郭沫若更容易或者说更难免受到歌德的书信体小说的影响，这是自不待言的。在《维特》译序中，他盛赞《维特》是一部散文诗，自称与作者歌德在五个方面产生了共鸣。如果说我们在他的两篇小说与《维特》之间发现了某些亲缘关系，那是不奇怪的。

《落叶》的主要情节是：年轻的日本姑娘菊子是一家医院的护士，她爱上了到医院来实习的中国留学生洪师武。洪师武虽然也爱她却不能接受她的爱情，因为他是一个“旧式婚姻制度的牺牲者”，并且自以为已身患不治之症。失恋的痛苦和对周围的庸俗的人们的厌恶，使年轻的女主人公弃国出走。回到上海，深感内疚和悔恨的洪师武一病不起，在临终之前把姑娘写给他的信全托付给了自己的朋友。朋友在信前加了一段前言，然后全数发表出来，就成《落叶》这篇小说——其构想与《维特》极为相似，不同的只是具体的情节。

《喀尔美萝姑娘》书封

与《落叶》相反，《喀尔美萝姑娘》则是已婚的男子“我”，爱上了一个单纯善良的卖喀尔美萝——一种日本风味食品——的贫苦少女。由于爱情无望，“我”在小说结尾时离家出走，准备去东京结束自己的生命。

郭沫若的这两篇书信体小说（此外还有《叶罗提之墓》），当然都绝非对《维特》的简单仿作，所以情节方面还有不少差异；但是，受《维特》的影响却无可否认。这种影响，除去前文列举的理由已证明了的以外，还有另一个表现，那就是这两篇小说和《维特》一样，也带有相当程度的自传性，也是作者一种特殊形式的“自白”和“忏悔”。

众所周知，郭沫若本人就是个“旧式的婚姻制度的牺牲者”。在日本留学期间，他与年轻的日本护士安娜相爱进而同居，因而深感内疚。在与田汉通信中，自称是比“不良少年”更胜许多的“罪恶的精髓”（见《三叶集》）。郭沫若写成了《落叶》，大概也会像青年歌德在《维特》完成时一样，心灵上得了解脱吧。

如果说郭沫若的《落叶》等小说在情节和结构方面还与《维特》有较多差异的话，那么庐隐的《或人的悲哀》无论从哪方面讲，都与《维特》更像了：整篇小说由主人公亚侠（相当于《维特》中的威廉）致友人的书简组成，仅在结尾加了一则“亚侠的表妹附书”，其作用相当于《维特》中的“编者致读者”；亚侠临死前的12月25日那最后一封信，也如维特似的断断续续写了五天；书中也提到一位盲诗人，使人想到《维特》中的荷马。特别是主人公亚侠，她也同维特一样卓有才智，多愁善感，热爱自然，追求个性解放，厌恶社会的虚伪，因此也就不容于社会，从日本回来后便绝望轻生，最后投身美丽的西子湖，在大自然的怀抱中找到了归宿。把《或人的悲哀》和《维特》对照起来读，甚至可以发现文句也有不少相似之处。

当然，《或人的悲哀》也并非对《维特》依样画葫芦式的仿作，而是有着明显的中国特色和现代特色，作者庐隐本人的个性也表现得很清楚。加之两篇小说之间尚存在一些一目了然的差异，如《或人的悲哀》篇幅小得多，只是一个短篇；情节未以爱情为主线，而是更突出了主人公与社会的矛盾和对社会的不满；主人公亚侠与作者本人一样乃是一位女性，等等。

但是，两篇小说的亲缘关系仍然是很清楚的。也就难怪，《或人的悲哀》问世不久，即为某些致力于中德文化交流的人士所瞩目，由汤元吉译成德文，与原文对照着连载在上海出的《德文月刊》第一卷第四至九期上。在众多的中国小说中，一般很难得译载中国现代文学作品的《德文月刊》偏偏选中了《或人的悲哀》，应该讲是很说明问题的。须知，这篇作品本身，就在当时也不算影响很大啊。再看《或人的悲哀》的德文译名“Ein Menschenleid”，意为一个人的痛苦或一个人的烦恼，与《维特》的原名“Die Leiden des jungen Werther”已有些相近；而在收了《或人的悲哀》的《小说月报丛刊》第十八种后面的版权页上，编者为它译了个英文题名“The Sorrows of a Certain Youth”，意即某一个青年的烦恼，这与《少年维特之烦恼》及其英文译名“The Sorrows of Young Werther”可就更像了。总之，毋庸置疑，《或人的悲哀》受《维特》的影响还更多一些。

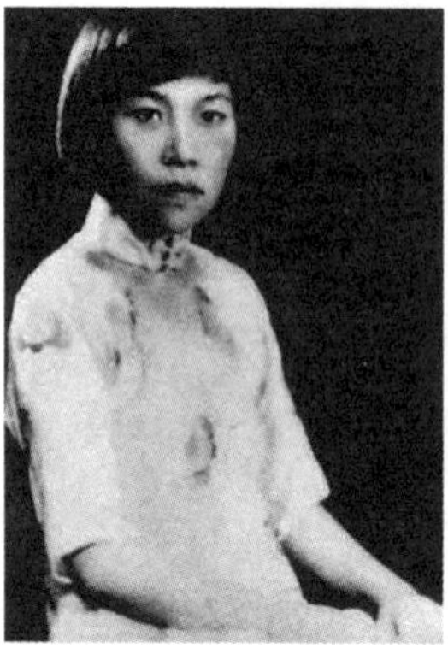

庐隐（1898–1934）

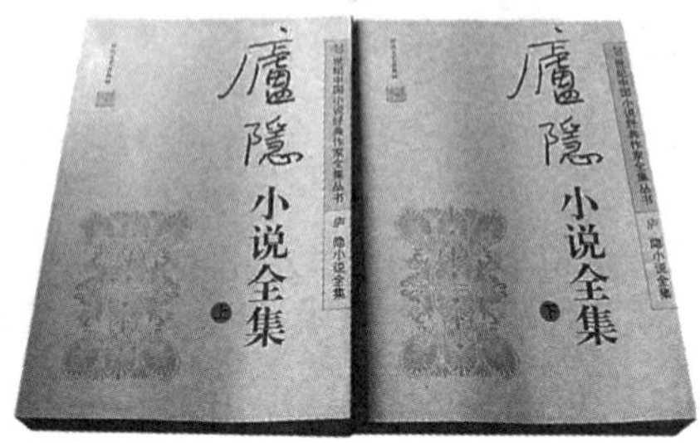

《或人的悲哀》的作者庐隐原名黄英（1898–1934），是我国20世纪二三十年代一位颇具才华和影响的女作家，文学研究会会员。她在短暂的一生中作品相当多，擅长写小说，尤其是书信体和日记体的小说。她一生坎坷，善感多愁，思想激进，在个性方面，与小说女主人公亚侠不无相似之处。

《维特》对我国20世纪二三十年代涌现的书信体小说产生过重大影响，这恐怕是无可怀疑的了。蔡元培先生在《三十五年来之中国新文化》一文中，谈到外国小说的翻译对我“起戊戌”的“文学的革新”的推动，具体举出的第一本书就是《维特》，也不是没有道理。《维特》至少推动了对我国现代小说的一种新样式的探索和发展，并且取得了丰硕成果。前文列举的那许多书信体小说，大都有一定的思想意义和艺术价值，其中好几篇选进了《中国新文学大系》小说集里，称得上我国新文学早期的佳作。当然，《维特》的影响也有消极的一面，那就是上述作品的情调一般都比较低沉，《少年飘泊者》或许算个例外。

二、《子夜》妙用《维特》

在中国现代文学史上，茅盾的长篇小说《子夜》可算是一部有着里程碑意义的重要作品。

它真实地、生动地描绘出了中国20世纪30年代初危机四伏、矛盾错综的社会风貌。民族工业家吴荪甫与买办资本巨头赵伯韬的相互倾轧，吴荪甫与其他民族工商业者之间的大鱼吃

小鱼，吴荪甫工厂里工人们反对剥削压榨的斗争——这些交织在一起构成了小说情节的主线。但是，与此同时，作为小说的另一个重要内容，还同样生动、深刻地揭示了吴荪甫家庭里及其周围的人与人之间错综复杂的关系。在这巨大的关系网中，小说女主人公吴少奶奶林佩瑶又处于中心地位。为刻画这个人物，揭示她与自己丈夫貌合神离、同床异梦的关系，《子夜》巧妙地利用了比它早十年出版的《维特》。

《子夜》直接写到《维特》的有以下三个场面——

场面之一：一次，吴少奶奶从前的恋人雷鸣借到吴公馆吊丧而吴荪甫外出之机，单独来到她房中。雷鸣：

> "吴夫人！明天早车我就离开上海，到前线去；这一次，光景战死的份儿居多！这是最后一次看见你，最后一次和你说话；吴夫人！这里我有一件东西送给你！"
>
> 雷鸣从衣袋里抽出一本书，他双手捧着，就献到吴少奶奶面前。
>
> 这是一本破旧的《少年维特之烦恼》！在揭开的书页上，有一朵枯萎的白玫瑰！
>
> 原来，这是吴少奶奶在五年前的学生时代，送给雷鸣的定情之物。她一把抢过书，惊惶地看着雷鸣。雷鸣苦笑着又说：

“吴夫人！……我这终身唯一的亲爱的，就是这朵枯萎的白玫瑰和这本书！我在上前线以前，很想把这最可宝贵的东西，付托给最可靠最适当的人儿——吴夫人！我选中了你！我想来你也同意！这朵花，这本书的历史，没有一刻不在我心头！五年前，也是像今天这么一个不寻常的薄暮，也是这么一个闷热的薄暮，我从一位最庄严最高贵最美丽的人手里接受了这朵花——这是我崇拜她的报酬；这本书，《少年维特之烦恼》，曾经目击我和她的——吴夫人，也许你并不反对说那就是恋爱！可是穷学生的我，不敢冒昧……现在你一定明白了那时候为什么我忽然在我所崇拜的天仙面前失踪了：我是到广东，进了黄埔！我从广东打到湖南，我从连长到团长……我在成千成万的死人堆里爬过！几次性命的危险，我什么东西都丢弃了，只有这朵花，这本书，我没有离开过！……我这次上前线去，大概一定要死！——吴夫人，却是这本书，这朵枯萎的花，我不能让她们也在战场上烂掉！我想我现在已经找到了最适当的人，请她保管这本书，这朵残花——吴夫人！我有机会把这段故事讲给你听，我死也瞑目了！”

最后，是笼里的鹦鹉的一声怪叫，惊醒了偎抱在一起的情人，吴少奶奶抱着那本《少年维特之烦恼》飞跑到自己卧室里，倒在床上，一股热泪顷刻湿透了洁白的绣花枕套。[①]

笔者不厌其详地节述吴少奶奶与雷鸣分别五年后重温旧情的场面，并不仅仅因为它为流行于我国20年代青年男女中的“维特热”，提供了一个难得的典型的例证；而更因为这一情节的设置，特别有发人联想的作用，它使读者一下子就了解了《子夜》女主人公的过去和现在，了解了她的教养和气质，了解了她与吴荪甫是怎样一种婚姻关系。

自从那本破旧的《少年维特之烦恼》留下来，就日夜陪伴在她身边，打破了这位曾自比绿蒂的吴府少奶奶内心的平衡，使她醒来梦里都看见她那血战在前线的“维特”，她与丈夫之间的隔膜更加深了。

场面之二：一天，她的妹妹林佩珊闯进她房间，把她从昏睡中惊醒了过来。妹妹和她谈自己择偶问题。当妹妹说：“老是和一个人在一处，多么单调！你看，你和姊夫！”吴少奶奶听了吃惊地一跳，脸色也变了。两件东西从她身旁滚落到沙发前的地毯上：一本破烂的《少年维特之烦恼》和一朵枯萎的白玫瑰花。吴少奶奶的眼光跟着也就盯在这两件东西上，痴痴地

① 摘引自《子夜》第三章。

看着，暂时被林佩珊打断了的啮心的焦扰，此时是加倍顽强地在揉她，箍她。

接着，妹妹又说，如果她遵照姊夫的意志嫁给了她不爱的杜学诗，而不能嫁给她爱的范博文，那就将“结婚的是这一个，心里想的又是别一个，——啊，啊，这是多么讨厌的事呀！”林佩珊的话道出了中国的“绿蒂”的苦衷。等妹妹一走，两粒大泪珠终于夺眶而出。然后她垂头看地毯上的那本破书和那朵枯萎了的玫瑰花，一阵难以抵挡的悲痛揉断了她的柔肠……[①]

“结婚的是这一个，心里想的又是别一个”，这话说得多么直截了当。吴少奶奶从她反复读的《维特》中领略到的也是同一个意思，只不过书中表达的方式要含蓄委婉得多，富有诗意得多。《维特》这本破书的反复出现，大大精简了《子夜》描写吴荪甫夫妇与雷鸣三者关系的笔墨，丰富了小说的意蕴。

场面之三：小说结尾，吴荪甫投机失败，自杀又下不了狠心，仓促决定上牯岭去“休养”。他跑进自己房里，看见少奶奶倦倚在靠窗的沙发上看一本书，便告诉她，要她准备当晚就动身去“避暑”。

① 详见《子夜》第六章。

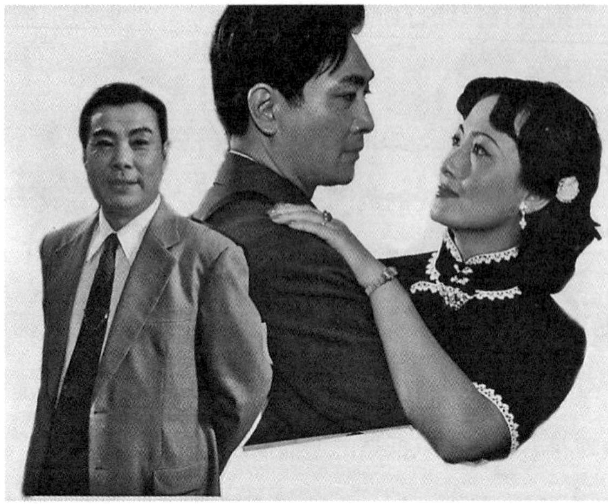

《子夜》剧照

少奶奶猛一怔，霍地站了起来；她那膝头的书就掉在地上，书中间又飞出一朵干枯了的白玫瑰。这书，这枯花，吴荪甫已是第三次看见了，但和上两次一样，我们这位“阿尔伯特”此次又是万事牵心，竟然没注意到。吴少奶奶红着脸，朝地上瞥了一眼，惘然回答：

“那不是太局促了么？可是，也由你。”

《子夜》的这个结尾真可谓神来之笔！吴荪甫三次对妻子耽读《维特》视而不见，是比《维特》中的那位丈夫阿尔伯特还宽宏大度呢，还是为了投机赚钱竟至忘记了关心自己年轻貌美的妻子？但不管是什么原因，这样的丈夫都是不讨人爱的，心性敏感的“绿蒂”就更不用说了。还有那“红着脸”，那“惘然回答”，那“也由你”，更含蓄、微妙地揭示出了女主人公的心理、性格：中国的“绿蒂”毕竟懂得什么叫“授受不亲”，什么是“三从四德”，她尽管十分讨厌自己的丈夫，十分不情愿上牯岭，却仍然只得说“也由你”！

关于《维特》在《子夜》中的作用，细细分析起来还可以讲很多话。特别是小说的那个结尾，可以说是非常重要而又耐人寻味的。这里只作一个提示，以使《子夜》研究者和读者注意一个事实：《维特》之在《子夜》中一再出现绝非偶然，而是作者的匠心安排。

《子夜》是中国现代小说史上的一座丰碑。在这座碑上镂刻着《少年维特之烦恼》的名字，此一事实与作为我国新诗的真正开端的《女神》中也留下了歌德的影响[①]一样，意义不容低估。

中国现代小说利用《维特》及其影响者绝不止《子夜》一部，在林语堂的《京华烟云》中，同样能看到年轻主人公迷恋《维特》的描写。

---

① 详见《郭沫若与歌德》。

三、中国话剧舞台上的歌德

五四运动以前，中国的戏剧舞台上演的都是京剧、昆曲等的传统戏曲；话剧，一段时间还称作“新剧”或者“文明戏”，完全是舶来品，其面貌和演出方式都打上了发源地欧洲深深的烙印，在初始阶段特别受到了丹麦戏剧家易卜生等的影响。至于话剧这个名称，则由同为中国戏剧运动先驱的田汉在南国社率先使用；在他和他的同事们看来，传统戏曲和西方戏剧的区别并不在于文明不文明，而在于内容和形式存在差异。

在中国，剧作家歌德受到的推崇远远赶不上易卜生、莎士比亚、席勒、霍普特曼和布莱希特，也没有他自己作为诗人、小说家和思想家所具有的崇高地位和巨大影响。可尽管如此，我们仍无法忽视歌德在中国戏剧舞台上的存在。

（一）《史推拉》在北京、杭州和广州的演出

歌德是一位杰出剧作家，一生写出过许多成功的剧本。可是在中国，根据目前掌握的资料，在20世纪90年代之前，中国只完整地演出过一部歌德的剧作，那就是《史推拉》。这个剧本由20世纪20年代在德累斯顿和慕尼黑留学的汤元吉译成了汉语，分别于1927年、1929年、1931年和1932年在北京、杭州和广州上演。由于在杭州饰演女主角史推拉的是一位当时的名演

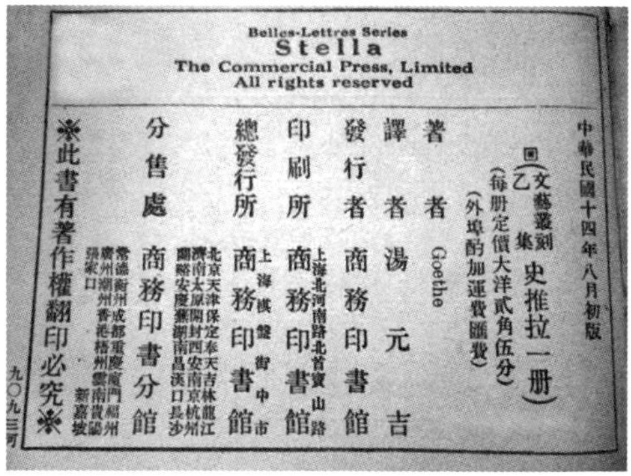
Belles-Lettres Series
Stella
The Commercial Press, Limited
All rights reserved

中華民國十四年八月初版

（文藝叢刻乙集）史推拉一册
（每册定價大洋貳角伍分）
（外埠酌加運費匯費）

著　者　Goethe
譯　者　湯元吉
發行者　商務印書館
印刷所　商務印書館　上海北河南路北首寶山路
總發行所　商務印書館　上海棋盤街中市
分售處　商務印書分館　北京 天津 保定 奉天 吉林 龍江 濟南 太原 開封 西安 南京 杭州 蘭谿 安慶 蕪湖 南昌 漢口 長沙 常德 衡州 成都 重慶 廈門 福州 廣州 潮州 香港 梧州 雲南 貴陽 張家口 新嘉坡

※此書有著作權翻印必究※

九〇九三丙

《史推拉》版权页

员，演出颇为轰动，连续上演了好些天。

1932年歌德百年忌辰，《史推拉》在广州公演，演员都是当地一所话剧学校的学生，“一群中国南方的年轻革命者”，虽说一个个在舞台上表现得挺卖劲儿，演出却不成功。应邀观看演出的乌尔曼博士（Dr. Richard Ullmann）回忆说：“如果不讲很是可笑的话，那也完全没有效果。”因为演员“根本感受不到激情——他们压根儿不懂什么激情！……年轻的中国‘史推拉’纯粹是个多愁善感的醋坛子。”

不过，乌尔曼博士对演出本身尽管大失所望，却从纪念活动得出了一个乐观的、高瞻远瞩的结论：

> 晚会纪念的是歌德，而不是《史推拉》这出悲剧。西方的心灵悲剧还不是他们所能理解。他们的追求本应获得圆满的成果，只可惜欲速不达，还必须做长期的艰苦努力。然而正是这无结果的努力，显示了他们深入洞察西方精神世界的坚强决心。也许他们已经不只道听途说，而是真正在内心深处领悟到了，歌德属于西方精神世界最明亮的星辰。[①]

除去《史推拉》，仅只于1932年在北京、上海和广州上演过《浮士德》以及《铁手骑士葛兹·封·伯利欣根》的片断。

尽管如此，歌德对中国现代戏剧的影响却显而易见。因为在话剧运动发展早期，最重要的剧作家不是别人，正好是对歌德十分崇拜的郭沫若。他在《创造十年》中明确地说："我开始做诗剧便是受了歌德的影响。" 此外，郭沫若还在其他文章中承认，也是在歌德的感染和启迪下，他才养成了创作历史剧的偏好。结果，中国便有了自己最杰出的现代历史剧剧作家。

---

① 详见乌尔曼（Richard Ullmann）《歌德在中国——评〈施特拉〉在新近中国舞台上的一次公演》，文载《东亚展望》1932年第六期。

（二）曹雪松的剧本《少年维特之烦恼》

上海泰东书局1928年出版的剧本《少年维特之烦恼》，明白无误地是根据小说《维特》改编出来的。这出四幕悲剧的编者曹雪松在自序中说：

将《少年维特之烦恼》改编成剧本，数年前我便有这个计划。所以这个计划没有实现，是因为实在有种种困难……我自信确是一个“维特狂”的青年，在我失恋的初年，我曾几次想抱着这本《少年维特之烦恼》跳入吴淞江中，到泉下的世界去和不幸的维特做同病相怜的朋友……我的初意，本主张单采取《少年维特之烦恼》中的“事实”，而大部分参加进我个人的“虚拟”，对话和词句完全另行改造。但后来一想原著中有些对话是很紧凑，而词句的丰蕴美妙，更非常人所能及……与其画蛇添足，恣意臆造，还不如直直爽爽地借用对话和词句……

读了这段自白，再研究一下改编成的剧本，可以看出曹雪松为编好此剧是煞费苦心的；而以当时的条件来说，这本书的印刷装帧更十分讲究，封面由丰子恺设计，书前冠有歌德的像、编者曹雪松的小照、女主人公原型夏绿蒂·布甫的画像以

曹雪松及其《少年维特之烦恼剧本》（扉页）

及原著小说的插图三幅，再加上赵景深的序，作者自序和献词，等等。所有这些情况都说明，改编者、出版社以及文艺界的一些人士，对这部有一个响亮题名的剧本十分重视。然而遗憾，剧本本身却改编得不成功，也不可能成功。原因是《维特》的内容根本不适合用戏剧的形式来表现；歌德正是看到了这点，才放弃了最初写剧本的打算，采取了书信体小说的形式。再者，改编者完全忽视了原著丰富的社会内容，如批判腐败的封建制度和庸俗的市民社会、要求个性解放，而单独保留了维特个人生活中的不幸，将其完全处理成了一个“三角恋爱的悲剧”，就更是对于原著的曲解和阉割。改编者原是个有过两次失恋经历，而且每次“都是扮演三角恋爱悲剧中的主角”的青年。他编这个剧本，目的多半在安慰自己，解脱自己。剧本对原著已有的哀怨和缠绵悱恻的情调，做了进一步渲染；但另一方面，它读起来有时又引人发笑，给人一种不伦不类的感觉，原因是它保留了主要人物原来的名字，却又添加了不少中国的色彩，如绿蒂身边就多出来一个叫“香儿”的丫头，等等。

据应邀作序的赵景深先生1982年12月15日给杨武能的来信称，曹雪松曾经是上海大学的进步学生，此外还写过几个作品，其中有一部书信体小说，但“不能算是有影响的作家”。又讲《维特》可能“在上海大学演出过”。

《少年维特之烦恼》这个剧本，总的来看没有多少文学价值，在戏剧文学史上也说不上有什么地位，只能被看作是20年代文学青年受歌德影响的一个实证。时过境迁，它很快就被人遗忘了。而有趣的是，在我所搜集到的《维特》剧本上，还留下了一位看来是过后不久的读者的毛笔批语，于青年歌德像旁批的是“英气勃勃”，于自称“多愁多病”的曹雪松像旁批的是“萎靡不振”，并且将“此书敬献给我至爱的念念不忘的寒妃”这一献词中的“寒妃”圈掉，改成了“中华民国的青年”，足见对改编者及其剧本非常不满。但是，尽管如此，对于研究歌德在中国之接受和影响来说，这个剧本连同它上面的批语，又是不可多得的珍贵资料了。

（三）从《迷娘》到《眉娘》到《放下你的鞭子》

在中国现代文学和戏剧史上，真正占有重要地位而又反映了歌德影响的，是《放下你的鞭子》（以下简称《鞭子》）。

《鞭子》来自歌德。确切地讲，来自歌德的长篇教育小说（Erziehungsroman）《威廉·迈斯特的学习时代》中那一段关于迷娘（Mignon）的故事。这个故事先是田汉在20年代改成了独幕话剧《眉娘》，30年代初再经陈鲤庭、崔嵬等进一步民族化、大众化、现实化，在演出的过程中又经无数的演员、导演不断地修改完善，成了著名的广场剧《放下你的鞭子》。虽累经改动，故事的基本情节仍然没有变；在《鞭子》的主要人物身上，仍可窥见迷娘等原型的影子——迷娘，一个幼年时被人拐带到德国后流落在一个马戏班里的意大利少女，在《鞭子》中演变成了她父亲卖艺汉假称“从苏州买来的”卖唱女子香姐；虐待迷娘，想以迷娘当摇钱树的马戏班主，演变成了鞭打香姐，想靠香姐挣钱糊口的卖艺汉；富于正义感、挺身庇护迷娘并为其赎身的商人之子威廉·迈斯特，则发展成了具有爱国热忱和阶级觉悟的青年工人，是他从围观的群众中站出来，喝令卖艺汉：“放下你的鞭子！”至于歌德原著中所包含的人道主义思想，更升华成反抗异族压迫的爱国主义精神了。

德国明信片上的迷娘形象

从30年代初到抗日战争胜利，《鞭子》在中国的大地上演了十多年，从抗日前线百灵庙演到大后方的穷乡僻壤，从上海的“大世界”演到山西省八路军总部的所在地，演到延安的宝塔山下，演到哪里哪里就响起“打倒日本帝国主义！”“打倒卖国贼！”“打回老家去，不当忘国奴！”的口号。彭雪枫、杨尚昆同志和傅作义将军，都曾和战士群众一起观看《鞭子》的演出。

在当年参加过《鞭子》演出的进步演员中，就有崔嵬、金山、凌子风、陈强、丁里以及王莹、陈波儿、张瑞芳、叶子、王苹等我们熟悉的名字。其中特别是王莹，她1939年冬随新中

八路军战士观看《放下你的鞭子》

爱国民众观看《放下你的鞭子》

张瑞芳、崔嵬演出《放下你的鞭子》

国剧团到新加坡巡回演出，因成功地扮演香姐而引起轰动，当时也在那儿的徐悲鸿、郁达夫多次观看了演出，郁达夫前后写了三篇文章称赞她的表演艺术，徐悲鸿也怀着难以抑制的激动心情，以正在街头演出的王莹为模特儿，精心绘制了一幅题为《放下你的鞭子》的油画。这幅珍贵油画，后来在日寇占领新加坡前夕和占领期间，又得到陈嘉庚等爱国华侨的保护；解放后，周恩来总理多次关心地问起此画的下落。[①]

徐悲鸿油画《放下你的鞭子》

徐悲鸿与女主角王莹

① 详见萧阳《徐悲鸿的名画〈放下你的鞭子〉》，载2007年7月26日《人民日报》。近日从网上得知，2007年4月7日，《放下你的鞭子》在香港苏富比拍卖，成交价高达人民币七千一百二十八万元，不仅大幅刷新了徐悲鸿油画的拍卖纪录，而且创下中国油画的世界拍卖新纪录，足见其珍贵。

随着王莹，《鞭子》又到了美国各地，又到了白宫，在美国总统罗斯福夫妇、白宫高级官员和各国驻美使节前进行演出，为争取世界人民支持我国的抗日战争起了很大作用。解放后王莹回到国内，受到了周恩来总理特别的关怀。

《放下你的鞭子》的改编和演出以及在国内外引起的巨大反响，足以写成中国现代戏剧史和中国抗日战争史的一章，其中有着无数生动感人、可歌可泣的故事。[1]从迷娘（Mignon）到《眉娘》再到《鞭子》，其间灌注了无数剧作家、艺术家和演员的汗水、泪水和心血，而“饮水思源”，我们也不能忘记德国的大诗人歌德。

（四）中国的靡非斯托娄乃鸣女士

可是歌德作为剧作家正式登上中国舞台并产生影响，还是实行改革开放以后的事。1994年5月底6月初，在中国历史上第一次上演了歌德最重要的作品诗剧《浮士德》。上下两部在一个晚上演完，演出时间约三个小时。须知《浮士德》是一部连德国人也难以理解的“天书”，在当今中国这样搬上舞台，无

---

① 详见：田汉《中国话剧艺术发展的径路和展望》，载《中国话剧运动五十年史料集》；何延、曾立惠、曲六乙《崔嵬和〈放下你的鞭子〉》（见《崔嵬传》）。萧阳《徐悲鸿的名画〈放下你的鞭子〉》，载2007年7月26日《人民日报》。

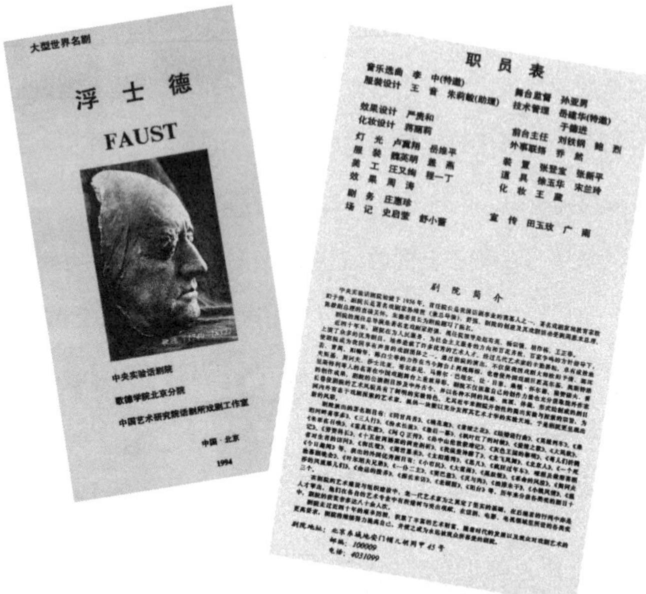

《浮士德》演出说明书

浮士德与魔鬼靡非斯托（《浮士德》剧照，1994）

论对导演、演员还是对观众，都无异于一个巨大的挑战。

发起和资助演出的是由著名汉学家阿克曼担任院长的北京歌德学院，剧本翻译为时任该院中方副院长的李健民。演出单位为中央实验话剧院，导演由中国戏剧界以富于探索创新精神的林兆华以及任铭担任，负责舞台美术设计的是薛殿杰。笔者看了特意从剧院索取来的录像，认为演出对《浮士德》的接受和阐释不但现代——如自始至终在幕间添加了一个摇滚乐队的演唱，以制造现代气氛和间离效果，等等，还富有中国特色，巧妙地运用了我们不少传统的形式和手法，如用白色幕布后活动的影子表现复活节热闹的群众场面，解决了原著的不少表演难题。

特别值得一提的是，让实力派女演员娄乃鸣来扮魔鬼靡非斯托，更使阐释多了些中国传统哲学的意味，把靡非斯托与浮士德之间玄妙而又复杂的相反相成关系，演绎为了稍有知识的中国人都看得懂的阴阳关系，也凸显了魔鬼形象和性格的阴毒一面。只不过如此一来也产生一个问题，就是靡非斯托这个西洋魔鬼淫邪好色的本性，就无法像在德国舞台上一样，让一位中国女演员用一些近乎猥亵的动作表演出来了。

演出当然难免有缺点，而最显著的缺点是将演出硬压缩在了三个小时里，不得不丢失的东西实在太多太多。大概还由于经费限制，原著的宏伟壮丽、光怪陆离以及时间地域的大跨度等，似乎都未能表现出来。

据媒体的反应看，对于这次带实验性的演出，观众和专家有褒有贬，争论异常激烈，但应该说不足为怪。重要的是中国人终于完整地上演了《浮士德》，填补了歌德接受史乃至中德文化交流史的一项空白。

第七章

郭沫若与歌德

郭沫若与歌德，歌德与郭沫若，这两个光辉的名字在中国是紧紧连接在一起的。郭沫若在长达六十余年的文学生涯的各个发展阶段，都与西方的“诗坛君王”（拜伦语）歌德有着这样那样的关系。研究这种关系，无论对认识这两位大文豪本身，还是对了解中德两国间的文化交往，都有重要意义。

一、“歌德翻译家”郭沫若

郭沫若从事翻译工作的时间延续近三十年，解放后校订旧译的时间还不计算在内。据戈宝权同志估计，他出版的译著多达三十余种，总字数超过了三百万，与鲁迅先生不相上下。他不但译过西方的歌德、席勒、雪莱、高尔斯华绥，也译过东方的我默·伽亚谟、迦梨陀莎和泰戈尔；他不但翻译诗歌、戏剧和小说，还翻译文艺理论以至于马克思主义的经典著作。但是，作为翻译家，郭沫若主要的贡献还在于介绍了德国的伟大诗人歌德。

郭沫若翻译出版的歌德作品计有：诗剧《浮士德》，书信体长篇小说《少年维特之烦恼》，叙事长诗《赫尔曼与窦绿苔》，抒情诗十多首。此外，他在1936年还译了歌德的重要传记《创作与真实》（也译作《诗与真》），但没有出版。

在郭沫若的全部三十多种译著中，最有价值的无疑为《浮士德》。为写《浮士德》，歌德耗尽了自己毕生的精力和智慧，前前后后共花去六十年的时间，因此视它为自己的"主要事业"。郭沫若为译这部巨著同样呕心沥血，克服了重重困难，历三十年之久才最后完成，完成后也"颇感觉着在自己的一生之中做了一件相当有意义的事"。[①]郭沫若的感觉没有错：《浮士德》被誉为"西欧自文艺复兴以来三百年历史的总结"，"现代诗歌的皇冠"（弗朗茨·梅林语），在欧洲和世界文学史上几乎占据着至高无上的地位，诚如戈宝权同志指出，"不要说郭老的全部翻译，他就是只译一部歌德的《浮士德》，也就很了不起"[②]。

① 《浮士德》第二部译后记。

② 《谈郭沫若与外国文学的问题》，《郭沫若研究论集》第三〇七页，四川人民出版社1980年版。

郭沫若部分译作

若论影响，郭沫若的所有译著中又推歌德的《少年维特之烦恼》为最大，不，岂止在郭沫若个人的译著中，就在解放前译成中文的全部外国文学作品里，郭译《维特》的影响也无与伦比。它不只在20年代的青年读者中造成了“维特热”，而且给予我国现代文学的发展以重要影响。

总之，作为歌德翻译家，“郭沫若也就很了不起”；或者可以说，翻译歌德取得的巨大成就，也构成他全部文学成就的一个重要部分，虽然还不是主要部分。因此，有些《作家传》之类的工具书只字不提郭沫若在文学翻译特别是介绍歌德方面的工作，应该讲是一个很大的欠缺。

反过来再谈歌德。

随着时间的推移，由郭译《维特》在我国引起的“维特热”进一步发展成了“歌德热”，到1932年歌德逝世一百周年前后，我国对歌德的翻译、介绍、研究都出现空前的高潮。如前所述，在20世纪二三十年代，我国文学界和读书界最欢迎和推崇的外国作家不是莎士比亚，不是巴尔扎克，也不是托尔斯泰，而是歌德。而歌德之来到中国，在中国之享有如此崇高威望，除去他本人的确伟大、的确值得敬重这个自不待言的前提外，在很大程度上应当归功于郭沫若对他做了适时的、成功的翻译介绍。

是否适时，我以为非常重要。要做到适时，译者就必须有锐敏的眼光和高尚的趣旨。有无这样的眼光和趣旨，应该说是区分翻译家和翻译匠的重要标志。1920年，郭沫若在译《维特》和《浮士德》第一部之前，就明确说过：“我想歌德底著作，我们宜尽量多地介绍，研究，因为他处的时代——‘胁迫时代’（按：指狂飙突进时代）——同我们的时代很相近！我们应该受他的教训的地方很多呢！”（《三叶集》）此后，在《浮士德》的译后记和其他文章中，郭沫若又一再表示过同样的看法。这就告诉我们，他译《维特》和《浮士德》绝非信手拈来，为译而译。我国一度兴起的“维特热”以至“歌德热”证明，翻译家郭沫若的眼光的确是锐敏的，他译歌德的目的也达到了。歌德在谈到席卷欧洲的“维特热”时讲得好，“这本小册子影响很大，甚至可说轰动一时，主要就因为它出版得正是时候”。这句话同样可以用来说明郭译《维特》和《浮士德》为什么受到热烈欢迎。试想，它们如果不是“出版得正是时候”，不是正好出版在反封建精神高涨的五四时期，而是到了三四十年代的抗日战争和解放战争中才问世，又哪儿还能引起巨大的反响？

说郭沫若适时地翻译了歌德，这恐怕不会有多少人不同意。但讲他翻译得成功，毋庸讳言，私下里则有不少同志表示

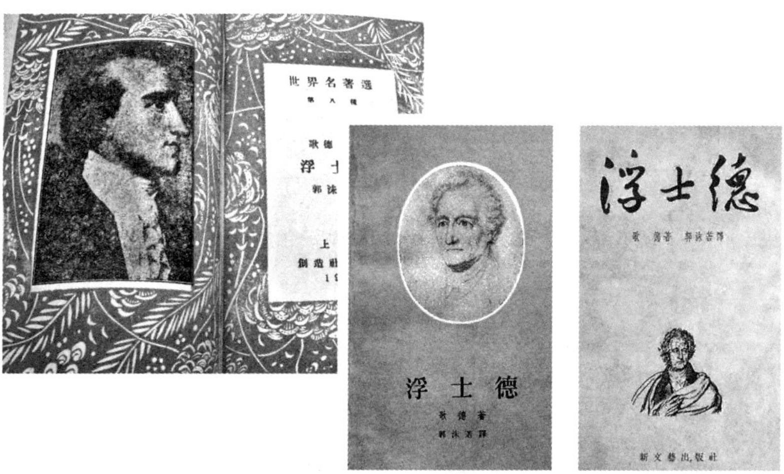

郭沫若译《浮士德》

异议：有的怀疑郭译《维特》是否错误百出，有的提起郭译《浮士德》就摇脑袋，有的甚至把这部巨著在中国不为一般读者欢迎的原因归之于“译文太差”。对这个复杂而有争议的学术问题，我觉得有必要抱着实事求是的态度，比较具体和详细地探讨一下。我自己的观点是，尽管郭沫若翻译歌德的几部作品译文水平参差不齐，影响有大有小，但总的说来仍是成功的。

郭沫若非常重视翻译工作。他说：“翻译家要他自己于翻译作品时涌起创作的精神”，“要有创作精神寓在（译作）里面”，“对于该作品应当有精深的研究，正确的理解，视该作品的表现和内含，不啻如自己出”（《论文学的研究与介绍》）。因此，他“差不多是在一种类似崇拜的心情中”翻译了《浮士德》；对他来说，“那时的翻译仿佛自己在创作一样”。他为《维特》和《浮士德》写的长篇的序和跋文，都证明他对这些作品确有“精深的研究，正确的理解”。他翻译《浮士德》第二部时参考了多种中外译本，两次校改，两次润色，译完全书后“几乎像生了一场大病，疲劳一时都不容易恢复的”（《浮士德》第二部译后记）。这些正确的主张和严肃认真的态度，使郭沫若具备了译事取得成功的重要条件。现在的问题在于实际效果怎样。

《少年维特之烦恼》应该讲译得相当出色；否则，哪能使千千万万男女青年为之感动？时代相似和原著感人固然是主要原因，但译文太差也是不行的。笔者重译《维特》，曾参照郭译进行校订，发现郭译中真正的错误（所谓黑白错误）并不多，更说不上“错误百出”。对于当时来说，十分难能可贵的是，郭沫若对原著没有任意进行添加和删削，而是一句一句、老老实实地译了出来。不错，今天读来，郭译《维特》是失去情韵了，但这主要因为它译成于整整六十年前，随着时代的变化，我们的语言和文风都发生了巨大的变化。别的不讲，就说书名中的“少年”一词，原文为jung，相当于英语的young，在我们的习惯上早已该改成“青年”才对了。可是，在郭译之后的近十种译本，包括拙译在内，仍无法改“少年”为“青年”，因为郭译《少年维特之烦恼》早已深入人心。这就是说，郭沫若译的《维特》相当成功。

我也曾特意对照歌德原著，将郭译《浮士德》从头至尾细读了一遍，发现翻译中的黑白错误，同样不是很多，第二部中更少。为了适应原著诗体的各种变化，他把我国的五言、七言、自由诗、歌谣体甚而至于“百子歌”等，统统都用上了，可谓煞费苦心。整个说来，《浮士德》译得相当有诗意。但十分遗憾的是，他也犯了某些做文学翻译的大忌。这也许与他对翻译标准掌握不当，甚至和他在前文引述的翻译主张中过分和片面地强调了“创作精神”，而忽视了翻译毕竟不是创作，翻译必须受原著的制约有关吧。这种制约不仅限于思想内涵，还包括艺术风格以及时代气氛和民族色彩，等等。郭译《浮士德》一个很明显的毛病，就是在不少地方破坏了原著的民族色彩，行文中出现了许多中国味儿太浓的词语，诸如“梨园”“嫦娥”“周郎”“胡琴”“做么哥”“紫禁城”“户部尚书”“得陇望蜀”“人之初，性本善”“不管三七二十一”，甚而至于“骂了梅香，丑了姑娘”之类。而且，郭译还用了不少带四川地方色彩的词，什么“江安李子”（指四川江安县产的李子）、“丰都天子”（指阎王，四川丰都县在民间被视为鬼城），什么“燕老鼠”“褴龙”“阴梭”“作鼓振金”[①]等。这些四川方言中常用的词，即使在上下文中也不太好懂，就算懂了又给《浮士德》加添了一点儿“川味儿”。再者，确如郭沫若自己所说，译文中“有不少勉强的地方”；但这更多地为翻译诗剧的客观困难造成，这里就不再细讲了。

可是，尽管有一些十分触目显眼的毛病，郭译《浮士德》

① “燕老鼠”即蝙蝠，“褴龙”指流氓，“阴梭”意即悄悄跑掉，“作鼓振金”意即煞有介事。

的成就仍是主要的。笔者用当年译本中较优秀的周学普先生的译本与它作过比较，发现两者各有千秋：周译更平实易读，郭译更富于诗意。

至于《浮士德》在中国之未为广大读者理解，主要原因则在于原著的内涵过分丰富，表现手法与我们的传统欣赏习惯不同，牵涉的历史、宗教、哲学乃至歌德生平的背景知识也太多。以郭沫若的博学深思，为理解《浮士德》第二部尚需要三十年的阅历，一般人哪能轻易读懂。这种情况不止在中国，在欧洲乃至德国也一样。海涅曾告诉法国人，他们如果不通晓德语，就不可能领略歌德的诗有多美；当代德国文学评论家汉斯·马耶尔也说："歌德的伟大是与他的语言紧紧联在一起的。"言下之意都是，歌德的诗根本不可译，《浮士德》尤其如此。这种看法是否完全正确，无须我们深究。但它至少说明，译歌德，特别译《浮士德》是很难很难的。了解了这些情况，再想想郭沫若是在多么艰苦的条件下译出《浮士德》，看看他已达到的水平，就不能不承认他译得相当成功，对其不足也就会客观地、历史地作出估计了。

在郭译歌德的所有作品中，我认为最成功莫过于抒情诗。

他真正实践了自己“神韵译”[①]的主张，因此留给我们的十多首歌德译诗至今仍每首都能朗朗上口，极富情致。至于《赫尔曼与窦绿苔》，则纯粹“为技术修养起见”而译，影响很小，就略而不论了。

郭沫若与歌德这两位大文豪，他们通过前者对后者的翻译介绍而相得益彰。倘使没有译歌德，翻译家郭沫若的成就便大为减色；倘使未经郭沫若翻译，歌德在中国的形象便远不会如此光辉、高大。

《赫尔曼与窦绿苔》

① 1920年，郭沫若为田汉的译作《歌德诗中表现的思想》译了几首歌德的诗，并于“附白”中提出了“神韵译”的主张。

二、郭沫若所认识的歌德

郭沫若接触到歌德的最早时间为1916年，随后对歌德的了解逐渐增多，认识也逐渐加深。在郭沫若的著作和言谈里，论及歌德的地方可谓比比皆是，只需撮要摘引，便可给他心目中的歌德形象勾画出一个清晰的轮廓。

总的说来，郭沫若对歌德的认识，是随自己思想的发展而发展的，大致可以划分为三个时期。

初期：从1916年在日本学习德文时读到歌德的作品，到1924年翻译河上肇的《社会组织与社会革命》一书。

这一时期，他关于歌德的言论特别多，其中又以他与田汉和宗白华的通信集《三叶集》里最为集中和典型。在1920年1月18日致宗白华的信中，他将歌德与孔夫子相提并论，赞赏歌德道："他有他的哲学，有他的伦理，有他的教育学，他是德国文化上的大支柱，他是近代文艺的先河……他这个人也是最不容易了解的。他同时是Faust，Gott，Übermensch（浮士德，上帝，超人）；他同时是Mephistopheles，Teufel，Hund（靡非斯托菲勒斯，魔鬼，狗）……我看孔子同歌德他们真可算是'人中之至人'[1]了。他们在灵肉两方都发展到了完满的地位。"在2月16日致田汉的信中又说："歌德的一生只是一些矛盾方面的结晶体，然而不失其所以'完满'。"

1932年，郭沫若在《〈少年维特之烦恼〉序引》中，说"歌德是个伟大的主观诗人"，盛赞他"扛举德意志文艺勃兴之使命于两肩"，"有如朝日初升，光熊熊而气沸沸，高唱决胜之歌，以趋循其天定的规辙"。

同年，在《〈鲁拜集〉小引》中，郭沫若又热情颂扬歌德所谓的"坚决地生活于全，善，真"中，说他"把一己的全我发展出去，努力精进，圆之又圆，灵不偏枯，肉不凌辱"，赞叹道，"这便是至善的生活，这便是不伪的生活……"

"至善"，"圆之又圆"，"有如朝日初升"，"完满"，"德国文化上的大支柱"，西方"近代文艺的先河"，一句话"人中之至人"——年轻的郭沫若对于歌德的钦敬与崇拜，真可谓到了无以复加的地步！

为什么会如此呢？主要原因恐怕是郭沫若早年受庄子和惠施的影响信奉泛神论哲学，所以对同为泛神论者的歌德一见倾心，倍加崇敬。可是，随着对社会的黑暗和人生的痛苦体验日

---

① 语出和歌德同时代的德国诗人维兰德（1733–1813）。

深，特别是经过俄国十月革命和深入发展的五四运动而接触到社会主义思想以后，郭沫若便抛弃了泛神论，疏远了歌德，对歌德的认识也产生了一个一百八十度的大转变。

中期：约从1924年翻译河上肇《社会组织与社会革命》一文，至1942年撰写《〈少年维特之烦恼〉重印感言》。

在《创造十年》（1932）中，郭沫若回忆自己1924年初思想上“感受着一种进退维谷的苦闷……从前的泛神论的思想，所谓个性的发展，所谓自由，所谓表现，无形之间已经遭了清算。从前在意识边沿上的马克思、列宁不知道几时把斯宾诺莎、歌德挤掉了，占据了意识的中心”。自此以后，他对歌德已批判多于赞扬，厌憎代替了崇拜。他批判歌德的言论最典型莫过于下面这一段：“歌德可以令人佩服的地方，是在他的努力，但他的成绩也实在有限。他和他同国同时而稍稍后出的马克思比较起来是怎么样？那简直可以说是太阳光中的一个萤火虫！他在德国是由封建社会转变到资产社会的那个阶段中的诗人，他在初期是吹奏着资产阶级革命的一个号手，但从他做了限马公国的宰相以后，他老实退回到封建阵营里去了，他那贵族趣味和帝王思想实在有点熏鼻。诗人海涅骂过他，说他只晓得和女人亲吻。——用《红楼梦》上的话来表现时，便是只晓得‘吃姑娘嘴上的胭脂’，他老先生的确是可以称为德意志的贾宝玉。”

显而易见，郭沫若心目中的歌德与早期相比已经判若两人。

郭沫若对歌德的新认识，有了从发展的观点和阶级的观点评价历史人物的因素，无疑是思想上的一个进步，这是我们首先应该看到的。但是，我们也不能忽视另外一方面：正如他初期通过日本和西欧学者的著作，受了因袭的唯心主义观点的影响，视歌德为“人中之至人”，对歌德崇拜得无以复加一样，他如今又把歌德贬低得一钱不值，从一个极端走到另一个极端，同样缺少一分为二和历史唯物主义的观点。

郭沫若对歌德有失偏颇的评价分别产生于20年代初和30年代初，他本身思想还在发展和成熟中，因此并不足怪。但是，有的论者今天却全面肯定他中期对歌德的认识，并以此证明郭沫若超出了歌德，这就欠妥了。要知道，郭沫若自己后期对歌德的认识又有所改变。

后期：大致可以从1942年算起。

当年7月，他在为《少年维特之烦恼》新版写的《重印感言》中，除盛赞《维特》是一部“有价值的书”，“永远年轻的”书，是一部“青春颂”外，还说道：“歌德，我依然感觉着他的伟大。”请注意这“依然”二字！它看来意味着郭沫若对歌德的认识又有了一个转折。在此之前他要么像在《创造十年》中那样贬低歌德，要么像在《赫尔曼与窦绿苔》的《译者书后》（1936）里似的对歌德只字不提。在此之后，他关于歌德的言论又多一点了，总的说来看法比较稳重，肯定和赞扬又代替了批判。

1944年2月，他在《题（《浮士德》）第一部新版》中说：“歌德有自知之明，知有相反之二种精神，斗争于其心中，而力求其调济，宏己以救人。虽未脱净中世纪之袈裟，但糜其毕生之精力所求得者，乃此理念之体现而已。体现之于文，体现之于人，进而求其综合统一。——日耳曼族未听此苦劳人之教训，误为狂兽所率领而群化为虎狼；毒性所播，并使它族亦多效尤而虎狼化。人类在如海如洋血泊中受难，因而于苦劳之人体念倍感深切。——人乎，人乎，魂兮归来！”郭沫若这一段话，对歌德“宏己以救人”的人道主义理想做了极其崇高的评价，以致认为德国乃至世界范围内法西斯主义的猖獗，都是因为“未听此苦劳人之教训”。

为什么会有如此巨大的变化?

郭沫若自己在《浮士德》第二部《译后记》中回答：“主要的原因，在前有好些机会上我已经叙述过，是壮年歌德乃至老年歌德的心情，在这第二部中所包含着的，我不大了解——

否，不仅不大了解甚至还有些厌恶”，可是，随着年龄和阅历的增长，“作品中所讽刺的德国当时的现实，以及虽以巨人式的努力从事反封建，而在强大的封建残余的重压之下，仍不容易拨开云雾见青天的那种悲剧情绪，实实在在和我们今天中国人的情绪很相仿佛。就如像在第一部中我对于当时德国的‘狂飙突进运动’得到共鸣的一样，我在这第二部中又在这蜕变的艰难上得到共感了”。因此，他对歌德又产生了“骨肉般的亲谊”。

从郭沫若的以上自述可以看出，他对歌德的认识经过一个曲折后又加深了一步。而这种新认识一直为他保持着；1956年在《谈文学翻译工作》（《沫若文集》第十七卷）一文中，他又讲过类似的话。

纵观郭沫若对歌德的认识，是经过了从崇拜到厌恶再到亲切这样一个发展过程的。在郭沫若，这证明了他阅历的增长，思想的成熟；在歌德，这反映了他本身的复杂性，说明“他这个人确也是不容易了解的”（《三叶集》）。因此，在评价郭沫若对歌德的认识时，也不能简单化，也不能以片面的、停滞的观点看问题，否则就有失允当。

还需指出，在中国老一辈的作家中，郭沫若的上述歌德观恐怕是相当典型的，因此值得认真加以研究。

三、歌德对郭沫若的影响

郭沫若在思想和创作中所受歌德的影响，是多方面的和持久的，主要集中在早年，即他对歌德十分推崇的五四时期。总的看来，有三个方面的表现值得注意。

第一，郭沫若的最后决定弃医从文，在一定程度上可归因于歌德的影响。

不错，郭沫若从小就有文学的倾向，这是主要的；但是，辛亥革命后他抱着“科学救国”的幻想坚持学医，尽管两耳重听学习非常困难。是1916年与德国文学特别是歌德的接近，又把他“用力克服的文学倾向助长了起来”；而当他起了弃医从文的念头时，浮士德又来鼓励了他。在《创造十年》中，他回忆当时的情况说：“1919年的暑假，我早就想改入文科，但反对最激烈的便是我自己的老婆……因为有了她的反对，于是乎我的迁怒便是恨她甚至唾弃一切科学。歌德的浮士德投了我的嗜好，便是在这个时候。”又说：“在1919年的夏天，我零碎地开始作《浮士德》的翻译，特别是那第一部开首浮士德咒骂学问的一段独白，就好像出自我自己的心境。我翻译它，也就好像我自己在做文章。那场独白的译文在那年《学灯》的双十节增刊上发表过……”

第二，郭沫若早年的创作思想受歌德的影响相当深。

在1922年作的《（少年维特之烦恼）序引》中，郭沫若称歌德为“伟大的主观诗人”，对他“以狮子搏兔之力，以全身全灵之力以谋刹那之充实，自我之扩张”的精神，极为赞赏。并具体列举了自己思想上与歌德的五点共鸣：第一，主情主义；第二，泛神思想；第三，对于自然的赞美；第四，对于原始生活的景仰；第五，对于小儿的推崇。所谓共鸣，实际上也就是影响，因为它至少会使产生共鸣者思想感情上原有的倾向增强起来，如郭沫若因接近歌德而更加信奉泛神论就是例子。

郭沫若早年关于文学创作的言论和主张，真实反映出了歌德的影响和启迪。他说，真诗、好诗应当是“我们心中的诗意诗境地纯真的表现，命泉中流出来的Strain（音乐），心琴上弹出来的Melody（曲调），生底颤动，灵底绝叫”；他认为，“诗人底宇宙观以Pantheism（泛神论）为最适宜”；他决心，“一方面多与自然和哲理接近，以养成完满高尚的诗人人格；一方面多研究天才诗中的自然音节，自然形式，以完满‘诗底形式’”（均见《三叶集》）。他个人乃至创造社从事文艺活动的主张，都是“本着内心的要求，以图个性的发展”（《创作的道路》）。这就难怪在郭沫若早期的作品特别是《女神》中，感情是那么热烈奔放，思想是那么博大开阔，处处都有一个与宇宙融为一体的巨人式的自我。诗人“赞美我”（《我是个偶像崇拜者》），“赞美我自己”，“赞美这自我表现的全宇宙的本体”（《梅花树下醉歌》）；“我把月来吞了，我把日来吞了，我把一切的星球来吞了，我把全宇宙来吞了。我便是我了！”（《天狗》）“我效法创化底精神，我自由创造，自由地表现我自己”，

郭沫若《女神》书封

“我有血总要流，有火总要喷，不论在任何方面，我都想驰骋！”这样一些“主情主义”的表现，这样一些泛神论的倾向，这样一些“自我之扩张”的追求，笔者并不武断地认为都来自或者说仅仅来自歌德的影响；但是，可不可以说，它们的强烈表现，都与郭沫若年轻时读歌德、译歌德、钦敬和崇拜歌德有关，歌德至少是在不同程度上助长了它们呢？我想可以。

还必须说明，不论是“主情主义”，还是泛神思想，还是“自我之扩张”，这在五四时期都是追求个性解放的表现，有着积极的反封建的意义，与个人主义的自大狂断断不可等量齐观。随着时代的发展，这种“自我之扩张”在歌德演变成了浮

士德式的“自强不息”和“宏己以救人”的追求，在郭沫若更上升为了为“大我”、为人民求解放的崇高理想了。

第三，在创作方法上，郭沫若受歌德的影响也不容忽视。

他曾在《三叶集》中说：“海涅底诗丽而不雄。惠特曼底诗雄而不丽。两者我都喜欢。两者都还不足令我满足。”但是与此同时，他却“狠想多得歌德底《风光明媚的地方》[①]一样的诗来痛读，令我口角流沫，声带震断！”显而易见，《浮士德》在他看来是雄而且丽的。在另一个地方，他还把《浮士德》归之于那类在诗人心海中掀起大波大浪的洪涛而成的“‘雄浑’的诗”，犹如屈原的《离骚》，李杜的歌行，但丁的《神曲》，弥尔顿的《失乐园》，等等。

值得注意的是，郭沫若对歌德如此倾倒并着手翻译《浮士德》的1919–1920年，正是他的“诗的爆发”期，他收在第一部和最重要的一部诗集《女神》中的多数诗篇，都是在此期间写的。因此，这些作品雄浑的风格，奇丽的想象，宏伟的背景，非凡的形象，富于象征性和哲理性的立意，一句话，那个充满着理想、洋溢着热情的狂放恣肆的浪漫主义风格和手法，就不可能没受歌德特别是他的《浮士德》的影响。

---

① 指《浮士德》第二部第一幕。

下面再看歌德的影响，在郭沫若的哪些具体作品中表现了出来，以及他自己如何看待这种影响。

他在《创造十年》中把自己作诗的经过分成三个阶段，并称第三阶段为“歌德式”的。他说：“我开始做诗剧便是受了歌德的影响。在翻译了《浮士德》第一部之后，不久我便做了一部《棠棣之花》。……《女神之再生》和《湘累》以及后来的《孤竹君之二子》，都是在那个影响之下写成的。”在他自己列举的这几篇作品中，受影响最多最明显莫过于《女神之再生》，可以说，从风格、立意到主题思想，都莫不与《浮士德》有关系。试看诗剧一开头，便引用了《浮士德》第二部结尾的“神秘之群合唱”；其最后一句“永恒之女性，领导我们走”，更点明了全剧的主题。须知这儿所谓“女性”，无外乎温柔、和平、美好的象征，在歌德原著中具体则指浮士德死后所皈依的“光明圣母”，追随着光明，走向和平、美好的未来——这不正是《女神之再生》所要表达的思想吗？所不同的

郭沫若《创造十年》书封

只是，郭沫若使用我国古代的神话传说，实现了诗剧内容的民族化，“光明女神”也就变成“要去创造个新鲜的太阳”的众女神了。再说诗剧中穿插合唱，全剧结尾让“舞台监督”登台向观众致辞等手法，同样也是受了《浮士德》启迪的结果。到了稍后的《孤竹君之二子》，就更明显地按《浮士德》的《舞台上的序幕》的格式，于剧前加了一段“序语”[①]，让“作家”通过与“同志”对话，说明自己写作“古事剧”（历史剧）的想法，同时直言不讳地告诉观众，他写历史剧是受了歌德的影响。

可是，郭沫若如何评价歌德对他的这些影响呢？

起先，他在《创造十年》中说翻译《浮士德》给“他留下了一个很不好的影响”，使他成了“韵文的游戏者”；后来又进一步讲，“我从前做过一些古事剧或小说，多是借古人的皮毛来说自己的话。这层也就是西洋贾宝玉给我的恶影响了。”

从前的论及郭沫若与歌德关系的文章，大都似乎有意回避上面引的这些话，在我看则大可不必。因为，郭沫若对歌德给他的影响的这些恶评，都发表在他厌恶歌德、视歌德为“西洋贾宝玉”的中期，在此前此后显然都不这样看。40年

---

① 该剧收进《女神》时删去了“序语”。

代，他不是因《浮士德》描写的德国与现实的中国非常相似，觉得“里面有好些话好像就是骂蒋介石的”，便以“感到骨肉般的亲谊”译完了它，同时又写了《棠棣之花》《屈原》等一系列“古事剧”，借古非今吗？解放后，他不是还写了《蔡文姬》，借古颂今吗？他不是欣然承认，屈原“就是我”，“蔡文姬就是我”，不再羞于“借古人的皮毛来说自己的话”了吗？显然郭沫若已改变看法，否则不会知“恶”不弃。所以，我们既不必回避他说的那些话，也不应不加分析地相信它们。

同样，他在《创造十年》中还说过西洋的诗剧“实在是太不自然”，《浮士德》第一部“仅可称为文字游戏之处要在对成以上”，等等，也有些欠允当，我们不可尽信。

除去郭沫若自己谈到的诗剧、历史剧和历史小说外，他的一些现代小说受歌德影响也显而易见。请看《落叶》（1925）和《喀尔美萝姑娘》（1926），不都如《维特》一样用了第一人称的书信体，写的都是爱情悲剧，结尾都是主人公的死或自杀，情调也都缠绵悱恻，也都有着愤世嫉俗的倾向么？当然这两篇小说绝非对《维特》的简单的仿作，不同的地方也很多，如主要情节，前一篇为年轻的日本女护士菊子爱上了中国留学生洪师武—— 一个“旧式的婚姻制度的牺牲者”；后一篇为已婚的男子“我”，爱上了一个单纯善良的贫苦少女。但是，不管怎样，《维特》的影响无可否认。[1]

还有郭沫若最早的抒情诗《死的诱惑》（1918）以及稍微晚些的《死》，也可能受了《维特》的影响。这样讲并不仅仅因为郭沫若当时已经读过《维特》，而是诗中把死看成是“除却许多烦恼”的办法，认为“要得到真正的解脱，还是除非死”的思想，与维特和青年歌德本身的想法，颇为相似。

以上所讲，都是郭沫若受歌德影响较为直接和明显的表现，间接的和不那么明显的影响，恐怕还更多。郭沫若曾经透露自己的一个“秘密”，说他少年时代很爱读司各特的历史小说《撒克逊劫后英雄传》（今译《艾凡赫》），认为这本书对他“后来的文学倾向上有决定性的影响”。然而司各特之写历史小说，又是受了歌德的著名历史剧《葛兹·封·伯利欣根》影响的。[2]这就意味着，郭沫若通过司各特，间接受了歌德的影响。又如郭沫若自己承认受过德国表现主义的影响，而表现主义者“有些是崇拜歌德的，特别把歌德的‘由内向外’一句话作为了标语”，因此郭沫若通过表现主义者，也间接受了歌德的影响。

郭沫若是一位植根于深厚的民族传统文化之中的杰出作

---

① 详见《歌德与中国现代文学》一节。

② 这是英国伯明翰大学教授罗伊·帕斯卡尔（Roy Pascal）的看法，见其所著《狂飙突进运动》一书德文版，第三一九页。

家，尽管受歌德多方面的影响，但绝不囿于这些影响；即使在创作中有所学习、借鉴，也并非生搬硬套，而是根据我国的国情和群众的欣赏习惯，进行了创造和发展。正因此，就必须做深入细致的研究，才能进一步弄清包括歌德在内的外国作家对他的影响，而不仅仅局限在他本人所明确指出的几点上。

四、郭沫若——“中国的歌德”？

1978年6月3日，在郭沫若逝世前不久，“文革”后已恢复中共中央宣传部领导职务的周扬到医院探望他，怀着真诚的敬仰对他说：“你是歌德，但你是社会主义时代的新中国的歌德。”①

此时此地，面对重病在床、行将告别人世的郭老，身为中国文艺界最高领导人的周扬讲这样一句话并且允许媒体发表出来，可以断言绝不会没有经过认真而又慎重的考虑。

那么，周扬为什么这样讲？为什么恰恰要以郭老与德国的歌德相比，而不把他比作英国的莎士比亚，法国的雨果，俄罗斯的普希金，印度的泰戈尔，或者比作我们自己的杜甫、李白呢？

---

① 周扬：《沉痛的怀念》，载1978年6月18日《人民日报》。

看来不会仅仅因为郭老与歌德之间有更多的可比性；更加重要的，恐怕还是在郭老的心目中，歌德原本占据着一个特殊而突出的位置，因此自己能比作歌德，对于他便有了非同一般的意义。周扬长期作为郭老在文艺战线上的战友，显然十分了解他的过去和现在，了解他非凡的人格和各方面的巨大成就，自然也深谙郭老临终前的心愿和心思，所以才会说出这样一句在当时颇令一般人感觉突兀，然而却意蕴丰富、分量沉重的话来。须知，“你是歌德，但你是社会主义时代的新中国的歌德”这么短短的一句话，在周扬意味着一种极其崇高的评价，蕴涵着他以及所有像他一样了解和爱戴郭老的人们最深厚的情感，最真诚的敬意。完全可以想象，从周扬口里听见这个评价，一生奋斗和辛劳之后即将永久安息的郭老定然深感欣慰，不，岂止欣慰，甚至会含笑九泉啊！

为进一步弄清楚周扬为什么会把郭沫若比作歌德，以及笔者为什么讲这样的比拟对郭沫若意味着极其崇高的评价，有必要先简单讲一讲歌德是何许人，讲一讲他这个人到底怎样的伟大与非凡。

在人类文明史特别是在西方的思想文化史上，歌德被公认为继但丁和莎士比亚之后最杰出文学家和诗人，而且成就和贡献不仅限于文学，也不只是在自然科学的许多学科有所建树和发现，他同时还是一位影响深远的思想家。歌德以其《浮士德》等一系列的代表作，体现了整个近代西方的精神，亦即新兴的资本主义精神。[①] 歌德学识渊博，多才多艺，贡献卓著，被认为是西方乃至全世界最后一位达·芬奇式的“通才”，一位受到恩格斯称赞的意大利文艺复兴时代的“巨人”。

歌德这位“巨人”和“通才”首先是个诗人，可究其实质则应视作一位思想家，一位在人类历史上难得一见的大文豪和大思想家。能与这样的大文豪和大思想家相提并论，无疑是极大的荣耀。全世界有资格享此殊荣者已经不多；在中国，古代只有过大文豪苏轼和诗仙李白，在现代仅只郭老一人。事实上，在我这个以研究、译介歌德为职志者看来，我们真正可以全方位地与歌德相比较的，古往今来唯有郭沫若和苏轼二人而已。

作如是观，并非身为四川人的笔者因有郭老这么位杰出的乡长而倍感光荣，也不是步其研究歌德、译介歌德之后尘的我，自诩为郭老以及业师冯至先生的继承者，而是基于自己长期冷静、理智的思考，亦即是讲我不乏历史事实的依据。早在二十多年前的1982年，为纪念歌德的一百五十周年忌辰，我便

① 请参阅拙文《试析〈浮士德〉的哲学内涵》，在《外国文学评论》1999年第二、第四期。

写过一篇题为《郭沫若与歌德》的文章，对两位大诗人、大文豪的方方面面，作了虽说粗浅然而比较全面的比较。

既想省事，又不能占太多篇幅，这里只能对该文的相关部分作提纲挈领的说明：

文章第一节题为《歌德翻译家郭沫若》，讲郭老译介歌德的巨大成就和影响，为此特别引用了著名学者戈宝权对他的如下评介："不要说郭老的全部翻译，他就是只译一部歌德的《浮士德》，也就很了不起。"①

第二节题为《郭沫若所认识的歌德》，指出郭老一生对歌德的认识和态度经历了三个时期的变化发展，即从崇拜到蔑视再到敬仰，但归根结底还是感到自己与歌德之间有着"骨肉般的亲谊"，视歌德为自己的楷模。

第三节题为《歌德对郭沫若的影响》，列举了郭老受歌德影响的方方面面，提到他甚至干脆称自己创作的第三阶段为"歌德式的"。

第四节的题名则与眼前这一节完全一样，即为《郭沫若——"中国的歌德"》。这一节的内容准备在此转述得详细一些，并且将根据文章发表以后的现实情况以及笔者新的认识，

---

① 《郭沫若与外国文学的问题》，见《郭沫若研究论集》，四川人民出版社1980年版。

做较多的生发和补充。

先说把郭沫若与歌德相提并论，称郭沫若为“中国的歌德”，有怎样的依据?

依据是他们之间太多的相同和相似之处，也即存在着方方面面的可比性。

第一，他俩都是世所罕见的所谓“通才”，都学识渊博，多才多艺，即都同时禀有文学艺术以及社会科学和自然科学等诸方面的天赋和才能。用郭沫若的话讲，他们都是那种“同时向四面八方，立体地发展起去”的伟大的天才和“人中之至人”，[①]都是那种博大精深，站立在时代思想的高峰之上的大文豪、大学者，即周扬所谓的“文化巨人”。

且看歌德，他不仅作为文学家同时擅长诗歌、戏剧、小说等多种体裁，写出过《少年维特的烦恼》和《浮士德》等流芳百代的杰作，而且在数学、矿物学、植物学和解剖学等学科中，也有过足以载入史册的重要建树和发现。

郭沫若也一样，也同时擅长诗歌、戏剧和小说，也创作出了《女神》《屈原》等在国内外有影响的传世佳作，也在除文学之外的历史学、考古学以及书法艺术等方面，取得了举世瞩

① 请参阅田寿昌、宗白华、郭沫若的通信集《三叶集》，上海亚东图书馆1920年版第十二至十八页。

目的成就。

不同的只是，郭沫若的文学成就显然逊色于歌德；在国内国外，在世界文学史和文化思想史上，还远远没有取得歌德那欧洲“诗坛君王”和“奥林帕斯山上的宙斯”一般至高无上的地位。究其原因，我想主要大概在于郭沫若没有一部《浮士德》，没有一部堪称“三百年历史的总结”和“时代精神发展史”的不朽巨著。因此，以诗人歌德比诗人郭沫若，可视为对郭老的极大推崇。说他还没有取得如歌德一般伟大的成就和崇高的地位，当也无损于郭老“新文化运动主将”[①]和中国现代最杰出的抒情诗人的光辉。因为在中国如果说还有哪位诗人能与歌德相提并论，那他就只能是郭沫若。

第二，郭沫若和歌德都是泛神论者；歌德的泛神论源于荷兰哲学家斯宾诺莎，郭沫若的泛神论源于中国古代的惠施。不同只在歌德终身信奉这一宇宙观；郭沫若却与时俱进，在1924年翻译河上肇的《社会组织与社会革命》以后，逐渐转变成一位马克思主义者，并且将这一革命的宇宙观和世界观坚持到了自己生命的最后一息。这就是周扬在称他为“中国的歌德”时，要用“社会主义时代的新中国的”加以限定的原因。

---

① 见周恩来《我要说的话》，转引自戈宝权《谈郭沫若与外国文学的问题》，载《郭沫若研究论集》。

第三，郭沫若和歌德都曾参政并任要职，成了积极的国务活动家。不同只是歌德效力的仅仅为一个封建小朝廷，建树和影响也有限；郭沫若则投身中国伟大的民族解放运动和新民主主义革命，成了新中国人民政权的重要领导人，为国家、民族乃至全世界的和平民主事业建立了不可磨灭的丰功伟绩。相比起来，歌德作为政治家又有逊于郭沫若远矣，几乎不可同日而语；所以周扬才特别强调郭老是“社会主义时代的新中国的歌德”。

第四，两人同样享有高龄，同样是自己时代所养育和造就的伟大儿子，也都从他们的时代得到了“很大的便利”。①

歌德生活在18世纪下半叶至19世纪30年代，从整个欧洲来讲正是从封建主义过渡到资本主义的大变革时期。他一生或参与或历经或目睹了狂飙突进运动、启蒙运动、法国大革命、拿破仑战争、欧洲大陆的封建复辟、美国的独立战争和建国、法国七月革命，以及英国制造成功第一台火车头、巴拿马运河动工开凿等一系列重大历史事件。尽管在歌德本身所生活的德国，社会环境仍鄙陋如“一个粪堆”，“根本没有一线好转的希望”（恩格斯语），但是因为他高瞻远瞩，放眼世界，所以

---

① 《歌德谈话录》1824年2月25日的谈话，四川文艺出版社2008年版第四十至四十二页。

能看到全球范围内的发展与进步，能与时代同呼吸，所以便写出了《浮士德》这部反映和总结人类历史发展，预示和讴歌人类光明前景的不朽杰作。

同样，郭沫若生活在20世纪的中国，也正值国际国内都处在一系列更加伟大、更加深刻的变革和革命的时期。他冲破封建家庭的束缚，投身到大时代的洪流中，也历经、参与、目睹了辛亥革命、俄国十月革命、第一次世界大战、五四新文化运动、中国共产党成立、北伐战争、抗日战争、解放战争、新中国成立后的社会主义革命和建设，以及原子能的发现和运用、载人宇宙飞船的登月，还有那号称“文化大革命”的十年浩劫，等等。历史给了郭沫若如此丰厚的赐予，对他之成为一位伟大的诗人、学者、思想家和政治家同样是一个“很大的便利”。很难设想，没有这样的便利，不懂得利用这样的便利，他还能写出《女神》《屈原》等洋溢着时代精神的传世佳作？郭沫若还能成其为郭沫若？

郭沫若和歌德身上的这一共同特点，给了我们一个重要启示：但凡伟大的诗人、作家和思想家，都必须关心祖国乃至人类的命运，注视时代的发展，与人民同呼吸共命运，在思想上走在时代的最前列。作为回报，时代就会将他造就成自己的代言人—— 伟大的诗人、作家、思想家。

第五，郭沫若和歌德同样出身无温饱之虞的富裕家庭，同样从小得到严父慈母特别是慈母的精心培养、熏陶，因此都早慧好学，都深深植根于自己的民族文化传统中，都富有独立思考精神因而又不囿于传统，都善于在世界文化宝库中广采博取。[①] 所有这些，都为他们两人日后成为大文豪和大思想家奠定了坚实的基础。而且后来，在他们努力向目标奋进的坎坷道路上，又都非常幸运地得到了一个个良师益友的鼓励、提携和扶助：在歌德，他们是赫尔德、席勒和艾克曼；在郭沫若，他们是他的长兄郭橙杩，是友人宗白华、田汉和“创造社”中的诸多志同道合者，是对他一生发展至关重要的中共领导人周恩来，以及对他的人生和事业多所助益的于立群和郭安娜两位夫人。

郭沫若和歌德这一共同点又告诉我们，要成为伟大作家得具备许多条件；这些条件大多可以靠主观努力去培养和创造，但也有的如家庭出身、教养以及师友的提携，却只能为命运和际遇的偶然所决定。

① 关于歌德的家庭出身和教养，可参阅杨武能著《走近歌德》的《他不是“法兰克福市议员的谨慎的儿子”》等有关部分，河北教育出版社1999年版第三至三十四页。

如此等等，郭沫若与歌德之间可比的相同点以及相异点还很多很多。总之，郭沫若和歌德一样，都是时代、社会、家庭、个人等诸多主客观因素十分幸运地遇合在一起，才得以产生的天才。这样的天才绝非想他诞生就会诞生，而是百年难得一遇。一个国家一个民族，如果有了这样的天才不知珍惜，甚或竟任人去作践，应该讲十分的可悲。在珍惜自己的天才人物这点上，德意志民族可谓一个成熟、聪明、伟大的民族，非常值得我们学习。[①] 也许正因为懂得珍惜吧，古往今来，德意志民族向世界贡献的天才也特别多。

写到这里，不禁想到了郭沫若与歌德的又一个共同点，一个笔者此前完全不曾注意然而却极有意思的共同点。那就是我惊讶地发现郭沫若和歌德一样，尽管才能、学识、人格、成就和功绩人所公认，世所崇仰，却仍遭到了虽为少数但却也是形形色色的人们的非难和攻击。正常的、科学的、客观公正的批评和是非功过评说，当然不在此列；我这里讲的只是那种或别有用心或意气用事的所谓评价、批评、批判。

---

① 在德国，因歌德而设的纪念地、博物馆多不胜计，除了魏玛、法兰克福和杜塞尔多夫等城市大而知名的以外，还有许多诸如以《少年维特的烦恼》女主人公命名的“绿蒂之家”这样的小馆。

在歌德，生前身后都没少遭受这样的非难、攻击和批判。概括起来讲，它们来自“左”右两个阵营。

从右的立场攻击歌德者，主要是以教会为代表的封建势力。攻击的原因大致有二：一是歌德信奉泛神论和进化论，虽对原始基督教并无反感却对教会极端厌恶，因此便让一些主教大人斥为否定基督教义的“异教徒”和“上帝亵渎者”；二是歌德在作品里大力张扬人性、人道，主张个性解放、感情自由，特别是一些写男女爱情和婚姻的诗歌小说如《罗马哀歌》以及《少年维特的烦恼》和《亲和力》，等等，都令教会大伤脑筋，因此被骂作“不道德的书”，“该遭天谴的书”。

从“左”的立场非难、攻击歌德的人更多一些，他们主要是一些作家同行特别是其中的激进民主主义者。他们这样做除了文人相轻、意气用事，还多少含有一些“恨铁不成钢”的意味。文人相轻、意气用事古今中外一个样，本来也挺无聊，就不多说了；只讲“恨铁不成钢”的吧。后一类人最著名的代表为激进的民主主义作家伯尔内（Ludwig Börne，1786-1837）。此人一生批判歌德不遗余力，也因此而出了大名，但他的批判不是遵照文学、道德或宗教的标准，他唯一的标准是政治。他骂歌德“是一个押韵的奴仆”，“是长在德意志躯体上的一个

伯尔内（1786–1837）

毒瘤”，原因就在歌德长期效力于魏玛公爵，既不赞成他所投身的民主革命，还对德国人反对拿破仑的民族解放战争态度冷淡。也就是说，他把歌德当作一位政治人物来要求；他恨歌德，由于歌德极有才能和威望，但却没有像他一样把才能和威望贡献给革命。海涅因此嘲笑伯尔内是一个“迟到的雅各宾党”，丹麦大批评家勃兰兑斯则断言他对文艺“一窍不通”，德国当代批评家迪策（W.Dietze）却一针见血地指出：在伯尔内由于失望而燃起的仇恨之火后面，其实隐藏着“对歌德的真正的爱”，也就是恨铁不成钢的意思。[①]

到了20世纪，像伯尔内一样从“左”的立场上批评歌德的人中，最著名者为托马斯·曼的哥哥亨利希·曼。他曾不止一次愤激地表示希望德国人能立一个法，禁止在二十甚至五十年

① 请参阅高中甫著《歌德接受史——1773–1945》，社会科学文献出版社1993年版，第五十九至七十五页。

内再提歌德的名字和谈论歌德。这位思想进步的大作家如此偏激，原因就在看不惯歌德的名字和诗作常常被达官显贵和形形色色的附庸风雅者滥用。

郭沫若也和歌德一样，在辞世不久之后也遭到了来自不同方面的贬低、非难和攻击。文学界内部夹杂着文人相轻和个人恩怨的意气之争同样不必说了，还有那些靠攻击、贬低名人以成名的文坛丑类表演也不值一说，因为郭老作为中国新文学特别是新诗缔造者的地位，自有历史和广大读者依据作品进行检验和确立，绝非一篇两篇文章和这个那个排行榜所能改变。我想讲的仍旧是来自“左”右两方的对郭沫若的政治批判。

从右的方面发起攻击的先锋和主将，显然是西方某些所谓的汉学权威或曰中国通。在这些人眼里，郭沫若显然是个彻彻底底的“异教徒”，因为他不仅信仰马列主义，而且献身反帝反封建的人民革命，而且成了社会主义中国的领导人，所以决不允许他是杰出的诗人和作家，更别提大文豪和大思想家了。正所谓两条道上的车，完全走不到一起；奇怪的是有些人就是爱以搭别人的车来显示自己的饱学，并且增添脸上的风光。

其实，对于海内外某些攻击郭沫若的人来说，也是醉翁之意不在酒。他们由于各式各样的原因失意于中国半个多世纪以来的发展现实，不便明明白白地表露出自己的不满、愤怒乃至仇恨，于是只好转个弯儿，寻找一个发泄怒气、怨气的替罪羊和靶子；郭沫若是个易于攻击的文化人，且已经过世，名声和地位又够分量，颜色也正好为他们所讨厌，于是便被选中了，瞄上了不是？只可惜他老人家已无还手之力，不能像歌德在与艾克曼的谈话以及书信中为自己声辩，驳斥对他诸如“不爱国”呀、“不革命”呀、“甘为王公贵族的奴仆”呀，等等的指责。[①]

这些人贬低、攻击郭沫若的手法，除了不讲任何道理地把他的名字从排行榜上抹去、挪后，就是在文章中拼命抬高别的这个那个，以达到矮化他的目的；被抬出来与郭沫若比高矮的有诸如胡适啊，张爱玲啊，甚至周作人，等等。这又让人想起歌德的反对者也经常采取的一个伎俩，就是推崇席勒以贬抑歌德。手法伎俩完全相同，只不过胡适、张爱玲特别是曾当过汉奸的周作人够得上席勒的档次吗？又完全是另一个问题。

再说来自“左”的方面并多少带着点“恨铁不成钢”意味的批判。这样的批判、非难完全可能出自善意，理由主要有：1. 郭沫若在解放后的创作和学术活动过多地迎合政治需要，因

---

① 参见拙译《歌德谈话录》1824年4月14日、1827年9月26日以及最后的一篇谈话。

而有失水准；2. 他解放后在一些政治运动特别是“文革”中做了违心乃至失格的事，没有了解放前面对反动派的刚正不阿，大义凛然，等等。做如此批判的人就算是出自善意，也就是“恨铁不成钢”，那也不能不说不切实际，求之过苛。亲身经历过这些历史事件的人都应该知道，郭沫若其实经常是身不由己，能挺过来已属不易。再说，创作退步了，在政治风暴中摇摆了、懦弱了、失了格的作家和文化人比比皆是，又何止一个郭沫若？而且，在打倒“四人帮”以后，他不是立刻就站定了脚跟，发出了自己的怒吼雷鸣么？大胆设想一下，他要是没在“文革”之后很快去世，不会也像德国的歌德和中国的巴金老人一样，勇敢地讲出自己心里的真话吗？

说到郭沫若真正的错误缺点，我不由得又想起歌德的两句名言。

一曰：

> 最伟大的人物总是通过某种弱点
>
> 与他们的时代联系在一起。
>
> ——《格言与反思》

一曰：

善良人在追求中纵然迷惘
却终将意识到有一条正途。
——《浮士德·天上的序幕》

除了上述的许多共同点，还可以讲郭沫若与歌德都是主要倾向为浪漫主义的作家和诗人，都勇于开拓、自强不息、永不自满，都一生奋斗，一生辛劳为后世留下了巨大而宝贵的精神财富，对后世的影响至深至大……

郭沫若与歌德的比较就此打住。最后再说说这么比有什么意义。

能比，并不意味着郭沫若在任何方面都和歌德一般的伟大；比的目的，不在证明他俩谁高谁低。这样做的真正目的只有一个，就是找出他们成长和出类拔萃的共同规律，从中获得有益的启示，也以此加深对比较的双方的认识和理解。

至于周扬以郭沫若比歌德，称他为“中国的歌德”，“社会主义时代的新中国的歌德”，可谓含义深广，意蕴之丰富胜过万语千言，千言万语！笔者此处所能阐发、表述的，只是很少、很表皮浅显的一部分。

称郭沫若为“中国的歌德”，除去含义丰富深刻，还有一个不容小视的优越之处，就是这一比拟和称谓的国际性！歌德是德国的，更是世界的，“天下谁人不识君”，整个文明人类鲜有不知道歌德这个名字以及它所包含的意义。郭沫若是中国的，也应该是世界的，只要讲他是“中国的歌德”，不必再作解释，世界各国的人便会知道他是怎样一个人，便会想象出他有多么重要的业绩和贡献，想象出他这个人多么杰出、伟大。

但愿我们也像德国人尊重、珍惜歌德一样，尊重、珍惜我们“中国的歌德”郭沫若，以及我们民族自己所有的天才人物和杰出先辈！

第八章
为大师造像——中国诗人笔下的歌德

你的一双大眼
笼罩了全世界。
但是也隐隐的透出了
你婴孩的心。

宗白华这一首名为《题歌德像》的短诗，收在他的诗集《流云小诗》中。众所周知，宗白华是我国早期研究和介绍歌德的组织者，郭沫若就是经他帮助、鼓励，而成为歌德翻译家的。宗白华自己也翻译过歌德的书信，写过研究歌德的论文，编过有关歌德的文集。他的《题歌德像》这首小诗，虽然只有短短四句，却反映了他对歌德的深刻认识，有着十分丰富的内涵，值得我们细细品味。

宗白华《流云小诗》书封

眼睛，是心灵的明窗；而大诗人歌德，拿宗白华的话来说又“是世界一扇明窗，我们由它窥见了人生生命永恒、幽邃、奇丽、广大的天空！”[①]诗人、哲人歌德的显著特点和超人之处就在他有明确的宇宙意识——这与他信奉泛神哲学大概有些关系——世界、自然、人生、过去、未来全包容在了他明慧的大眼中，博大的胸怀中；他因此才能写出像《浮士德》乃至《普罗米修斯》和《神性》这样气势磅礴的作品。可是，另一方面，歌德又是一个普通的人，自然的人。这个人尽管受到卑俗的社会环境的限制和影响，不时地表现出一些渺小庸俗；但本质上和整个说来，却保持了一颗像婴孩一般纯真、诚挚的心。正因为这样，歌德的《一切的峰顶》《对月》《竖琴老人歌》等不胜枚举的一系列抒情诗，才那么自然，才那么感人！

---

① 见《歌德之人生启示》，收宗白华、周辅成编《歌德研究》，中华书局1936年版。

在《题歌德像》这首短诗中，宗白华替我们解开了歌德之谜，让我们看清了这位“像自然本身一般复杂”（海涅语）的大诗人的真面目。这个真面目，作为美学家的宗白华在另一种场合，又将它归纳为三个印象：“第一个印象就是歌德生活全体的无穷丰富；第二个印象是他一生中一种奇异的谐和；第三个印象是许多不可思议的矛盾。”[①]是的，博大深刻与纯真诚挚的和谐统一，这就是我们通过美学家兼诗人宗白华的眼睛所见之歌德。

在《歌德研究》这部论文集的编者前言之前，刊有冰心女士一首题为《向往》的诗：

万有都蕴藏着上帝，

万有都表现着上帝；

你的浓红的信仰之花，

可能容她采撷么？

严肃！

温柔！

自然海中的遨游，

① 见《歌德之人生启示》，收宗白华、周辅成编《歌德研究》，中华书局1936年版。

诗人的生活，

不应当这样么？

在“真理”和“自然”里，

挽着“艺术”的婴儿，

活泼自由地走光明的道路。

听——听

天使的进行歌声起了！

先驱者！

可能慢些走——？

时代之栏的内外，

都是“自然”的宠儿呵！

在母亲的爱里，

互相祝福罢！

冰心（1900-1999）

这首诗是冰心1922年为纪念歌德逝世九十周年而作的。它同样为歌德画了一幅肖像。这幅肖像上和宗白华《题歌德像》一诗所描绘的德国大诗人，其精神气质是完全一致的。“万有都蕴藏着上帝”，“万有都表现着上帝”——诗人和艺术家所理解的泛神论莫过于此。既严肃又温柔，既追求真理又亲近自然，“挽着‘艺术’的婴儿”在光明的路上前驱，这不就是实现了矛盾的和谐统一的歌德么？这首诗里多了一种强烈真挚的向往之情：女诗人冰心也以自然的宠儿自诩，她要越过“时代之栏”，去追随先驱者歌德的足迹，去采摘他的“浓红的信仰之花”，去像他一样“挽着‘艺术’的婴儿”，活泼自由地在自然之海中遨游。

冰心早期这首很能反映她受歌德影响和她的思想艺术倾向的诗，值得引起冰心的研究者们注意。

我国著名的新诗诗人和译诗家梁宗岱，他在20年代留学欧洲，不仅与法国大文豪罗曼·罗兰和现代派大诗人保罗·瓦莱里（Paul Valery）结下了深厚的友谊，也游历过德国，亲近过诗圣歌德。梁宗岱回国后，在1935–1936年，出版了《诗与真》和《诗与真二集》。“这迹近夸张的名字，不用说，是受歌德底自传Dichtung und Wahrheit底暗示的”[①]，梁宗岱直截了当地承认。只不过，歌德所谓的“诗与真”，是指在他这部青年时代的传记中，有以“诗”，有以合乎事物发展规律和逻辑推理的杜撰和虚构，来填补他回忆中的空白，发挥他的想象的成分，也就是存在着“幻想与事实之不可分解之混合，所以二者是对立的”；而对于梁宗岱，它们则是诗人“追求的对象底两面：

① 见《诗与真》序。

真是诗底唯一深固的始基，诗是真底最高与最终的实现。”[1]但是，尽管如此，梁宗岱之写成这两部诗论，或者更确切地讲是比较诗论，是受到了他所无比敬重的“绝世的大诗人”歌德的启发的。而且，启发当不仅仅在题名方面。梁宗岱的两部比较诗论加在一起篇幅也不大，但其中却有一篇不只是对我们研究歌德的人来说是分量很重的文章——《李白与歌德》。在这篇文章里，诗人梁宗岱将中国的诗仙和德国的诗圣作了具体的、恰如其分的比较，十分精辟地指出他们两人“特别相似”“而都不是轻微的”两个共同点：“一是他们底艺术手腕，二是他们底宇宙意识。”梁宗岱认为，这第一点，即在艺术手法上的古今东西兼收并蓄和善于创新，从而形成自身多彩多姿、操纵自如的风格，也许还可以讲是一切大诗人所共有的；但强烈的宇宙意识，则是“歌德和李白底不容错认的共同点”。梁宗岱写道：“总之，李白和歌德底宇宙意识同样是直接的、完整的：宇宙底大灵常常像两小

青年梁宗岱

① 见《诗与真》序。

无猜的游侣般显现给他们，他们常常和他喁喁私语。所以他们底笔下——无论是一首或一行小诗——常常展示出一个旷邈，深宏，而又单纯，亲切的华严宇宙，像一勺水反映出整个星空底天光云影一样。”

真正是精彩绝伦的至论！读了它再来欣赏《浮士德》的《天上序幕》和全剧的结尾，再来欣赏歌德的两首《漫游者夜歌》以及《普罗米修斯》《伽尼墨得斯》等短诗，再来欣赏李白的《日出入行》……我们就会有更加深刻地、新鲜地领悟。梁宗岱本身就是一位杰出的诗人；只有以诗人论诗人，将诗人心目中崇拜的两位更加伟大的诗人相比较，才能在诗学和美学以及思想境界方面达到如此的深度和高度。诗人梁宗岱一如宗白华和冰心，在他的论文中也为歌德画了一幅神采奕奕的天神般庄严的画像。

前面说过，梁宗岱还是一位译诗家。以诗人译诗人，他的翻译大概不重在多，而重在精。他没有，或者说笔者尚未发现他写过关于歌德的诗；但是，他译的为数不多的几首歌德的诗首首都很精彩，都能传达出原诗的韵味，让人清楚地见到歌德的精神面貌。梁宗岱最欣赏歌德的《漫游者夜歌》，他在给徐志摩的信中，将它与陶渊明的“结庐在人境”、李白的“长安一片月”、李后主的“帘外雨潺潺”等千古绝唱相提并论，认为它“是作者底灵指偶然从大宇宙的洪钟敲出来的一声逸响，圆融、浑含、久恒……超神入化了”。这里，就让我们聆听一下诗人梁宗岱为中国读者翻译和传唱的《漫游者夜歌》吧：

一切的峰顶
沉静，
一切的树尖
全不见
丝儿风影。
小鸟们在林间无声。
等着吧：俄顷
你也要安静。

读这首译诗，我们仿佛看见年已八十二岁的白发苍苍的歌德，伫立在伊尔美瑙峰的林海之上，面对着静谧的宇宙，发出了千古浩叹。

1934年，也即《诗与真》问世的前一年，梁宗岱在上海商务印书馆出版过一部译诗集，所用的题名也来自歌德，即上述《漫游者夜歌》的第一行“一切的峰顶”。解放后，他顶住来自各方面——其中自然少不了那些嫉贤妒能者——的困扰，潜心翻译歌德的《浮士德》，而且已经完成第一部。据他在中山大学的学生回忆，当学生们去访问他，在谈古论今之余，他便搬出一叠底稿，给他们朗诵他翻译的《浮士德》，而他的译文听来是"既'信'，又'达'，且'雅'"[①]的。可悲的是，他在十年浩劫中受到摧残打击，《浮士德》译稿和与罗曼·罗兰以及瓦莱里的珍贵信件一起被抄走，焚毁。另一位与歌德关系密切的诗人绿原，和我谈起这件事时，不胜感慨，不胜惋惜。当时梁宗岱虽然人还在，已没有心力再完成《浮士德》这部巨著的翻译任务了。以梁宗岱对歌德的深刻理解和他那诗人之笔，倘使他能将《浮士德》译完并且出版，歌德在中国的形象不是会更增加光彩，更好为万千读者所接受么？

在我国当代诗人中，论与歌德的关系绝不能不谈到冯至。除了郭沫若以外，恐怕就要数冯至与歌德的关系最久远，涉及的方面更多、更广了。

冯至20年代初期即开始攻德国文学。那时候，他已"满怀激情地读过歌德在狂飙突进时期写的《少年维特之烦恼》"，并且承认，是"郭沫若的《女神》《星空》和他翻译的《少年维特之烦恼》相继出版，才打开我的眼界，渐渐懂得

① 见卢祖品《悼念梁宗岱老师》，载1983年12月5日《人民日报》。

青年冯至

文艺是什么东西，诗是什么东西”[①]。

但是，年轻的冯至更多同情的是海涅、裴多菲以及荷尔德林这些“身世有难言之痛”的诗人；对于“一生享尽荣华的枢密顾问”和“桂冠诗人”歌德，却有些格格不入。1930年至1935年，冯至到德国留学，受的主要是象征派诗人里尔克以及浪漫派诗人诺瓦里斯的影响。中年以后，随着阅历的增长、加深，读歌德的作品也更多了，他才真正懂得歌德作为诗人和思想家的伟大。冯至在《歌德画册里的一个补白》中，以诗一般优美动人和饱含深情的笔调写道：

“我逐渐向歌德接近，好像走进难以攀登的深山，每走一程，都要付出一定的气力，但一程过后，便会看到一种奇

① 见《歌德画册里的一个补白》，载《世界文学》1981年第六期；《自传》，收《冯至选集》第二卷。

景：时而丛林茂密，时而绿草如茵，时而奇峰突起，时而溪水潺潺，随时都有新的发现。他很大一部分著作使我从冷淡转为亲切，从忽视转为尊重，从陌生转为略窥堂奥，它给疲倦的行人以树荫、以清泉，给寻求者以智慧，它使人清醒，不丧失勇气。从这方面看，歌德比我们年轻时喜爱的诗人们更为博大，更为健康……”

是的，歌德“更为博大，更为健康”。基于这个认识，冯至与歌德的接近尽管缓慢而艰难，却有着牢固的基础，因此也更加持久。从30年代末开始，他便锲而不舍地研究和介绍歌德。他翻译过歌德的不少抒情诗和长篇小说《维廉·麦斯特的学习时代》，写过不少有关歌德的论文，他在1948年出版了专著《歌德论述》。在这部篇幅不是很大的专著中，他细致深入地分析了歌德的哲学思想，特别是他的自然哲学和晚年的思想。

也就在冯至脱离里尔克而转向歌德之后不久，他克服了自己十多年连“一首像样子的诗也写不出来”的恼人状况，创作力又萌发和旺盛起来，在1941年一年中就写了二十七首十四行诗。据一些评论家说，这些诗乃是杰出的诗人冯至最成熟的作品。也许为了感谢给了他以树荫、以清泉、以智慧、以勇气的德国大诗人和大哲人吧，冯至那二十七首十四行中有一歌德颂：

你生长在平凡的市民的家庭，
你为过许多平凡的事物感叹，
你却写出许多不平凡的讲稿；
你八十年的岁月是那样平静，

好像宇宙在那儿寂寞地运行，
但是不曾有一分一秒的停息，
随时随处都演化出新的生机，
不管风风雨雨，或是日朗天晴。

从沉重的病中换来新的健康，
从绝望的爱里换来新的营养，
你知道飞蛾为什么投向火焰，

蛇为什么脱去旧皮才能生长；
万物都在享用你的那句名言，
它道破一切生的意义：“死与变。”

这首题名《歌德》的十四行诗，不愧诗人兼歌德研究家冯至为德国诗哲画的一幅全身像。它准确、具体、神形兼备，几

冯至《十四行集》书封

乎就是“整个儿的歌德”。从宗白华经郭沫若、冰心、梁宗岱到冯至，我们看见在中国诗人笔下，歌德的形象在逐渐变得清晰、丰满。

解放后，特别是1978年以来，冯至继续研究和介绍歌德，发表了一系列重要文章，例如《杜甫与歌德》《读歌德诗的几点体会》《海伦娜悲剧分析》，等等，对歌德的认识有了进一步的深入。例如在《杜甫与歌德》一文中，他把歌德的自然哲学、人生哲学与文学创作三者结合起来分析，指出它们全都受着既有扩张又有收缩和不断变化发展这同一自然规律和辩证法则的支配，明确地道出了像世界本身一般复杂难解的德国大诗人的精神特征和本质。1982年3月22日，是歌德逝世一百五十周年；在北京举行的盛大纪念会上，冯至做题为《更多的光》的长篇报告，指出歌德的伟大就在于“一生追求光明，与外在和内在的黑暗进行斗争”。

作为一位外国文学研究家，冯至显然是以歌德研究为自己“主要任务”的。他受聘主编《中国大百科全书·外国文学》卷时，亲自动手撰写的就只有一个条目——歌德。在这个长达万言的条目里，他给歌德的生平、思想和创作做出了扼要而精当的评价。1983年在辞去中国社会科学院外国文学研究所的所长职务以后，冯至集中精力写完了一部歌德论集；这部论集集他几十年研究歌德之大成，由上海文艺出版社出版。

作为一位诗人，冯至受影响最多的恐怕也是歌德。人们称赞他的诗做到了“融情于理”，誉他为“诗国的哲人”；他的诗那么明朗、深刻，他为人那么沉静、含蓄，这些恐怕都与他长期研究歌德、景仰歌德有关系。

德国总统魏茨泽克接见冯至

1983年，联邦德国颁发给他“歌德奖章”。

在曾经为歌德造像的中国诗人中，最后还必须讲一讲绿原。为纪念歌德逝世一百五十周年，他在《诗刊》1982年三月号发表了一首长诗。诗题叫作《歌德二三事》，不必严格要求就可以说名不符实。因为这首诗长达两百行，我在前面一节中讲过，十足称得上是一篇关于歌德的论文。这篇“论文”的前四节，全面地、历史地介绍和分析了歌德的生平、思想和创作，以文学研究的方法论而言，其中心还是作家和作品；而紧接着的四节，却用了所谓接受美学的方法，论述了歌德在中国和全世界以及对绿原本人的影响；长诗的最后三节，在对什么是“永存的”进行哲学思辨之余，讲了“今天年轻的‘歌德’们”应该在哪些方面学习歌德，“才能达到青出于蓝又胜于蓝”，讲了歌德在今天的意义，讲了绿原自己——“一个酷爱诗与真的侏儒”——对于歌德一如既往的景仰。

关于绿原的这首诗，我同意绿原的老友牛汉的意见，是有明显的理念化的倾向。[①]牛汉还说，绿原写这首诗，“自然不单纯是为了纪念歌德，更表达了作者对于当前诗和现实生活的一些值得思考的看法；而且，作为诗来说，也明显反映了作者

① 牛汉《荆棘和血液——谈绿原的诗》，载《文汇》月刊1982年第九期。

一贯向前探索的特点”。可是，对于我们以歌德为对象的比较文学研究者，绿原的诗整个都非常有价值。如果说，从宗白华到冯至这前一辈的诗人，都在自己的诗中或虚或实地描绘出了歌德的精神和形象的话，那么，绿原的长诗就是一尊立体的雕塑，它从各个角度，通过种种的衬托和对比，帮助读者更加全面、深刻地认识歌德。因篇幅所限，这里只摘引写到绿原自己的三节；因为它们很好地说明了一位中国的当代诗人，如何受到生活在一个半世纪以前的德国诗人的影响：

…………

——诗人逝世一百年之后

我，一个东方的儿童
才从老师那里第一次
知道这个伟大的名讳
随着年龄和课业的增长
我钦佩他海一样渊博
惊诧他岩石一样宁静
更叹服他的灵感像瀑布一样
一往无前，一泻千里，一去不回
我要永远记住他的

颠扑不破的教诲——
不学玩世不恭的浪漫派
反对朦胧、颓废和感伤
更排斥一切概念的抽象
要从客观世界出发
写得自然，写得明朗
写得完整，写得大方
写得严肃，写得健康
写得妩媚，写得雄壮

我始终不懂得他为什么
会认为世界“无往而不可爱”
我却似乎懂得他为什么
重视一片绿叶胜过一篇文章
直到很晚很晚我才发现
他身上有一个“否定的精灵”
永远催促他
通过“断念”
挣脱自己的皮囊
永远不失败

因为永远不好胜

永远不示弱

因为永远不逞强

这两节写的是过去几十年绿原对歌德的理解和接受。将来呢？诗人回答：

——虽然我，一个酷爱诗与真的侏儒

在短短一生中，仍将有志于景仰——

他这棵参天的大树

（尽管摇不动它的躯干

只能在它的浓荫之下

侥幸拾到一枚两枚熟透的浆果

尝它一口两口，也算满足对它的渴望）

仍将有志于崇敬——

他这颗灿烂的恒星

（尽管看不见以光年计算的距离

只能凭借到达眼前的光华

来遐想寂灭已久的它当年的热量）

我仍将在忙忙碌碌的生涯中

经常抽出几分钟
读他一首两首玲珑剔透的小诗章
不是为了它们出自他的手笔
更不是由于学者们的解说和推荐
仅仅因为我偶然能够
从它们里面隐约读出
我渺小的痛苦、追求和梦想
像儿时用一块凸透镜的破片
从阳光里取得一粒爝火一样

对于绿原，歌德是“参天大树”，是“灿烂的恒星”；在歌德的诗章中，有他的“痛苦、追求和梦想”。绿原对歌德真可谓一往情深！而且，这样的深情不是一时间的，短暂的，它由来已久。早在1947年，绿原就写过一首并非偶然也叫《诗与真》[①]的诗，诗中他自称“曾是一个少年浮士德”，“被抛进了伟大的疑惑”，为了解开这疑惑，他决心跟随诗——“这可爱的梅菲斯特”去寻找真理，“即使中途不断受伤”。因此我想说，绿原对于歌德的深情，是来自他坚持不懈地对于诗与真的

① 收入绿原的诗集《人之诗》，人民文学出版社，1983年。

追求和热爱。

早些年，我只知道绿原是位诗人，不知道他对歌德还很有研究（他发表论文和译文一般用刘半九这个名字）。只是在读了长诗《歌德二三事》和他同年3月在《文汇》月刊上发表的《歌德——文学史上的一颗恒星》以后，才吃了一惊。我发现，在他的文章中，常常不乏独到的见解，但又没有多少学究气，而能够用诗人精练的语言，把一些深刻的体会明白浅显地讲出来。如在将歌德比作恒星那篇论文里，他称歌德“是文艺复兴以来最后一个世界性的‘通才’”，但又“首先是一位诗人”；说“他的伟大功绩不仅仅在于其个别创

绿原和他翻译的《浮士德》

作，更在于贯串在他的所有作品中的个人性格和人生哲学，从最宏伟的《浮士德》到最精致的短诗、哀歌、格言诗等，无不渗透着同样独特的进取精神和同样深刻的哲学思考。”关于《浮士德》的意义和价值，绿原认为在于它启示我们，“不断前进的道路本身才是人生的目标”，“人类最高的成就乃是一种高尚的奋斗，一种永远自强不息的创造性的生活”。不错，这样的意思并非绿原第一个讲；但是，他却讲得更透彻，更深入浅出。何以能如此？大概不外乎绿原本身也是一位诗人，一位长于和惯于进行哲学思考——不知这等不等于“理念化倾向”——的诗人，长期景仰和热爱歌德，勤于在歌德“这棵参天的大树下”拾取“浆果”，等等原因吧。或许，还有他那曲折坎坷的经历，还有他“文革”后改行在人民文学出版社当编辑，审订出版了一大批歌德的作品，这对他深刻地理解歌德也不会没有帮助。

自称是“一个少年浮士德”的绿原在他译本的前言中说：“就其思想性与艺术性一体并存而言，《浮士德》在中国要从‘媒婆’为她披的面纱后面露出真容来，恐怕仍有待于几代翻译家的努力，这是一场真正的接力赛…… 拙译如能参加奔向《浮士德》真谛的这场接力赛，最后为得鱼忘筌的我国读者所抛弃，译者将觉得十分光荣。”并且透露：“我在决心翻译这部巨著之前，胡风先生曾经为此多次对我加以勉励。”绿原这段翻译动机和动力的交代，表现的真正是一种浮士德似的奉献精神；对这位曾无私地帮助笔者的良师益友，我由此又多了一分了解。

* * *

景仰歌德、受过歌德影响并且用诗文将这种景仰和影响表现出来的中国诗人，自然不仅仅以上这几位。但仅仅这几位就足以证明，“诗是人类的共同财富”，诗人与诗人之间没有国界，前一个世纪的德国大诗人歌德在现代中国诗人当中同样找到了知己，得到了很好的理解和接受。

第九章
歌德与我们

一、今日中国："歌德已经死了"？
——歌德与当代中国青年

"青年无歌德！""歌德已经死了！"

在德国，在伟大诗人的故乡，人们不时地用诸如此类的语言，来说明歌德已经过时，他的作品在读者中，特别是在青年中，已经不流行了。情况确实如此，虽然话说得有些夸张。岂止夸张，在我们中国人听来简直十分刺耳，或者讲已是对圣人的大不敬了。的确，今日一般的德国人只是在上中学的时候还在课本里读一点歌德，就像我们的中学生按规定读李白、杜甫、陶渊明一样。获得诺贝尔文学奖的联邦德国作家伯尔，他在1984年11月曾对一位中国来访者讲过："有时我认为，外国人（不只是中国人，特别是苏联人，西欧人少一些）比我们德国人更多地研究歌德。我指的不是德国科学家和德语学者，而是德国读者。我很难说，有几个书橱里放着歌德著作的人是真正在读这些书的。”①

正因为如此，歌德在我国当代读者特别是青年中受欢迎的情况，就特别引人注目。在具体介绍和分析这一情况之前，我想模仿德国人的风格，不过并不夸张，先讲两句话：

“歌德还活着！”“青年爱歌德！”

话还是得从近一个世纪前曾经深受我国青年喜爱的那本小书《维特》说起。

1981年年底，在纪念歌德逝世一百五十周年前夕，人民文学出版社和上海译文出版社分别出版了我和侯俊吉前辈重译的《少年维特的烦恼》。书与读者见面之前，我和我的责任编辑绿原曾估计到销路肯定不错；但却万万没有想到，这部在许多人看来已经过了时的书信体小说，竟会大受欢迎，差不多可以讲又引发了一阵小小的“维特热”。到1986年底，我的译本仅

① 《德中论坛》第十一期第二十八页。

歌德画像 张楚良 绘

人民文学出版社已重印四次，总印数逾八十万册，以致绿原都惊异地说："这本书也真怪，每次印多少都能卖出去。"

书卖出去以后怎样？是不是也像在德国人家里似的仅仅摆在书橱中，成了收藏品？

收藏者固然有之，但肯定不多。近几年，我不断收到一些年轻读者的信，和我谈他们读《维特》的情况和感受。例如，安徽六安市一位孙姓青年来信说："当我一口气读完《维特》伏案思忖时，我为可怜的维特不禁流下了同情的泪水。我仿佛觉得维特就站在我的面前，从他忧愁的面容里，我看出了维特的苦闷和烦恼，从他的思想流露，我看出了维特对人类至洁至纯的感情的憧憬和向往……”这位青年不仅自己读，而且还把《维特》介绍给自己的朋友，于是朋友们“竞相借阅”。又如，湖南衡阳一位姓孙的青年讲：“……歌德的《少年维特的烦恼》一书，我一口气读完，并且可以说我从来没有像这样认真地读过小说之类的书籍，因慕歌德之才，故能督促自己一字一句地读，加之先生之译文，诗一般的语言，令人看而不厌，读而不烦，其感情之诚挚，更迫人一时知果而为快（原信措辞如此——引者）……”再如湖北省监利县一位姓张的读者写道：“我读《维特》已四天了，却还只读到五十四面；请不要误会，并不是我读不下去了，而是它的每封信乃至每句话都强烈地震撼了我的心，勾起了我许多心事和往事——对绿蒂和维特有似曾相识之感；书外思索的时间远比读书的时间要多……”类似的来信还有不少，不再摘引。

当代的中国青年仍然如此爱读《维特》这本小说，原因又在哪里呢？仅据我所接触到的一些读者，我想可以这样回答这个问题：首先，是“慕歌德之名”，慕《维特》这部世界名著之名，也受郭沫若曾经译过《维特》，郭译本曾风靡一时这样一些有文学史意义的事实的影响，人们对六十年后的一个新译本，自然怀着一读为快的好奇心；再者，两个新译本都赶在纪念歌德逝世一百五十周年前夕问世，可谓出版得“正是时候”，加之这时刚好放映茅盾名著《子夜》改编成的电影，影片中一再出现那本破旧的郭译《维特》，都为新译本做了再好不过的宣传；其次，正如郭沫若1942年在《维特》的《重印感言》中所说，“一本有价值的书，看来总是永远年轻的”，《维特》无论内容或是形式，都仍然能打动读者特别是青年，特别是心性敏感的“文学青年”和在人生的道路上遇到过某些挫折者，他们很容易同情小说主人公，让他的遭遇勾起自己的“许多心事和往事”，拿我援引的三位读者来说，前两位在写信时都才二十二岁，都胸怀大志而又不得不在家待业，心里都有一些苦闷，第三位则是一所农村小学的教员，经历丰富得多，文学修养也明显地更高一些；最后，也不必回避，侯俊吉先生的译本和拙译都有了进步，能让当代人包括青年读得下去。总之，原因是多方面的，而分析这些原因，是否能反映出当代读者的心理、青年的心理乃至于某些社会问题，供我们的作家、出版家和社会学家参考呢？我想应该可以。试想一想，一部外国18世纪小说的两种译本三四年间总共发行了近两百万册，这个现象难道不令人吃惊，不发人深思么？！

青年们爱读《维特》，与维特在思想感情上有所共鸣，那么他们由此受到的又是怎样的影响呢？

以我接触到的有限的读者而论，影响并非消极的，他们大多能认识到造成维特不幸的主要是社会原因，大多同情维特但不喜欢他的“软弱”，嫌他缺乏“勇敢抗争”的精神。80年代的中国青年毕竟大大前进了一步；这种前进，除去时代的进步和社会的变革所使然，恐怕也得归功于数十年来的外国文学工作者的正确引导。

笔者除了直接与读者联系外，还收集到了发表在报刊上的两起“读《少年维特的烦恼》书简”。这些书简就有力地说明，消极的影响还完全可能产生，因此引导十分必要。书简之一发表在《八小时内外》1983年第三期，题目叫《让知识美化你的心灵——给小弟的信》，作者是一位时年二十八岁的教文学的女教师。她写信开导自己因失恋而轻生的“小弟”。信上说：“你提到了维特，是的，维特因爱情破灭而最终自杀。可你知道维特处的是一个怎样黑暗的社会呀，贵族的腐朽，市民的庸俗，等级制的森严，使维特走投无路，只得乞灵于爱情。可他追求的又恰恰是一种没有希望的爱情——绿蒂是有夫之妇，这导致了维特的轻生。追根究底，他是被当时丑恶的社会所逼死的呀！小弟，你不该以此为例……”署名“阿青”的女作者的分析是中肯的；但她的“小弟”真有其人吗？或者只是对一种可能性的设想和模拟。这样的设想并非多余，对我还是一个问题。

书简之二发表在1982年9月17日和9月24日两期的上海《青年报》上，是上海某中学一个女学生和编辑部的工作人员张玉英的通信。署名“景生”的女中学生在第一封信中告诉编辑同志，她暑假里读了《维特》，“留下了深刻的印象”，但“不知怎么，我读完这本书以后，心情也觉得闷郁起来，维特命运的悲剧实在令人同情和悲愤！有时我想，维特的悲剧虽然发生在18世纪的德国，但他的遭遇也许是我们每个青年在人生道路上都可能遇到的”。编辑张玉英分析了我们的时代已与18世纪的德国大不相同，指出“我们应该有着比维特‘个性解放’更高的追求”，说失败、挫折尽管“是生活中不可避免的，但不一定是每个人都会遇到的”——这话看来有点矛盾，劝景生在“还没有真正走进生活和社会”之前别“过多地担心和忧虑”。这一组通信题名为《维特的命运与我们的人生》。

在第二封信中，景生具体讲了自己生活中的烦恼：父母体弱多病；哥哥由于是街道工厂工人而受女朋友的家庭歧视，恋爱失败了；自己在学校里又遭同学嫉妒，再想到将来一旦考不上大学会成为社会的“弃儿”，等等，因此，她“担心在自己的人生道路上会出现维特的遭遇和悲剧”。她虽然也同意编辑张玉英在回信中对时代和社会的分析，知道“我们新时代的青年应该有比维特‘个性解放’更高的人生追求”，可就不知道目前应该如何摆脱周围的“冷漠气氛”使她产生的烦恼。于是，张玉英又回信给她，劝她对生活中的误会和矛盾，要有“宽广的胸怀和气度”，而“对别人的这种宽广胸怀，往往产生于一个人对人生的不平凡追求”。照张玉英看来，景生想以考上大学来改变自己和家庭的地位，实际上“还没有冲出‘个性解放’的牢笼！”她肯定景生对生活的庸俗和自私现象的厌恶是一种“可贵的正义感”，但认为这还不够，还必须“增加一些生活的责任感”，这样“就能在任何情况下不失去生活的信心”。末了，为勉励景生，抄了这样一段格言：“一个人的真正价值首先决定于他在什么程度上和什么意义上从自我中解放出来。”这一组通信的题名为《应该有比“个性解放”更高的人生追求》。

很难判断编辑张玉英同志苦口婆心的开导对景生会有多大的说服力。景生的问题是不是追求个性解放，个性解放在1982年的中国，是否已成了“牢笼” 和“思想枷锁”，这些问题也不属本文的研究范围。笔者重视景生的信，是因为它提供了一个实际的例证，说明《维特》之类的文学作品所以产生消极影响，主要原因还在社会本身存在着使人烦恼和厌恶的消极现象和实际问题。碰上了这些问题的敏感青年，再读《维特》便容易产生共鸣和联想。这绝不意味着“消极”和“问题”产生于《维特》，而充其量只能说，《维特》起了发酵剂或者显影剂的作用，让问题暴露得更明显，像景生那样甚至忍不住投书报社，难道不是更好一些么？于此，我想郑重其事地在文学的思想教育作用、社会批判作用、认识价值和审美价值等之外，再斗胆地加上一个发酵作用或者发泄作用。这种发泄作用在悲剧和《维特》似的小说中是明显的。它不但对于作家存在，如青年歌德自己写完《维特》就从痛苦中得到了解脱，开始了新生活；它对读者也存在，像《子夜》中的吴少奶奶，就以读《维特》来发泄她对自己婚姻的不满和对她真正爱的男人的思念之情。发泄作用的大小，或者也可成为评定作品成功与否的标志之一吧。

当然，文学作品应该多式多样；应该首先鼓励多写充满乐观、奋发、向上精神的作品。要想减弱《维特》这类古典作品的发泄或发酵作用，只保留其认识价值和审美价值，根本的办法在于消除或减少我们社会上实际还存在着的种种封建残余。同时当然还要明确告诉敏感的青年们，早在歌德时代，“维特就已经死了”；歌德自己就不赞成维特，而主张学习浮士德。我们生活中难免有这样那样的挫折、失败乃至黑暗现象，但我们应该有敢于上天入地的浮士德精神，去克服它们，战胜它们；更何况我们今天的社会，更非歌德时代的德国可以同日而语。

可以断言，像景生那样读完《维特》便加重了烦恼和郁闷心情的年轻读者，已经不多。多的倒是因慕歌德和《维特》之名，或出于对文学的爱好，来读这本书的。1980年4月，我在《读书》发表了习作《漫话〈维特〉》之后，便收到好几位读者来信。其中河南永城县的孟某来信说："前几天我在《读书》第四期读到你的题为《漫话〈维特〉》的文章。你的文章我看了二遍，并又一字不漏的抄在自己的秀（袖）珍日记本上。现在我很想很想看到这本书，想得到几乎这本书好像是我的救命绳一样。为什么想的这样很呢？我喜爱读书信体小说，并且我正在构思书信体小说……"1982年11月（《维特》新译本已出版），我又收到一封奇怪的来信："我是个文学青年，手里有一个'重要'的小册子要请您评判，但不知道您的地址。本想请《读书》编辑部转交的，但唯恐遗失。以为事先来信索求地址更稳妥些。小册子题名《从海里打捞的手稿》，叙述的是个文学青年的遭遇……"信上的毛笔字写得工整而有个性，我一下子意识到中国又出现了一部《维特》的仿作，即德国进行文学接受和影响问题研究的学者十分重视的所谓Wertheriade，便马上复信，表示很乐意拜读这部《从海里打捞的手稿》。之后，随手稿寄来了第二封信。信上说："我承认，我是读了您的大作《漫话〈维特〉》以后才决定写这部小册子的。我以为发这个小册子恰是时候……"哈，原来他尚未读过原著。于是，我在复信提出对他的手稿的意见之前，先寄了《维特》译本和我的硕士论文《论〈维特〉与“维特热”》给他。他又来信说：“拙作中的事大多是我的真情实感……”第二年4月，在读完《维特》和收到我提出的意见后，他自认为是做了“一次失败的尝试”，但决心在“时间条件成熟”后要重写《手稿》，而且篇幅将扩大。

这位“文学青年”就是前文讲的那个湖北监利县的小学教师。我与他通信直到1983年4月，后因我工作调动和出国一年多而中断。

《从海里打捞的手稿》尽管只是根据我在《漫话〈维特〉》中的诠释写成，其背景和内容也具有鲜明的现实中国的色彩，但其模仿《维特》这一点仍然十分清楚：全书分三个部分，第一和第三部分构成一个框子，如《维特》中的“小引”和“编者致读者”，讲的是中国的“威廉”谢维凡发现和出版朋友的遗稿的经过。我们的现代“维特”樊伦出身右派家庭，很有文学天才。他在G县的文化馆里认识了来自广州的“绿蒂”王静西，与她深深相爱。可是，樊伦先后受到上司——从嫉贤妒能的文化馆长到以权谋私的A市市长——的刁难和打击，受到重名不重实的出版社编辑的歧视和冷淡，文学创作一次又一次地失败了。在他感到前途渺茫，唯恐连累他人的情况下，拒绝了大胆的"绿蒂"和他一起"私奔"上海的建议，结果让"阿尔伯特"——一个由高干子弟变成港商的张某——乘虚而入，把父亲身患重病的"绿蒂"骗到香港去了。绝望与悔恨中，"维特"写出了自己的遭遇和对"绿蒂"的一片痴情，然后将手稿《海梦》装在一个瓶子里投入广州湾，希望它有朝一日能落到"绿蒂"手中……

作者的文笔不错，构思也还可以；只是从整个的思想和情调太低这一点看，恐怕当时是没有任何刊物肯发表的。我直率地提出了修改意见。

《从海里打捞的手稿》的产生，说明中国的文学青年多么仰慕歌德，说明歌德的影响通过研究者和介绍者几十年的努力而得到广泛传播，同时，《手稿》的内容再次证明《维特》之所以影响一部分青年，甚至还有人去模仿它，主要原因还在我们的社会本身的确存在一些不应存在的问题。如果说，我们正努力解决这些问题，但对它们的存在并不以为怪的话，那么，我们也就不会对今天中国青年仍爱《维特》甚至受它影响，而感到迷惑不解。

维也纳大学汉学系的安柏丽（Barbara Ascher），多年来一直在做一篇研究《维特》在中国的影响和接受问题的博士论文，为此已数次在北京、上海以及香港等地收集资料，据说已发掘到不少东西。她曾来信专门了解近几年的情况，提出了我的《维特》译本发行量多少，我有没有收到读者来信或其他反应，以及诸如此类的看似琐屑的问题。这就启发我利用手边已积累起来的丰富资料，尝试以自己理解的接受美学的方法，写下这样一章。

当然，《维特》并不就是歌德；在热爱歌德的当代中国青年中，也不仅仅只有一班无名之辈。

1984年8月2日上午9时，在美国洛杉矶，来自西子湖畔的杭州姑娘吴小旋以581环的优异成绩，夺得了奥运会女子步枪3×20比赛的冠军，继六名中华男儿之后为祖国赢得了又一枚金牌，成为第一位夺得奥运会金牌的中国女运动员。在事后有关这位巾帼英雄的许多新闻报道中，都突出地提到一个事实，就是有十年“射龄”的吴小旋近几年成绩不断提高，1982年获得过世界锦标赛亚军，在洛杉矶也于几天前先获得了一面铜牌；但是“吴小旋没有陶醉在成绩之中，她十分欣赏德国大诗人歌德的一句名言：尚未实现的崇高目标比已经达到的目标更为可贵”[①]……

我举出这一事例，不是想夸大歌德对吴小旋夺得金牌所起

① 见1984年8月4日《人民日报》第三版。

的作用；应该讲，她成功的主要原因还在于她是奋发向上的中国当代青年优秀的一员。我只想由此说到一种社会风气。那就是1978年人民文学出版社出版了朱光潜先生翻译的《歌德谈话录》，这本书问世后几经重印，随后又得到刘半九（绿原）、程代熙、王观泉乃至刘白羽等名家的评论和推荐，引起了广泛的注意，以至在文学界和报刊中出现援引歌德的风尚，而青年们则喜欢搜集歌德名言，希望从中获得精神力量。这说明青年渴望上进，眼界开阔，把德国的伟大诗人和思想家歌德也视作自己的精神导师。特别是在1982年的歌德年，征引歌德蔚然成风。[①]同年在海德堡举行的“歌德与中国”国际学术讨论会上，我国一位学者谈歌德文艺思想在中国的影响时提到这个情况，一位德国朋友开玩笑地问：“这是不是说，在你们那儿，歌德语录已经代替了毛的语录？”

情况当然并非如此，也不可能和不应当如此。中国人不会再去干“罢黜百家，独尊儒术”的傻事。古今中外的思想家、政治家、科学家、诗人，他们中的佼佼者都可能在某些方面作我们的精神导师；而歌德这位“魏玛的孔夫子”，自然也是其中之一。

---

① 这一年中国社会科学出版社又出版了程代熙、张惠民译的《歌德的格言和感想集》，十二万八千九百册迅速售完。

获得百花奖的电影演员陈冲

著名电影演员陈冲，她也是视歌德为精神导师的年轻人中的一个。她读完歌德的《浮士德》后，在读书笔记中写下了长长的感想，结论是："我获得了一定的名声，但我的努力不应停息。"

1982年2月的南京《青春》杂志，刊登了周惟波和许锦根的报告文学《陈冲》。其中题为《画像与浮士德》的一节，描写了一个叫我看来是既动人又有深意的场面：

……一间斗室，白炽灯泡通过灯罩的反射把灯光投射在书桌的玻璃板上，玻璃板又把灯光映射在兄妹俩热情焕发的脸上，红红的。外面寒风凛冽，可陈冲的额角上却渗出了细细的汗珠。这是一个朋友的小小的工作室，房间里到处都是书，一排排，一叠叠。三个人在热烈的讨论宇宙、社会、人生、未来、理想、奋斗，激动得与外面滴水成冰的天气格格不入。"……浮士德在抵挡住了魔鬼对他的种种诱惑后，在事业的最高一刹那说了一声满足，就此倒地而死。这种奋斗至死的精神应该是我们每个人的楷模。奋斗的内容不同，可人都应该有这种精神。在我看来，如果一个人在事业的中途就此满足，停步不前，那么他就失去了在世界上存在的价值，他就是死了。”是说谁呢？我吗？陈冲有些坐立不安了，她同意那位朋友的看法……

自此，陈冲和她哥哥就常常争论这个问题，浮士德老博士的身影就常常出现在她眼前，提醒已经获得第三届百花奖“最佳女演员”称号的她不要躺在成功和荣誉的软床上，在事业的途中死去。最后，陈冲毅然决定赴美深造，而且选了一个比较困难的专业。临出国前，人们问她对未来的展望。她深思了一会儿，用《浮士德》中的一句诗回答：

“事业是一切，名声是虚幻。”

陈冲和她周围的一群青年——看来也包括报告文学《陈冲》的作者——能如此理解《浮士德》，从《浮士德》中取得精神力量，这是一件十分可喜的事。因为，《浮士德》是一本以难读难懂著称的大书，在文化历史背景相同的欧洲国家已是这样，在中国更加如此。纵观百年来歌德在中国的接受史，

《浮士德》却只是专家学者研究的对象，除此能理解和喜爱它的只有像张闻天、郭沫若这样在当时十分先进和非凡的年轻人。因此，从陈冲和朋友们热烈讨论《浮士德》的场面，可以看到社会的发展、时代的进步、中国新一代青年的新的精神风貌。

但是，能读完、读懂《浮士德》并有所收获的年轻人毕竟还不多。而且，在喜欢《浮士德》和喜欢《维特》的年轻人之间，我明显地看出了经历、环境以及与此相联系着的文化素养方面的差距。倘使再过一些年，喜欢《浮士德》的青年又有所增加，喜欢《维特》者相应减少，那就说明我们的物质文明和精神文明建设取得了新的成就。而这，可否作为“文学是时代的镜子”的又一解释呢？

《维特》也罢，《谈话录》也罢，《浮士德》也罢，总而言之，歌德的作品在今日的中国青年中是不乏知音的。青年爱歌德，歌德还活着，而且将永远活下去。只不过在不同的人心目中，将有不同的歌德。

二、“去受苦，去哭泣，去享受，去欢乐！”
——记当代中国的歌德译介者

在当代中国的歌德译介者中，第一个要谈的是钱春绮。1982年以来上海译文出版社出版的《浮士德》和《歌德诗集》

上下卷两大本，人民文学出版社出版的《歌德抒情诗选》《歌德叙事诗集》以及《歌德戏剧集》中的《哀格蒙特》等三个重要剧本，都出自他的笔下。除此而外，钱春绮还翻译出版了德语文学作品十数种，而且都是名著精品。当然，钱春绮不只在译介歌德方面贡献卓著。在当代中国的译苑中，似乎也很难找出第二人，像他这样辛勤耕耘，收获丰富。

1986年第一期的《中国翻译》，曾发表笔者写的《钱春绮传奇》；因为在我国翻译界和知识分子中，他的确算得上一位“奇人”。

早在60年代初，在我们学德文的青年中已常提到他的名字，都说他是上海的一位开业医生，不知怎么竟改行做起文学翻译来了。那时候，在我脑子里便时时出现一个戴着金丝眼镜、革履西装、言谈举止派头十足的洋Doktor（大夫、博士）的形象；他如此精通德语，无疑是长期生活在德国学来的吧。我还猜想，他要么做开业医生赚够了钱，要么家有巨产，不然怎么会扔下手中的铁饭碗，不，金饭碗，来搞文学翻译，过虽说悠哉游哉，但却没有保障的文士生活呢?

十年“文革”，百无聊赖之时，朋友们聚在一起常以怀旧的心情谈起昔日翻译界的情况，总免不了提出一个疑问：“嗨，上海的钱春绮现在不知怎样了呢？”于是，我想象中又出现一个满脸愁苦的老头，即使不挨批挨斗，也不知该如何挨过那没了稿费而坐吃山空的日子，打发那无所事事的时光啊。

1982年，我路过上海，顺便以后学的身份登门拜访了钱春绮，才认识了这位“奇人”的庐山真面目，解答了心中的一个个疑问：

他中等个儿，平头，须发俱已斑白，圆脸上架着一副近视眼镜，身着一套洗得褪了色的学生装，讲话时带着浓重的上海人所谓的江北口音，举止洒脱机敏；走在他家所在的南京路上，充其量只会被人当作某家一理发铺的老师傅，或者某所小学堂的老教员，一点没有我想象中的洋大夫派头。

早年钱春绮

晚年钱春绮（1921-2010）

他确曾在一家医院工作，但非开业医生，只是自己觉得“我这个人不善于和人打交道，还是不当医生为好”，加之“从小喜欢作诗，诗做不好，当不了诗人，译译诗聊以自慰吧”。从1956年出版海涅的《新诗集》开始，他逐渐走上职业翻译这条充满风险的狭窄的道路，“以后便继续翻译其它东西，适应社会的需要”。

他并未出过一天国，“只是在东南医学院学医时念了几天德语”，自谓做文学翻译为“半路出家”。可事实上，他却不仅精通德语、日语、英语，法语也不错，所以翻译和加注时常有其他文种的译本作参考。钱春绮真正是一位土生土长的中国Doktor。

坐在他那简朴得不能再简朴的居室中，我忍不住问他是怎样熬过“文革”的。“也没啥，”他淡然地说，“咱们中国知识分子有句古训，叫作安贫乐道。你看，靠我老伴的工资有碗稀饭喝，不也就挺过来了么。”我问他有没有受冲击。“哈哈，没怎么样，没怎么样，”他答，“‘革命闯将’闯到我家里来，可我一非地主、资本家，二无政治历史问题，再说本身已经躺在地上了（指仅为普通里弄居民——笔者），用不着劳驾他们将我打倒在地，再踏上一只脚。只可惜搬走了我的书籍文稿，已译成的《浮士德》上部卖了废纸，造了纸浆。”

钱春绮部分译著

1983年初，在北京举行我国的第一届歌德讨论会，我又碰见钱春绮先生，和他谈起他新近出版的《浮士德》和《歌德诗集》，谈起从事翻译工作的苦与乐。我说：“我们这些搞翻译的人也是浮士德，一迷上这件事，就像也把灵魂卖给了魔鬼一样，要想停下不干都不行了。”他道：“是的，严格地讲，一切文艺都是梅非斯特，都有不可抗拒的魔力，要我们为它受苦，为它牺牲，不过，受苦和牺牲自会带来乐趣。”

整个讨论会期间，他始终坐在一个不显眼的角落里，一言未发，只是认真阅读别人的发言稿。直到闭会前的最后一次讨论，他才从座位上站起来，对主席鞠了一躬，简单讲了几句话。他讲话的要旨是：在我们东邻日本那么个小国，已出版歌德等重要作家的全集不止一种；而以我国幅员之大，人口之多，历史、文化传统之悠久，迄今竟连一套歌德选集都没有，德语界的同人真该加倍努力啊。

钱春绮这一段以平淡的语调说出的朴实无华的话，在有心人听来当是饱含激情，富有深意。它使我觉得老翻译家仿佛突然敞开了自己的心扉，一切围绕着他的谜好像都解开了，他的所作所为不再是富于神秘色彩的传奇，而是一个恪守“安贫乐道”古训的中国知识分子的本分和本色。自然，他所谓的“道”，就是他三十年来所献身的文学翻译事业；为了追求这个“道”，他如同上面讲过的那样受了许多苦，做了许多牺牲；到了六十多岁的晚年，他还离开子女和老伴独住一处，吃饭也是在亲戚家搭伙，为的是有一个安静的环境，赢得更多的工作时间。如此兢兢业业，孜孜不倦，钱春绮才取得了惊人的成就，出版了数百万字乃至近千万字高质量的译著，才当之无愧地可以被称作当今中国第一位歌德翻译家。在他身上，我们不仅看到了“安贫乐道”的巨大适应能力、承受能力和乐观精神，也发现了对于事业不懈追求和自强不息的浮士德精神的闪光。

当代中国的《浮士德》译者钱春绮，他本身便是一位中国牌号的浮士德。

董问樵（1909–1993）

我国另外一种《浮士德》新译本的译者是复旦大学的董问樵教授。除去《浮士德》，他也完成了另外几种重要译著，并且写了不少研究论文，在教学工作中付出了许多心血。

如果说，钱春绮介绍歌德的作品是量多而且译风严谨的话——他译诗不只要求达意传神，而且十分注意保持原诗的格律，那么，董问樵则是将研究和翻译结合在一起，在翻译中融进了自己的研究心得，他的《浮士德》译本的序言、题解、注译，都不乏个人独到的见解和新意。一个突出的例子：那在悲剧结尾时引导浮士德升天的“永恒的女性”，他认为应该是指“人类历代积累而又促进人类发展的科学文化”[①]，而不是通常认为的慈爱、宽容、和平，是十分耐人寻味的。

以我对他的了解，董问樵也是位具有浮士德精神的人。他1909年出生在四川，十六岁入上海同济中学，20年代留学德

① 见董问樵译《浮士德》，复旦大学出版社，1982年。

国，成了地地道道的洋博士，不过攻的乃是经济学。1958年，他感到“跟着苏联跑的经济没研究头”，改行从事德国文学的研究、翻译和教学。二十多年间，他翻译出版的著作也有两百多万字。他的《浮士德》翻译完成于“文革”中。他告诉我说，他在毫无出版希望的时候这样做只是出于对“四人帮”的愤懑和抗议，抗议他们践踏知识和知识分子；因为，悲剧的主人公浮士德就是一位学者，一位知识分子，他上天入地不懈追求的也是对于人生真谛的认识。我相信董教授的话；但我同时还想，他在“四人帮”的文化专制下冒险译《浮士德》，也多

董问樵译《浮士德》

半是被文学翻译这个梅非斯特不可抗拒的魔力迷住了，因此做好了准备去为它受苦，为它牺牲吧。

董教授年逾古稀，子女早已成人成才。论年龄，论地位，论家境，他本来都可以心安理得地颐养天年了。可是董教授却不肯躺在已经取得的成就的软床上休息，而对他的学生表示，他要在有生之年，为国内的《浮士德》研究或“浮学”（Faust-Wissenschaft）研究开拓新路，[①]为促进我国广大读者对《浮士德》的理解和接受做出新的贡献。

除去上述两位老翻译家，还有韩世钟译过歌德的早期戏剧三种，侯俊吉译过《少年维特的烦恼》，王克澄、钱鸿嘉译过歌德的中短篇小说。他们同样是有经验的翻译家，而且建树不限于或者说主要不在于翻译歌德，所以也就不再一一介绍。

最后谈谈我自己。

从1980年以来，我翻译出版了歌德的《少年维特的烦恼》、三个Novelle（中短篇小说），以及一些待出版的诗歌和半部《亲和力》，写了几十篇论述歌德的长短文章。说起成就来，自然是与冯至、钱春绮、董问樵等前辈无法相比；但是，作为当今最年轻的歌德译者——研究者已经有更年轻的，我的情

① 见马庆发《从〈浮士德〉翻译到〈浮士德〉研究》，载《外国文学研究》1983年第三期。

在社科院外文所工作时期的杨武能

况多少具有一些代表性和典型性，或许能够更多地反映我国翻译介绍歌德的现状和未来。

和现在我们的大多数中年外国文学翻译者和研究者一样，我是所谓科班出身，也即在大学里学的就是外国语言文学专业。在1956年，我之所以投考这个被认为是没出息的第三类文科中的没出息的学科，主要的原因只是走投无路。所幸到了南京大学外文系以后，我很快爱上了自己所学的德国语言文学。从二年级开始，我们就已开始接触包括歌德的名诗《五月歌》《野玫瑰》《漫游者的夜歌》在内的文学作品；而到了高年级，商承祖教授、张威廉教授和叶逢植讲师等上的课，在我更是听得津津有味。其中商承祖和张威廉两位，又恰恰是对歌德素有研究的专家。他们在课堂上讲歌德的《浮士德》片断和其他代表作的情景，至今还清晰地留在我的记忆里。在他们的影响熏陶下，当时我班上已有一位同学立志研究歌德；不巧这位同学毕业时分配去到空军做翻译，研究歌德自然无从谈起。我当时热衷的虽然是翻译一些比较容易的作家的作品，但歌德给我留下的印象却是异常深刻的。

除了那位敢于用自己的灵魂与魔鬼打赌的浮士德博士，普罗米修斯的英雄形象也打动了我年轻的心。像“我坐在这儿造人／按照我的模样／造一个像我的族类／去受苦／去哭泣／去享受／去欢乐／可是不尊敬你（指天神宙斯）／像我一样”（《普罗米修斯》）；像“愿人类高贵、善良／乐于助人／因为只有这／使他区别于／我们知道的／所有生灵”（《神性》），以及诸如此类的充满哲理和铿锵有力的诗句，不仅永远地铭记在我心中，给了在充满困苦的生活道路上艰难前行的我以鼓舞和勇气，而且潜移默化地影响了我当时尚在形成的世界观和人生观。

1962年毕业分配到四川外语学院教书，不久之后便开始了文化浩劫，我从事文学翻译的理想遂成泡影。面对着嘉陵江水一般逝去的青春年华，夜里躺在床上常常不知不觉地流出了眼泪。好不容易盼到了“四人帮”垮台，可是“黑五类”的阴影仍然笼罩在我头上。幸好1978年国家恢复招收研究生，我便愤而以四十岁的大龄应考，并蒙冯至先生不弃，将我收到了他的门下。于是，放弃了已有的讲师头衔和相对安定舒适的生活，离开了尚在念小学的幼女和即将生第二个孩子的弱妻，在一片“人才难得”的呼唤声中，我进了中国社会科学院并无院址的研究生院。接着便是来而复去的三个春夏秋冬，“人才”们六个人挤在一间小寝室里，生活异常艰苦，可是思想却是从未有过的充实。我体会到，人生最大的幸福和欢乐，莫过于能够为实现自己的理想而拼搏，而奋斗。带着人到中年的紧迫感，我在跟随冯至教授研究歌德的同时，不惧寒暑，不分节假日，在三四年中翻译出版了两百多万字的德语文学名著，发表了一些研究文章，在实现自己理想的道路上终于跨出了实实在在的几步。认真说起来，我的理想既不远大，更不崇高，压根儿十分渺小；可是，我又确曾为它“去受苦，去哭泣”，因此在它实现有望的今天，我也就得到了享受，得到了欢乐。

为什么我跟随冯至教授单单研究歌德，而不是其他呢？

歌德是一位值得研究的世界大文豪；冯至是研究歌德的

杨武能与绿原（2001）

权威、专家；大学时代，歌德的作品和思想已给我留下深刻印象。除去这些还有一个原因，就是张黎同志告诉我，在他们从东德留学归来时，周扬同志接见他们，勉励他们说，希望他们中间能出几个歌德专家。而放眼我们这个大国的外国文学界，歌德研究可谓后继乏人，能称上专家者在老一辈中也屈指可数。于是，在填补空白和物以稀为贵的侥幸心理的推动下，我便勉为其难地研究起歌德来。说勉为其难，是因为这个课题在国内外都已成了老古董，实在很难取得新的成果；特别是以搞现当代为时髦的那些年，研究歌德似乎系落伍者的勾当。有时候，我忍不住去摸摸时兴的课题；但总的看来仍旧坚持着，为了歌德而忍受着寂寞之苦。

作为我研究歌德的一个重要副产品，是我翻译了他的《少年维特的烦恼》。1979年，在当时掀起的思想解放运动的大背景下，我动了重译此书的念头。一说出这个“大胆的”想法，便引起几位好心的朋友的异议：德国文学可译的东西多的是，何必去惹那个麻烦！可我没听朋友的劝告，因为，我不愿再听那些只能读译本的爱好文学的青年对我抱怨：“《少年维特之烦恼》这本小说读起来真没劲”；也不愿看着某些同行拿现在的标准去苛求产生于六十年前的郭译本，而决心重译《维特》，以使它在中国赢得新的读者，同时让完成了历史使命的郭译本光荣地进入文学博物馆。

感谢人民文学出版社当时的负责人孙绳武等同志慎重而热情地对待我的提议，大胆地给予我以信任；感谢被迫改行当德文编辑的诗人绿原鼓励我，指点我，帮助我，我重译《维特》的工作终于在1980年夏天完成。

接过我誊写得清清爽爽的译稿，绿原笑呵呵地说：“哈，你又当了一次维特！”说得不错，我们这些搞文学翻译的人，常常是会“进入角色”的。这一来，我们自觉不自觉地从书中吸收的影响，便超过了一般的读者。绿原本人也是熟悉歌德、热爱歌德和深受歌德影响的。每当忆起他坚持在我编的两种选集署上我鲜为人知的名字而不留下他这位责任编辑的一点印记，每当想到他虽经磨难仍不失诚恳和热忱的待人接物，每当想到在坎坷漫长的人生道路上曾经扶持过我、给过我前进的勇气和坚持的力量的众多师友，我耳畔便不由得响起了自己年轻时记诵的歌德诗句：

Edel sei der Mensch，	愿人类高贵、善良
Hilfreich und gut！	乐于助人！
Denn das allein	因为只有这
Unterscheidet ihn	使他区别于
Von allen Wesen，	我们知道的
Die wir kennen.	所有生灵。

和老一辈的歌德翻译家和研究家郭沫若、宗白华、冯至等一样，我们这些当代中国的歌德译介者一方面传播着他的作品和思想的影响，一方面也深受其影响。在创造性的劳动中，“去受苦，去哭泣，去享受，去欢乐”，这就是我们共同的追求，共同的命运。

第十章

歌德在中国接受的新纪元

世纪之交的1999年，适逢歌德诞辰二百五十周年。以此为契机，在中国不只掀起了研究译介歌德的又一次超过以往任何一次的新高潮，且开创了歌德在中国接受的新纪元。

其时不但天时地利人和三个条件具备，并且空前优异：二十年的改革开放创造了比什么时候都良好的经济、社会、文化环境，出版事业更有了长足的进步发展，一个显著的例子是有权也有钱出版有关歌德著译的出版社，从当初的两三家一下子增加到了数十家甚至上百家，同时研究译介歌德的新一代专家也已经成长、成熟起来。

在此基础上取得了十分喜人的成果。1999年前后出版了一大批研究译介歌德的论著和译著，如我国第一套多卷本的《歌德精品集》（1998年，安徽文艺出版社，杨武能译）；不同的三套多卷本《歌德文集》于1999年同时在人民文学出版社、译文出版社和河北教育出版社推出，在我国的歌德译介史上也属破天荒第一次，其中特别是杨武能和刘硕良为河北教育出版社主编的多达十四卷那一套，不仅获得了中国图书奖，还被誉为“囊括了歌德文艺类各种题材的代表作，代表了当今国内歌德译介的最高水平”，实现了郭沫若等前辈把歌德“所有的一切名著杰作”“和盘翻译介绍过来”的百年宏愿，“堪称是歌德译介史上一座超越了前人的巍巍丰碑”[①]。

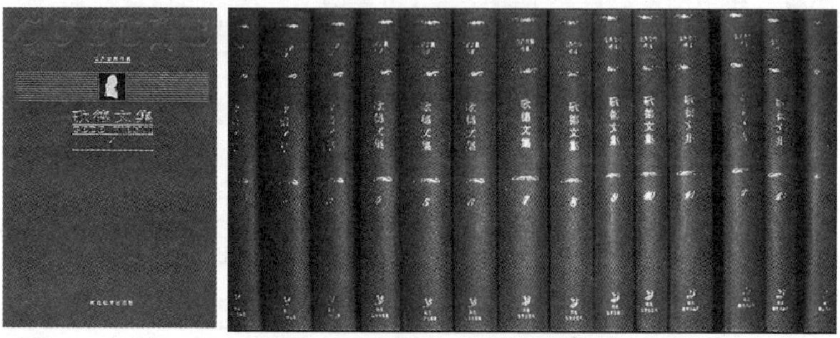

十四卷本歌德文集（河北教育出版社，1999）

① 参见顾正祥《歌德汉译与研究总目》，北京中央编译出版社2009年版编著者引言及相关条目。

在推出《歌德文集》同时，河北教育出版社还出版了杨武能的《走近歌德》，这部集作者二十多年学习研究歌德成果的论文集，是继承发扬其导师冯至的歌德研究的成果总结，也获得了国家级的教育部人文社科成果奖。除了杨武能的译著论著，1999年及其前后还有不少别的有关歌德的著译问世，其中如余匡复的《〈浮士德〉——歌德的精神自传》，就十分有价值和值得重视。

作为进入歌德接受新纪元的重要标志，除了上述多卷本歌德著译的问世，还得说一说1999年昆明的歌德研讨会。如前文已经指出，研讨会邀请了几位德国歌德研究家，如魏玛歌德纪念馆的前馆长舒马赫教授等与会做报告，与中国同行交流切磋，是中国历史上破天荒的第一次真正意义的歌德国际研讨会。会上的学术报告和发言众多，精彩之论不胜枚举，这里只能讲一讲北京大学教授和德语文学界前辈严宝瑜的发言，因为他提出了一个对本书主旨极为重要的“歌德在中国接受三阶段”说。他所谓歌德在中国接受的三个阶段，系指郭沫若阶段、冯至阶段和杨武能阶段。[①] 毋庸赘言，某个阶段以其命名的

① 此事涉及对笔者本人的评价和定位，自己原本不宜多嘴，但又觉得它既与本书主旨紧密相关，又是个严肃的、不应回避的学术问题，因此颇感为难。令人高兴的是2009年2月24日的《中华读书报》，刊发了叶隽博士的《中国的歌德译介与研究现状综述》一文，也认同严宝瑜教授的“三阶段说”。

某某人，只是这个阶段的主要代表人物而已，除他之外，例如杨武能阶段，就还有高中甫、余匡复和顾正祥等歌德研究家和翻译家的建树不容忽视。严宝瑜教授之所以选杨武能做代表，应该说是基于继冯至、董问樵、钱春绮之后的歌德研究译介者中，他不仅著译最多而且涉及方方面面，对我国的歌德译介接受有了显著推进，[①]而且成长历程也最具典型意义，标志着我国新一代的歌德专家正式走到了舞台的最前面。[②]

我国进入歌德接受新纪元的另一个重要标志，是我国的歌德研究登上国际舞台，获得国际承认。前述的昆明国际歌德研讨会，是1982年海德堡的“歌德与中国·中国与歌德”研讨会之后的一个国际舞台，应该是我们又一次集体登上国际舞台的成功表现。

---

① 请参见叶隽《中国的歌德译介与研究现状综述》。

② 叶隽博士进一步发展严宝瑜的“三阶段说”，在《中国的歌德译介与研究现状综述》一文中写道：“作为第三代歌德研究者的代表人物，杨武能在三个方面都将中国的歌德研究有所推进。一是《歌德与中国》较为全面地梳理了歌德与中国的关系，不管是歌德之认识中国，还是中国之接受歌德，在史料上颇提供了不少重要线索；二是尝试在冯至的研究基础上，有所推进，即通过文本分析加深对歌德的理解，其中尤其值得注意的是‘浮士德研究’；三是以德文撰作《歌德在中国》，使得德语学界有可能了解中国的歌德接受与研究状况。这些方面，可以说他是代表了这代学人的歌德研究成绩的。”

在德国和欧洲，1999年是名副其实的歌德年，庆祝和纪念诗人诞辰的活动更是盛大、隆重、精彩。笔者有幸分别应德国歌德学院和魏玛国际歌德协会的邀请，先后出席魏玛的“《浮士德》译者工场”和艾尔福特的“国际歌德翻译研讨会”，作为中国第三代歌德研究译介者的一员，登上更大的国际舞台做了一番表演。[①] 在艾尔福特歌德当年会见拿破仑的那个至今仍金碧辉煌的大厅里，我被推选为“《浮士德》译者工场”的十多个国家与会者的唯一代表，向“国际歌德翻译研讨会”的更多歌德学者以及国际歌德协会的新老会长，做了汇总发言，在国际范围内为中国的歌德译介和研究赢得了尊重。

鉴于杨武能的《歌德文集》（编著）、《歌德精品集》（译著）、《走近歌德》《歌德与中国》和《歌德在中国》（*Goethe in China*）等一大批成果，鉴于他在国际学术会议上的出色表现和在国内外学术界的声望影响，杨武能作为中国第三代歌德研究译介者的代表，受到了歌德的祖国德国的重视和表彰，2000年获得联邦德国总统授予的德国国家功勋奖章

① 详情参见拙文《〈浮士德〉“译场”打工记》，收入许钧、唐谨主编“巴别塔文丛”杨武能著《圆梦初记》，湖北教育出版社2002年版。

（Bundesverdienstorden）[①]，2001年获得终身成就奖性质的洪堡奖金（Humboldtpreis），成为我国迄今获此国际学术大奖的唯一一位日耳曼学学者。[②]

上述的种种成果和成功，精彩地为歌德在中国接受的新纪元，揭开了序幕。揭幕之后的演出，无疑会越来越精彩。这里只能就21世纪的头一个十年，举几个令笔者兴奋的人物和著作。

2008年，叶隽博士在同济大学出版社出版《德语文学研究与现代中国》一书，书中也有专章论及歌德在中国的接受。此外叶隽还撰写和发表了大量研究歌德的文章，并且都见地不凡，如同年《中华读书报》发表的《中国的歌德译介与研究现状综述》一文，性质虽为综述，篇幅也很小，却对歌德在中国的接受做了简略而准确的概述。2010年，他又出版了专著《歌

---

① 德国驻华大使馆在北京举行了庄严隆重的小型授奖仪式和宴会，出席者有德语界前辈北大教授严宝瑜、已故冯至先生的长女冯姚平、中国作协书记处书记吉狄马加、四川大学副校长李志强等学术界、文学界和出版界知名人士。

② 德国洪堡基金会还颁发有洪堡研究奖学金（Humboldtforschungsstipendium），性质为资助外国优秀博士后研究生在德国深造的助学金，由已获博士学位的年轻科学家自己提出申请，在全球范围内竞选。洪堡奖金（Humboldtpreis）是发给有国际影响的资深科学家的高额奖金，有终身成就奖性质，获得者可长期在德国从事研究工作。此奖金不能自己申请，必须由国际上有声望的同行专家提名。杨武能是经德国科隆大学、海德堡大学和美国斯坦福大学的多位权威歌德学家联合提名，然后再通过洪堡基金会的层层筛选，严格审核，才获得的。

杨武能有关歌德的部分著译

叶隽有关歌德的著作

德思想之形成——经典文本体现的古典和谐》，[①]对歌德在其代表作中表现的西方人文主义思想做了系统而深入的分析，且立论角度和阐述方法新颖。笔者在为《德语文学研究与现代中国》写的题为《不只是一部学科史……》中说：

> 叶隽博士正是我所期待的有心人和后起之秀，他的著作赶超了我二十年前敷衍成书的《歌德与中国》，创造了一个比我更有分量和价值的第一。……年轻的叶隽博士之所以能取得这样的成绩，之所以眼界开阔，学养深厚，除了他是一个有心人并作了长期的努力，追本溯源，还得益于他曾就读国内一系列重点学府，并有机会在国内外一些权威学术机构从事研究工作，还有幸得到一位又一位名师的教诲。正是这些优越的、令我辈艳羡的条件，成全他完成了这样一部书。

跟叶隽一样值得笔者尊敬的还有著名的旅德学人顾正祥教授，以及他2009年出版的卷帙浩繁的《歌德翻译与研究总目》。此书不啻一部以目录索引的体例和形式写就的《歌德在中国》，对拙作《歌德与中国》以及《歌德在中国》（*Goethe in*

---

① 《歌德思想之形成——经典文本体现的古典和谐》，北京：中央编译出版社，2010年。

China）丰富、翔实、有力的完善和补充，单单序言就堪称“古今中国歌德翻译与研究之总结与回顾”。它不仅索隐钩沉，广采博搜，而且敏锐地注意到了国内歌德研究的新成果、新进展，例如说：

> 随着改革开放的深入，对歌德的评价也有了较大的转变，对导师的话也提出了质疑。于是，我们的歌德不再蒙垢受辱，不但被称为世界文学的大文豪，而且是大思想家，是“一位眼观宇宙万物，胸怀全世界和全人类，巍然耸立于天地之间的大哲和精神巨人”（杨武能语）。[①]

顾正祥教授的《总目》加上叶隽博士的上述著作，笔者认为已足够使我国歌德研究新纪元的头十年收获不菲，光彩夺目。尽管如此，我还得讲几个我国歌德研究领域前所未有并令人给予厚望的情况。

一是我这个冯至教授指导培养出来的专攻歌德的硕士研究生，近几年也指导培养了两名研究歌德的博士研究生，不只完成了学术薪火相传的使命，还有了更上层楼、青胜于蓝的可

---

① 请参见：《他不是“法兰克福市议员的谨慎的儿子”》和《思想家歌德》等有关文章。

顾正祥编著的《歌德汉译与研究总目》

能。两人中的莫光华所著博士论文《自然研究者歌德》经过修订增补，更名为《歌德与自然》于2010年正式出版。[①]这是我国百多年来歌德研究的第一部全面探讨自然研究者歌德以及自然哲学的专著，加上莫光华其他相关的著译，已实实在在填补了我国歌德研究的一个空白，也可算新纪元的又一个成果。另外一位贺骥正在做歌德文艺思想方面的题目，也已于2012 年结业。

---

① 《歌德与自然》，外语教学与研究出版社，2010年。

二是在四川外语学院于2010年5月成立了我国第一个歌德研究所，由莫光华担任所长。这个新生的研究所尽管十分幼弱，却充满生机活力，一诞生就试着办了一次有国内外专家学者参加的歌德研讨会，邀请了魏玛国际歌德协会会长戈尔茨博士（Dr.Jochen Golz）和杜塞尔多夫歌德博物馆馆长汉森教授（Prof.Dr. Dr.Volkmar Hansen）赴川外讲学，一开始就打通了国际交流的渠道。

总之，在新世纪开局的头十年，随着国家各个方面欣欣向荣，文化和经济实力进一步增强，治学环境和条件更加优越，中国的歌德研究、接受也在原有基础上推进了一步，呈现出了过去一百多年从来不曾有过的兴盛景象。我们的歌德以及我们研究译介歌德的众多先辈宗白华、郭沫若、田汉、杨丙辰、冯至、陈铨、张月超、张威廉、董问樵、钱春绮等先辈若泉下有知，或可感到几分欣慰了。

*　*　*

从1878年歌德的名字出现在李凤苞的《使德日记》开始，纵观一百多年来我国社会风云变幻的一个又一个历史时期，都曾有过歌德的影响存在。这影响不仅限于诗人、作家等知识精英阶层，也曾遍及广大知识分子和人民群众。我国不只有鲁迅、马君武、郭沫若、茅盾、田汉、郑振铎、伍光建和巴金

（据说他也译过《哀格蒙特》）、冯至、冰心等一大批杰出的作家、诗人、翻译家和歌德发生过关系，就连共产主义者和革命先驱陈独秀、张闻天和瞿秋白，也悉心研究过歌德，崇拜过歌德。至于被周扬同志誉为“社会主义时代的新中国的歌德”的郭沫若，他与歌德的关系更是密切和多方面的了。歌德的影响不仅限于文学，还表现在社会、政治、意识形态乃至经济方面：20世纪二三十年代“维特热”的兴起，《迷娘》随《放下你的鞭子》走上街头参加抗战宣传，“文革”中歌德受到排斥，改革开放后人们热衷的对象从维特逐步转变为浮士德，市场经济条件下一度兴起的新“维特热”即《维特》翻译热，等等，所有这些或积极或消极的情景和画面，都将载入我国文化思想史的史册。总之，歌德在我国的影响确实不容忽视；不同时期不同中国人对歌德及其影响的接受，都遵循了同一个原则：结合现实，为我所用。如此一来，歌德在我国地位的升降，影响的消长，人们对他的接受方式和程度的转变，就像一块多棱镜，从一个个侧面清晰而又生动地反映出了我国社会的发展进步，以及社会思想而随之产生的转变。因此，歌德与中国这个题目，永远有可以思考、研究的内容，有更新、增补的方面，可以和值得一代代学人接着做下去。

重订感言

道路寂寞、漫长而无止境

荒僻苍凉的古道，漫长而崎岖，一个让命运驱赶来这道上的漂泊者，踽踽独行。茫然四顾，胸间难容无尽的寂寥落寞，真恨不得大吼一声，逃往别处的热闹和繁华中去。

蓦然，为寻觅路径，他不期发现了先行者的足迹，一点点，一行行，时密时疏，此隐彼现，不禁无比欣慰，无限惊喜，忙扑下身去，吹掉历史的厚重尘埃，发现迹印里竟有无数闪光的东西！于是，他眼前出现这条古道昔日人流如织、车水马龙的盛况，便怀着探索和发现的新的热情，继续向前行进。

1978年，我有幸被当作“人才”，在社科院研究生院跟导师冯至先生学习研究歌德。面对这个似已过时的老课题，心中的寂寥落寞和上面那个独行者是差不多的。所幸不久之后，在北京图书馆柏林寺分部等处的故纸堆中，不期然翻找出了无数先辈研究、译介以及受歌德影响的珍贵史料，一下子，我像着了迷似的，学习研究都有了新的目标和兴趣。

1982年，我把丰富的资料加以分析、整理，发表了《歌德与中国现代文学》《歌德在中国》和《郭沫若与歌德》等不成熟的文章，时逢这位举世崇仰的德国大文豪和大诗人辞世一百五十周年，又赶上国内比较文学研究空前时兴，遂引起了海内外的重视。接着，经过较多扩充和改写，1987年便已完成书稿，1991年才诞生了收入三联书店“读书文丛”的《歌德与中国》。

《歌德与中国》这册小书，确系以实证的方法写成，可以归入比较文学所谓的影响研究或接受研究一类。然而，作者敝帚自珍，却主要并不因为它是海内外第一本双向和系统地讲中德文化关系的专著，而因为它的中国新文学史料价值。在它里面，梁启超、王国维、胡适、陈独秀、鲁迅、郭沫若、茅盾、郑振铎、田汉、宗白华、冰心、巴金、梁宗岱、冯至等中国新文学的缔造者和杰出作家，无不或浓或淡地显现着身影，或重或轻地留下了足迹。

《歌德与中国》的写作和出版，得到众多师长的关怀，季羡林先生称它“非常有意义”，冯至老师说它“写得很好”，我大学时代的业师张威廉教授更赞它“是一部有永久价值的作品”。可是，前辈的鼓励不会叫我失去自知之明。可敬的先行者呵，这本小书要说真有意义和价值，不主要因为里边有着你们闪光的足迹吗？而我，在你们的召唤下，将沿着这条自己已涉足的人烟稀少的路，走下去，走下去。

所幸的是，在研究中国的歌德接受史这条荒僻苍凉、漫长崎岖的道路上，渐渐响起了同行者和后来人的足音。听得出来，这些人年富力强，步伐越来越有力，越来越响亮，可望在不久的将来赶到自己前边去。展望未来，我这个二十多年前的踽踽独行者虽已进入古稀之年，仍禁不住心潮澎湃，硬是要陪着他们继续前行，哪怕自己业已步履蹒跚。因为我知道，这是一条没有止境的路，将永远有人数不多的几个不惧艰险的新来者，更健康、快乐、自觉地在这条路上走下去。

2011年11月于成都

不能不做的补记

自2012年至今，本已完成的书稿一直存在笔者的电脑里，等着整理和选配好插图后交付出版。非常幸运的是2013年，我获得了国际歌德学会颁发的歌德金质奖章，成了荣膺这一世界歌德学研究最高奖的第一个中国人。[①]我应邀前往魏玛领奖，在这座被选为世界文化遗产和欧洲文化首都的歌德之城流连忘返达一个月，实地收集、拍摄到了不少的珍贵图片资料。授奖仪式在歌德曾经亲自经营管理，我前二十多年不知多少次从门前经过却无缘进入，只能在广场上的歌德、席勒塑像下留留影的魏玛民族剧院举

① 魏玛国际歌德学会创立于1885年，从1910年开始颁发歌德金质奖章，全世界迄今获奖者总共五十六位，几乎都是世所公认的研究歌德的权威专家，或是为译介和传播歌德贡献卓著的人。

1989年留影
于民族剧院前

1999年留影
于民族剧院前

2013在剧院舞台上致获奖答谢词

歌德金质奖章

行。1913年5月23日，我在满场观众的热烈掌声中登上剧院舞台领取歌德金质奖章，心情之激动无以言表，民族自豪感油然而生。

如果说我获得歌德金质奖章，意义绝不限于彰显获奖者个人的成就、建树、得失，而是表明以杨武能为代表的中国歌德研究和译介终于得到国际学术界的认可，那么，在紧接着的2014年，还发生了一件意义和影响都大得多的事，在此不能不写一写 。

2014年，国家社科基金计划的资助项目破天荒地列入了歌德研究，而且等级定为“重大”。事后得知，是上海外国语大学的卫茂平教授等学友设计了这个题目，经过多方努力终获认可。但是，西南交大德语系系主任莫光华教授和他的伙伴们不甘寂寞，也积极参与竞标，并决定让已经退休的本人充任所谓“首席专家”。经过评审，最终我们分到“歌德及其作品汉译研究”这个题目，算是竞标成功一半，翻译《歌德全集》的重任则落在了上外的德语同行肩上，于是Happy end，皆大欢喜！

怎么能不欢喜呢？这样的事我们上一代上两代的歌德学者连做梦也想不到！有这么多的歌德研究译介者，有一个项目多达百万的雄厚资金，不说在半个世纪一个世纪以前，就是十多年前也很难想象。这一可喜的变化，不同样证明我们的国家的经济强大，文化繁荣，今非昔比么？！

上外的《歌德全集》翻译，将结束历史文化悠久的泱泱大国没有一套《歌德全集》的可悲历史；我们的“中国歌德译介、研究与接受一百年”，有望成为一套《中国歌德学大系》，为我国未来的歌德研究、译介搭建一个承前启后的平台，为勇敢的后来者筑就一片继续向上攀登的基础。

习近平总书记与《浮士德》

“德国的文艺作品比较大气恢宏，像歌德、席勒的作品。我十四岁看《少年维特之烦恼》，后来看的《浮士德》。当时，《浮士德》的汉译本有三种。访问德国的时候，我跟他们讲，我演讲中提到的一些东西不是谁给我预备的材料，确实都是我自己看过的。比如，歌德的《浮士德》这本书，我是在上山下乡时，从三十里外的一个知青那儿借来的。他是北京五十七中的学生，老是在我面前吹牛，说他有《浮士德》。我就去找他，说借我看看吧，我肯定还你。当时，我看了也是爱不释手。后来他等急了，一到赶集的时候，就通过别人传话，要我把书给捎回去。过了一段时间，他还是不放心，又专门走了三十里路来取这本书。我说，你还真是到家门口来讨书了，那我还给你吧。《浮士德》确实不太好读，想象力很丰富。我跟默克尔总理说，也跟德国汉学家说，我当时看《浮士德》看不太明白。他们说，不要说你们了，我们德国人也不是都能看明白。我说，那看来不是因为我太笨。”①

习总书记这段有关他年轻时读《浮士德》的回忆，生动而又意味深长，不需要谁做任何发挥。我只想说明一点：习总书记当年读的不管是《少年维特的烦恼》或是《浮士德》，都只能是郭老的译本。

另据新华社报道：习近平主席当知青时为借一本《浮士德》而步行三十里的故事近日在网络上流传，引发国内网民的热议。习主席曾经在出访德国时在演讲中妙用《浮士德》中的人物来反击“中国威胁论”，在海外反响热烈。说的是2014年3月28日，习近平主席访问德国期间在由科尔伯基金会组织的论坛上发表演讲。他说：“众所周知，经过改革开放三十多年的快速发展，中国经济总量已经位居世界第二。面对中国的块头不断长大，有些人开始担心，也有一些人总是戴着有色眼镜看中国，认为中国

---

① 摘自《习近平总书记的文学情缘》，《人民日报》（2016年10月14日二十四版）

发展起来了必然是一种‘威胁’，甚至把中国描绘成一个可怕的‘靡非斯托’，似乎哪一天中国就要摄取世界的灵魂。尽管这种论调像天方夜谭一样，但遗憾的是，一些人对此却乐此不疲。这只能再次证明了一条真理：偏见往往最难消除。”

这里习主席用诗剧《浮士德》中的魔鬼形象，来比拟一些西方人脑子里的“中国威胁”，让德国人一听就明白。德国前任驻华大使施明贤评论道，习主席的演讲借助家喻户晓的德国经典，阐述中国走和平发展道路的原因，有利于消除部分欧洲人对中国发展的潜在疑虑。

毋庸赘言，仅以上事实便足以说明，习总书记十分熟悉《浮士德》，重视《浮士德》，以致能够巧妙地把它运用到国际外交场合中。这个事实对以研究歌德特别是《浮士德》为业的我们来说，意义可谓重大得不能再重大。如果说陈独秀、张闻天等中共前领导人只是早年跟歌德发生过这样那样的关系，那么习近平就是从当知青直至成为大国领导人，都一直景仰歌德，重视《浮士德》。到习近平总书记这儿，中国的歌德接受史无疑到达了史无前例的高潮，在歌德的世界接受史上恐怕也难以找到可与比拟的第二例。于此结束拙作持续了十二三年的修订、增补、扩编，可以讲再合适不过。

2017年5月7日星期日

于重庆东和春天

附录1

四川与歌德　歌德与四川①

杨武能

百年来中国歌德译介和研究的中心，先后落在了上海和北京这一南一北两大都会。两地历来人文荟萃，是现代中国的经济、政治、文化重镇。本文所论四川却地处偏远，且四面高山包围，以致长期交通闭塞，信息不畅，生活在盆地中的人们遂给外界一个自满自足、安于现状和孤陋寡闻的印象，跟歌德译介和研究这一涉外学术领域似乎很难沾上边，更别提有什么建树和地位了。

其实不然！若论歌德与中国的关系，若论歌德在中国的译介、研究和接受，若论中国歌德学的诞生、发展和传承，不讲四

① 为川外六十华诞暨歌德研究所成立而作。收入本书有删节。

川真是不行，讲少了也不行，因为四川对歌德在中国的接受实在是贡献良多，地位举足轻重。

须知，在百年来荟萃于上海、北京的歌德翻译家和研究家里面，有太多冲出了夔门、翻越了秦岭的四川人。只要由远而近地做一番检视，就不难发现歌德译介和研究在我国的步步深入，有序传承，很大程度上有赖于这些四川学人的劳绩和贡献。可以毫不夸张地说，是一代代四川学者用自己的汗水和心血，写就了中国歌德接受史最精彩的篇章。

正基于此，本文得以立题；也基于此，中国第一个歌德研究所才创建在四川外语学院，而不在其他任何地方的任何单位。

上篇：四川与歌德

第一阶段

19世纪末20世纪初，随着西学东渐的进展、深入，梁启超、辜鸿铭、王国维、鲁迅等中国知识界的先知先觉开始接触到歌德的作品和思想，分别在自己的著述中对这位“德意志诗宗”（鲁迅语）表示了钦敬和推崇；革命民主主义诗人和教育家马君武则翻译歌德的名诗《米丽容歌》即《迷娘曲》等作品，成了中国的第一位歌德译介者。然而，“德国最伟大的诗人”（恩格斯语）歌德真正进入中国，在中国成为众人景仰的大作家和大文豪，却主要归功于郭沫若这位四川养育的天才。

郭沫若1892年出生在四川省乐山县沙湾镇的一个士绅家庭。他秉性聪颖，幼年即入家塾习读《诗经》《唐诗三百首》，中学时代则爱好林琴南的译述小说。1913年，在家乡和成都念过小学中学后得长兄资助东渡日本留学。因攻读医科必修德文而接触到歌德的作品，很快便迷上了这位让他感到心性相通的德国大诗人，认为歌德“是一个将他所具有的一切天才，同时向四面八方，立体地发展下去”的所谓“人中之至人”，并把他与孔子相提并论，说歌德跟孔子一样也是“他有他的哲学，有他的伦理，有他的教育学，他是德国文化上的大支柱，他是近代文艺的先河……”。[①]与此同时，郭沫若已着手翻译歌德。五四运动爆发的1919年，上海《时事新报》的《学灯》副刊就在发表他新诗的同时，刊登了他翻译的《浮士德》的三个片断。但在中国的歌德接受史上，更加具有划时代意义的却是1922年郭译《少年维特之烦恼》的问世。

① 详见上海亚东图书馆1920年版《三叶集》所收郭沫若1月18日致宗白华的信。

郭译《维特》于当年4月由上海泰东图书局初版，是歌德重要著作在我国的第一个全译本。跟郭沫若同时的新诗创作一样，他翻译《维特》使用的也是白话文；这无疑对译本的流传起了巨大作用。同时代人评论说，郭沫若的译笔读来不仅十分畅达，而且极富文采与情致，所以一问世即风靡读书界；一代处于反封建斗争中的中国青年欣喜地在《维特》中找到了知音。一时间，“青年男子谁个不善钟情，妙龄女人谁个不善怀春”的诗句，便在广大青年中传唱开来，汇成了一片反对封建礼教的示威和抗议之声……

总之，一如当年在德国和欧洲，郭译《维特》这本“小书”也像一枚投到火药桶里的炸弹，在中国知识界特别是青年读者中引发了大爆炸，造成了大震撼。一夜之间，《维特》的作者名声大振，此前在古老、落后的中国只是少数知识分子和诗人们的歌德，随之成了广大读者特别是青年一代追慕、崇拜的歌德！

“维特热”不仅感染青年读者，也影响着文学本身。蔡元培先生在《三十五年来中国之文化》一文中，谈到外国小说的翻译对我国“起于戊戌”的“文学的革新”的推动，具体举出的第一本书就是《少年维特之烦恼》。例子是我国20世纪20年代涌现出大量的书信体小说，如当时著名的女作家黄庐隐（黄英）的《或人的悲哀》等，无不能看出《维特》的启迪和影响。还有最先印行郭译《维特》的上海泰东图书局，1928年出版了青年作家、诗人曹雪松一部干脆题名为《少年维特之烦恼》的剧本，更明白无误地是由《维特》改编成的四幕悲剧。再如，1932年即郭译《维特》问世后十年，茅盾即把它写进了被誉为中国现代长篇小说发展里程碑的《子夜》里；林语堂问世于1939年的小说代表作《京华烟云》，也同样有年轻主人公着迷于郭译《维特》的情节。

《维特》的成功移植中国，“维特热”在中国之兴起和蔓延、扩散，虽为多个复杂的因素所促成，但起主要或主导作用的，照我看却不能不说是译者。试想，如果当年第一个翻译《少年维特之烦恼》的不是天才诗人郭沫若，而换成了其他什么人，这本“小书”能在中国一夜成名，家喻户晓么？因此，郭沫若这位四川才子对歌德进入中国并为广大中国读者所接受和喜爱，可谓居功至伟。

随着时间的推移，郭译《维特》引起的“维特热”在我国进一步演变成了“歌德热”。到1932年歌德逝世一百周年前后，我国对歌德的翻译、介绍、研究都出现空前的高潮，他几乎所有的代表作都有了一个以上的中译本。至于郭沫若本人，则“差不多是在一种类似崇拜的心情中”翻译了《浮士德》；对他来说，“那时的翻译仿佛自己在创作一样”。还有他为《维特》和《浮士德》写的长篇序、跋，都证明他对这些作品确有“精深的研究，正确的理解”。

说到《浮士德》，应该讲它是大翻译家郭老所有译著中最重要也最具价值的一部，尽管它不像较早完成的《维特》那么脍炙人口，影响深远。要知道，歌德这部诗剧不仅卷帙浩繁，难解难译，而且在世界文学史上占据着一个十分崇高的地位。歌德为写《浮士德》前后共花去六十年，因此视它为自己的“主要事业”；郭沫若为译这部巨著同样呕心沥血，历三十年之久方能最后完成，完成后“颇感觉着在自己的一生之中做了一件相当有意义的事”。郭老的感觉没有错：《浮士德》被誉为“西欧自文艺复兴以来三百年历史的总结”，“现代诗歌的皇冠”（弗朗茨•梅林语）；他之译成功这部巨著，无异于摘取了珍贵无比的文学皇冠。难怪戈宝权先生认为：“不要说郭老的全部翻译，他就是只译一部歌德的《浮士德》，也就很了不起。”

整个说来，郭沫若的《浮士德》也译得相当有诗意，虽然他犯了一个做文学翻译的大忌。也许是过分强调“创作精神”，忽视了翻译毕竟不是创作，必须受原著的制约，而且这种制约不仅限于思想内涵，还包括艺术风格以及时代气氛和民族色彩。郭译《浮士德》有些个地方中国味儿太浓，甚至用了不少带四川地方色彩的词语，诸如“江安李子”“丰都天子”等四川方言的词语，即使在上下文中也不易为一般读者理解，却给《浮士德》平添了一股浓郁的“川味儿”。一般而言，这该视为郭译《浮士德》的一个缺点；但换个角度思考，似乎又给歌德与四川–四川与歌德非同一般的关系，提供了一个不可多得的“物证”。

总而言之，在我国译介和研究歌德的第一阶段，是郭沫若筚路蓝缕，夺得了开基创业的第一功；德国大文豪歌德主要是仰仗这位四川的天才，成功地进入了中国。反过来，郭沫若在很大程度上又是因为憧憬歌德，研读和译介歌德，受到歌德多方面、长时间的影响，才成为咱们四川人引为骄傲的大诗人、大作家、大文豪，进而被后人誉为“中国的歌德”。可以讲通过郭沫若，歌德已经跟咱们四川结下了不解之缘！

继郭沫若之后，对歌德译介和研究有所建树，使歌德和四川进一步结缘的还有另外一些学人。这儿接着介绍一位不大为人熟知的周辅成。

周辅成1911年6月20日出生在四川省江津县李市镇，1933年毕业于国立清华大学哲学系，随即留在清华大学研究院做研究生，同时任《清华周刊》编辑。后曾担任四川大学、金陵大学、华西大学、武汉大学副教授、教授，1952年院系调整由武汉大学转到北京大学哲学系任教至1986年退休。

周辅成当清华研究生并兼任《清华周刊》编辑的1932年，

恰逢歌德逝世一百周年忌辰。其时中国的“维特热”已经演变成“歌德热”，于是北平和上海破天荒第一次展开了对一位外国文化名人的纪念。从前一年开始，《北平晨报》《大公报》《读书杂志》和《现代月刊》以及上海的《小说月报》等都纷纷发消息、登文章，出纪念专号和特刊的也不少；周辅成所在的《清华周刊》更可谓一马当先。后来，报刊上发表的大量文章经过挑选，分别编成了《歌德之认识》和《歌德论》两个集子。比较而言，《歌德之认识》内容更全面，也更值得重视；诚如编者宗白华在“附言”中所说，它已“成功为一部较为完备，有系统的‘歌德研究’”。

《歌德之认识》将所收二十多篇文字编成五大部分，不仅内容丰富多彩，叫人忍不住要做披览，而且作者无一不是在中国学术史上有影响和有地位的大家。专攻中国日耳曼学学科史研究的叶隽博士评论说：“《歌德之认识》全面展现了学界的相关研究，尤其在专题论述上‘精彩纷呈’、‘面貌多端’，不但歌德与中国的关系得到足够重视，而且歌德与他国的文化渊源也得到梳理，诸如英国、法国等。”①

---

① 叶隽：《中国的歌德译介与研究现状综述》，载2009年2月24日《中华读书报》。

《歌德之认识》的编者署名宗白华、周辅成；前者时任南京中央大学教授，为早已享誉海内的学者，后者则只是北京清华大学研究院的一名研究生。然而，实际完成编选工作的偏偏是年仅二十二岁的无名小子周辅成，而非大名鼎鼎的教授宗白华。

周辅成在《歌德之认识》的序文中回忆，他精心编好了这部内容充实、意义重大的文集，拿着稿子却找不到出版的地方，尽管他自己甚至还有他已经成名的四川同乡巴金都曾为此四处奔走，八方游说。最后，他不得已找到南京的宗白华教授，宗教授毫不犹豫地施以援手，拿出超过一位教授月薪的三百多银圆，于1933年在南京钟山书店自费出版了书稿。

《歌德之认识》1936年由上海中华书局再版，更名为《歌德研究》；1976年台北天文出版社重排了此书。它作为我国研究歌德第一阶段成果的结晶，很可能也是中国人研究外国作家和文学第一部像样的论文集，至今在海内外仍有相当大的影响……周辅成则在后来成了西方哲学和伦理学专家，虽未在歌德研究上有进一步建树，但编著《歌德之认识》便足以使他在学术史上留下名字。

在中国歌德接受的第一阶段即20世纪二三十年代，还有一位四川学人不应被遗忘；他的学术成就、影响和地位虽不及郭沫若，却超过了周辅成。这个人就是大名鼎鼎的陈铨。

陈铨1905年8月5日生于四川省富顺县，1924年中学毕业后进入北京清华学堂，1928年结业由中国政府选派去美国留学。1928-1930年间在美国的奥柏林学院学习德语文学和英语文学，1930年通过学士与硕士考试。1930年冬赴德国留学，在基尔与柏林学习德语文学、英语文学和哲学，1933年以一篇探讨中国文学在德国的翻译、传播和影响的论文获得基尔大学博士学位。①

陈铨1934年回国，先后在武汉大学、清华大学、西南联大、重庆中央政治大学任教，抗战胜利后受聘为上海同济大学文学院外文系主任兼复旦大学教授。1952年院系调整后任南京大学外文系德语教研室主任，1957年错划为右派，被贬到外文系资料室管理资料。② 他1961年摘掉右派帽子，“文革”中却进一步受迫害以致病逝于1969年寒冬。

1936年，陈铨把德语博士论文译成汉语，题名为《中德文学研究》，交由上海商务印书馆出版。此书泛论中国文学在德国的

---

① 陈铨的博士论文题名为*Die chinesische schöne Literatur im deutschen Schrifttum*，1933年汉堡J. J. Augustin出版社出版，作者署名Chuan Chen；本书1971年在台北出版时书名译为《中国纯文学对德国文学的影响》，较1936年在上海出版时的《中德文学研究》更加贴近原文。

② 1957至1962年，笔者就读于南大，虽无缘听陈先生讲课，却时常到他那里借还图书，偶尔问他问题都能得到很好的解答，也应该算他的学生。

翻译、传播和影响，对歌德与中国文学和文化的关系做了重点探讨。书中设有《歌德与中国小说》《歌德与中国戏剧》《歌德与中国抒情诗》等专节；前述周辅成等选编的《中国之认识》所收《歌德与中国小说》一文，就节选自《中德文学研究》第二章第一节。

陈铨著述甚丰，除去研究哲学和文学的论著，还有大量戏剧创作。在中国近代文化思想史上，他主要以哲学家著称，20世纪40年代更是“战国策派”的主将，作为戏剧家也曾名噪一时。陈铨著述众多，《中德文学研究》这本薄薄的小册子尽管很不起眼却影响深远，是我国最早做比较文学影响研究的论文之一，于中德文学文化关系研究领域堪称开先河之作，在中国日耳曼学学科史上占有不容忽视的地位。近些年它不只得以再版，有关的评论和研究也不少，论者大都充分肯定了它的意义和影响。①

第二阶段

进入30年代，特别是1937年全面抗战爆发，中华民族开始了救亡图存的艰难岁月，由“维特热”演变成的“歌德热”随之消退。但即使如此，歌德也没有完全被忘记，只不过已从万众景仰

① 参见苏春生《陈铨的东学西渐文学观》，载《文学评论》2006年。曾一果、季进：《陈铨：异邦的借镜》，天津人民出版社2005年版。

的对象变成了学者研究的课题，从而开始了中国歌德接受的第二个阶段。这个阶段研究和译介歌德成就最大者当推冯至。

冯至1905年出生在河北省涿县，是我国现代杰出的诗人、文学家和日耳曼学学者。他与歌德的关系深广而久远，只因并非四川老乡，本文不做全面、详细的介绍，但仍将述及他跟四川的关系，因为由此关系产生了对中国歌德接受史不可忽视的影响。

先说20世纪20年代初冯至开始接近德国文学，便如他自述的“满怀激情地读了”郭译《维特》，坦陈是“郭沫若的《女神》《星空》和他翻译的《少年维特之烦恼》相继出版，才打开我的眼界，渐渐懂得文艺是什么东西，诗是什么东西”①。也就是说，冯至通过四川人郭沫若的翻译认识歌德，进而懂得了文艺和诗。再说20世纪80年代，在他指导下专攻歌德并有幸继承其衣钵的不是别人，也正是笔者这个巴蜀子弟。

冯至从30年代末开始锲而不舍地研究和介绍歌德，翻译了歌德的长篇小说《维廉·麦斯特的学习时代》和不少抒情诗，1948

---

① 见《歌德画册里的一个补白》，载《世界文学》1981年第六期；《自传》，收《冯至选集》第二卷。

年出版了专著《歌德论述》[1]，从而奠定他继郭沫若之后最杰出的歌德学者的地位。

以冯至为代表的歌德接受第二阶段，大致包含抗日战争至“文革”结束的三十多年。由于社会和历史原因，这段时间我国的歌德译介和研究处于低潮；然而尽管如此，四川学者仍然并非无所作为。还是郭沫若，即使在艰难的抗战岁月，他也没忘记歌德和《浮士德》，作为证明，仅以战时陪都重庆举行的一次歌德纪念会为例。

1942年8月28日歌德诞辰一百九十三周年——在今天看来其实并不是一个非纪念不可的日子，在重庆仍举办了一系列纪念活动。活动的主要推动者和主角都是郭沫若。在当天的“歌德晚会”上，在9月12日文化抗敌工作委员会举办的歌德诗歌朗诵会上，都由郭沫若做了题为《关于歌德》的报告。他在报告中分析《浮士德》丰富的思想内涵和鲜明的时代精神，指出：“《浮士德》这部书最完整地把歌德思想具象化了，把歌德自己六十年间的社会情况统统反映在里头了。浮士德的移山平海，建立共和国，正是反映德国社会。浮士德的苦闷就是当时社会的苦闷，而这个共和国也是市民阶层心理的满足，在想象里幻想去安慰自

---

① 此著是中国歌德研究的奠基之作，后经作者增订更名为《论歌德》，于1986年由上海文艺出版社出版。

己。浮士德个性的发展里，也可以找到歌德自己的个性是如何向外发展……”[①] 报告后朗诵了《浮士德》第一部开篇的老博士独白和其他郭译歌德诗歌片断，郑振铎等当时在重庆的进步文学艺术界代表出席了纪念晚会。

继1928年出版《浮士德》第一部之后，时隔整整二十年，郭沫若在承担抗敌文化战线繁重领导工作的同时，又提起他如椽的巨笔，用“不足四十天”的时间把第二部翻译出来，于1947年11月在上海群益出版社出版。在这个阶段，郭沫若还翻译了歌德的叙事长诗《赫尔曼与窦绿苔》，以及在我国脍炙人口的《五月歌》《迷娘曲》《对月》和《一切的峰顶》等歌德抒情诗。

在以冯至为代表的第二阶段，四川学者译介和研究歌德贡献最突出者，继郭沫若之后当推董问樵。

董问樵1909年出生在四川省仁寿县，十六岁进入上海同济中学，毕业后即留学德国，先后就读于柏林大学和汉堡大学。1932年获得汉堡大学政治经济学博士学位，次年赴美国深造。1935年回国，在四川大学任教，1938年任重庆大学银行保险系

① 转引自姜铮《人的解放与艺术的解放》，时代文艺出版社1991年版第二七八页；详见1942年4月15日出版的《笔阵》第八期和同年9月13日的重庆《新华日报》。

主任，1939－1945年任四川银行经理，兼任重庆大学教授。1950年调入上海复旦大学，因感到“跟着苏联跑的经济没研究头”，遂改行从事德国文学的研究、翻译和教学，直至1993年逝世。在复旦从教的三十多年里，出版了译著数百万字和论著多种，其中最重要的是涉及歌德的译著《浮士德》和论著《〈浮士德〉研究》（1987）。

董问樵的《浮士德》译成于“文革”时期。他告诉笔者，他在毫无出版希望的情况下仍坚持翻译此书，借以表示对“四人帮”的愤懑和抗议……

还值得强调的是董问樵将研究和翻译结合起来，于翻译中融进了自己的研究心得……至于董问樵的《〈浮士德〉研究》，则可视为继冯至《歌德论述》之后中国第二部严格意义上的歌德研究专著。叶隽评价此书说：“虽然此著在1980年代方与《论歌德》差不多同时问世，但仍带有那代人做研究颇明显的资料转贩的痕迹，自家的学术思路突出有限……大体说来，董著问题意识清晰，考证相对谨严，虽然注释仍不够丰满，但循其轨迹仍可‘顺藤摸瓜’，是具备较高的学术史意义的著作。”因此叶隽认为，论德国古典文学研究的实绩和见地，可以跟冯至相提并论者并非南人的商承祖和张威廉，而是复旦的董问樵，也就是“北冯南董”。[1]

叶隽这个“北冯南董”的定位，我看在歌德译介和研究领域应该是成立的。它彰显出在中国歌德接受的第二阶段，四川学者董问樵确实占据着一个领先的、举足轻重的地位。

第三阶段

20世纪80年代，我国进入改革开放的新时期，中国的歌德接受随之开始第三个阶段。以1982年的歌德逝世一百五十周年为契机，迅速掀起一个歌德译介和研究的新高潮，不但成果空前丰硕，译介者和研究者人数也大大超过前两个阶段，其中便有本文作者这个被誉为其代表人物的巴蜀子弟。

为避“王婆卖瓜”之嫌，笔者仅自述生平，评价将尽可能由同行专家做出……

译介歌德，杨武能自诩郭老的传人，不但在1980年率先重译《少年维特的烦恼》，还出版了包括《浮士德》《威廉·迈斯特的学习时代》《亲和力》《迷娘曲——歌德抒情诗选》在内的多卷本《歌德精品集》，成了中国迄今译介歌德最系统和最多的人。在比较文学和中外文化关系研究领域，他有意无意地承袭和

---

① 叶隽：《中国的歌德译介与研究现状综述》。

拓展陈铨的思路，率先以《歌德与中国》一书开展歌德与中国关系的双向考察。特别是研究歌德，他作为冯至的入室弟子，“在冯至的研究基础上有所推进”，在中国率先评说了歌德有关“世界文学”、文学翻译和比较文学的思想，强调了歌德不只是大诗人、大文豪，更是一位大思想家，提出了浮士德精神不仅限于自强不息，还包含仁爱和人道主义精神……[①]

正是站在一个个巨人的肩膀上，享有取众家所长的学术背景和传承优势，再加改革开放的良好人文环境和学术氛围，才成就杨武能，使又一个四川学子经过不懈努力终于成为当代中国歌德译介和研究的领跑者，成为其百年学统的主要传承人。

综上所述，在中国译介与研究的所有三个阶段，四川学人都地位显赫，成就突出。

① 参见拙作《走近歌德》（1999年河北教育出版社）和《三叶集》（2005年巴蜀书社）所收《他不是“法兰克福市议员的谨慎的儿子”》和《思想家歌德》等有关文章。

下篇：歌德与四川

就本文论题的前半部分即四川与歌德，已经讲了很多；其后半部分即歌德与四川虽无如此丰富的内容，但仍有二三不乏趣味性和启迪意义的话题，值得简单说一说。

歌德随马可·波罗神游成都

话说在成都的地标建筑九眼桥与合江亭之间的锦江河上，2003年8月耸立起了一座明清风格的三孔仿古石桥——安顺廊桥。桥上覆盖着装饰华丽的两层重檐屋顶，远远望去犹如一艘横卧在江上的巨大楼船。这座桥的原型古安顺桥有学者认为可追溯到元代。在新桥南桥头的黑色大理石纪念墙上，镌刻着意大利旅行家马可·波罗（1254–1324）的画像以及他横穿亚洲大陆的线路图，因为这位威尼斯人曾从古安顺桥上走过，并称它是他印象最深刻的四座中国桥梁之一。

在闻名世界的《马可·波罗游记》题名为《成都府和大江》的一章中，有如下一节文字：

“成都有许多大川深河发源于远处的高山上，河流从不同

安顺桥新桥

入夜后的安顺桥

方向围绕并穿过这座城市，供给该城所需的水。这些河流有些宽达半英里，有些宽两百步，而且都很深。城内有一座大桥，横跨其中的一条大河，从桥的一端到另一端，两边各有一排大理石桥柱，支撑着桥顶。桥顶是木质的，装饰着红色的图案，上面还铺着瓦片。整个桥面上有许多别致的小屋和铺子，买卖众多的商品，其中有一个较大的建筑物是收税官的居所。所有经过这座桥的人都要缴纳一种通行税，据说皇帝陛下每天从这座桥获得的税金就有一百金币。”据学者考证，马可·波罗在此描写的就是成都的安顺桥。[①]

① 请参阅中国书籍出版社2009年版《马可·波罗游记》（余前帆译）第二卷第三十八章《成都府和大江》。

歌德呢，则是通过阅读有关中国的书籍认识了解中国，[①]而《马可·波罗游记》更是一读再读。也就是说，歌德曾经跟随马可·波罗神游我们的成都以及四川的另外一些地方，对我们四川的历史、文化、风土人情等有过一定的了解。[②]

苏东坡——古代中国的歌德

研究歌德与四川的相互关系，除去上述影响和接受的考察，还可以做平行比较研究。在此之前，中国学者拿来跟歌德比得最多的无疑是孔子，例如辜鸿铭、郭沫若、唐君毅、张君劢等都发表过有关言论和文章。这当然没有错，因为只有孔子像歌德一样地博大精深，能代表本民族的精神、文化、品格、思想，对后世和世界有着长远而巨大的影响。但这样比有一个缺陷，就是忽略了歌德首先是一位作家，是一位诗人，所以又有学者顺理成章地拿李白、杜甫跟诗人歌德作比较。[③]不过在我看来，从古至今，真

---

① 仅据魏玛公爵图书馆一处的借书登记进行统计，歌德在1813至1819年间借阅有关中国的图书就不下四十四种，其中《马可·波罗游记》是一借再借。

② 国内外学术界对《马可·波罗游记》的真伪一直存在争议，但这并不影响歌德通过它神游了成都和四川这个事实。

③ 梁宗岱《诗与真二集》中的《李白与哥德》；冯至《论歌德》中的《杜甫与歌德》。

眉山三苏祠内的苏东坡塑像

正能与跟歌德相提并论的中国作家只有两位，而这两位又都是咱们四川的乡贤，即现代的郭沫若和古代的苏轼。以郭沫若与歌德为题的文章已经很多，[①]这里只说苏轼。

苏轼号东坡，四川省眉山县人，生于北宋仁宗景祐四年即公元1037年。作为文学家，苏轼像歌德一样才华横溢，不但吟出了“西湖潋滟晴方好，山色空蒙雨亦奇……”等不输于前朝任何诗人的绝美佳句，还唱出了“大江东去，浪淘尽，千古风流人物……”等震烁古今的豪语雄词，从而开创豪放词派，使宋词取

① 请参阅拙作《歌德与中国》，三联书店1991年版，《郭沫若——中国的歌德》，载《郭沫若学刊》，2004年一期。

得了与唐诗并立的崇高地位。作为散文家，他居于唐宋八大家前列；作为书法家，他取法古人却能自创新意，继王羲之、颜真卿之后独领一时之风骚；他还是一位风格独特的画家。他跟歌德一样性格浪漫，才思敏捷，作品也气象万千，风格豪迈，富有哲理，总之，跟歌德一样既是诗人、作家，又是艺术家，还是哲学家，也即同时朝各个方向发展的所谓“通才”和“人中之至人”。如此多才多艺，豪迈、深邃，细想起来，中国古代作家能达到苏轼的境界以致堪与歌德比肩者，实难找到第二人。

《苏轼与歌德》是一个别出心裁的大题目，用它足以写成一篇大文章，限于篇幅在此只能抛砖引玉，希望不久的将来有新一代的歌德学者把文章接着写下去……

附录2

汉学家克拉普洛特及其他

——答×先生

朋友从德国寄来一篇对拙作《歌德与中国》的英文评论，[①]读后发现作者×先生于一些个大而空的议论和牵强附会的针砭之外，[②]也提出了两个具体实在因而值得探讨的学术问题。在此对这两个问题谈谈自己的看法，以就教于×先生。

×先生首先提出并且也是他整篇评论立论依据的，是拙作上篇的材料来源问题。先生似乎希望给读者造成一个印象：杨某人

① 载德国《华裔学志》（Monumenta Serica）1993年号。

② 例如先生无中生有地把"儒家学说在欧洲产生了消极影响"的提法强加给笔者，并信口开河地说什么"他认为儒家学说的消极影响是伴随着轿子的引进而产生的"，等等，真是叫人觉得悲哀又滑稽。

白拿了联邦德国享有世界声誉的洪堡基金会的研究资助，结果连资料也没有认真收集。他具体的说法为“在引言中杨教授并未指出该书上篇原始材料的出处”，并随即断言拙作仰赖的主要只是两部他判定已经陈旧过时、谬误不少的著作，因而在方法论上对其陈陈相因，在资料使用方面犯了以讹传讹的错误。

果真如此吗?

不错，拙作引言中是没有开列书单。但是，这并不表明笔者没有在书中的其他地方——比如在行文过程中和脚注里——交代相关资料的出处；相反，作为一个诚实的学人，我的引言倒是一开始就声明：对本书上篇探讨的即歌德与中国文化的关系问题，“其他一些国家的学者”已经“发表了难以尽数的论文和专著……‘要讲的话几乎都讲完了’（德博教授语）。因此，笔者只准备将前人的成果归纳总结，系统地介绍给我国读者，并在必要时做一点分析和评论”①。

这段引文表明，作为“读书文丛”之一出版的拙作的上篇，自有特定的写作目的和读者对象，自有笔者本人认为与整个“丛书”协调的行文风格，以及选材取舍的标准和分析论述的详略分寸。

---

① 见《歌德与中国》，三联书店1990年版第一页。

×先生当然可以对此标准、风格和分寸提出异议，但其所谓“按照通常的学术标准”（Review according to normal standards of scholarship"） 的“通常”一说，却未免有失偏颇和无的放矢！须知，《歌德与中国》作为×先生也承认的“中国大陆学者就此题目写的第一本书”，我自定的目标主要还在如季羡林等先生所指出的“启蒙”，而并不想搞什么高深而纯粹的学术。更何况，即使是德国的学术著作，也未必都在全书一开始的引言中就一一列出所使用的参考书；事实上，×先生应该也知道，更通常的做法是于书后加文献索引。[①] 因此，在×先生所谓的通常（normal）背后，就让人感到有某些并不normal 的潜台词。说来话长，也就不说了罢。

接下来需辩清的一个核心问题为，拙作是不是如×先生所言，引来引去的只是两本已经过时的书，即他文中说的 U. Aurich 和 E. H. V. Tscharner 在半个世纪前出版的有关著作呢?

显然也不是!

在拿出反证之前，我认为有必要作一点声明：众所周知，德国大文豪歌德自身的著作多达一百四十余卷，一个多世纪以来研

① 顺带说一下，在拙作《歌德与中国》于1987年交稿时，原本也是附有两个索引的，只可惜当时相应的学术规范尚未通行起来，“读书文丛”的风格也不容这种曾被讥为“掉书袋”的做法，所以全让省去了。

究歌德及其思想和作品的论著、文章更是汗牛充栋；即使局限在他和中国文化的关系这个较狭窄的范围内，相关的材料也车载斗量。本人不才，哪敢奢望自己把什么都收集到，把什么都读完，并且都真正弄懂。大概只有条件优越的×先生有此能耐，所以不惮搬出这本那本他自认为别人没读或读不到的书来显示自己的饱学，证明别人的浅陋。先生此举差矣！

须知本人尽管疏懒，国内的前辈以及德国的指导老师德博教授（Prof. G. Debon）和鲍吾刚教授（Prof. W. Bauer），他们指定的参考书相信也是本课题最重要的研究成果和参考资料，我却不敢不努力搜寻，尽量研读。×先生要是尊重事实并真的认真读过拙作，就应该知道，上篇征引的中西学者的有关著述几达二十种，且在脚注中一一作了说明；其中20世纪70年代以后出版也是我引用最多的，就有德博、瓦格纳－迪特马尔（Ch.Wagner-Dittmar）、埃韦斯（Hans Ewers）以及中国旅德学者钟英彦（Erich Yi-yen Chung）和杨恩霖的著述。不知为什么，它们就不能算在×先生所强调的“新的研究成果”之列？

对了，在×先生看来，其中的埃韦斯只是离“权威”很远的“某一个”——因为他只是个在×先生看来不足道的“从事夜校教育，并以此谋生”的人，其文章又发表在某家与中国友好的协会办的刊物上，当然就不会有×先生要求的“学术性”，因此也是“不可靠的”了。就算×先生的逻辑正确，那么他自己也在文中推荐的钟英彦博士，还有德博教授、瓦格纳－迪特马尔和杨恩霖博士，他们的学术成果难道也不算数吗？

说到“不可靠”，在×先生眼里以U. 奥里希和E. H. V. 常安尔为最，以致他们的著作根本就不能再用。毫不隐讳地说，在这点上我和×先生的意见大相径庭。众所周知，在德中文化交流史的研究中，他们是并不算多的开拓者里比较杰出的两位。他们所发掘的有关材料至今仍受到重视，被后来人一再征引和研究。如果说过时的话，恐怕主要是某些观点。我当然不否认他们也有已被后来者纠正了的失误，不否认现代已有不少新的发现。但他们的开拓发掘之功，哪怕仅仅发掘出一个或几个能说明问题的事实也是非常不易的，比我辈拿别人发掘的材料来写所谓学术论文恐怕要难许多倍，其功劳岂容抹杀。笼统地断言他们发掘的所有材料和整个著作都已过时，是不是有些粗暴呢？

我深感内疚和不安的倒是，因为自己的浅薄，竟让奥里希和常安尔这两位本应受到尊重的先贤遭到牵累，被×先生十分权威地判为了我“以讹传讹”的“讹源”，进而还殃及在德国研究中国问题的功不可没的拓荒者克拉普罗特（Heinrich Julius Klaproth，1783–1835），害得他老先生也被×教授取消了Sinologe的资格。要知道，为了证明我收集、使用资料疏懒、粗心，犯了“以讹传讹”的错误，×先生仅仅举了一个实实在在的例子，那就是我跟着两位先贤也称克拉普罗特为Sinologe（汉学家）[①]。

×先生怎能如此肯定我的“错误”恰恰源于奥里希和常安尔呢？这个问题并非一点意思没有，但此地可以略去不讲，因为另一个牵涉更广也更带实质性和学术性的问题，必须辩明和澄清。它不仅关系着为我和两位先贤“辩诬”，还关系着为克拉普罗特“正名”，所以不能不多引些论据，谈得也具体、详细一点。

这后一个问题就是：克拉普罗特究竟算不算得 Sinologe? 拙作称他为 Sinologe，真的就如×先生断定的，大错而特错了吗？

要辩明孰是孰非，首先得弄清楚：何谓 Sinologe?

这在知识界，本来应是一个常识问题，完全没有在这儿饶舌，浪费大家宝贵时间的必要。不幸的是，渊博如×教授，在下论断之前，似乎并未把它完全闹清楚。说简单一点，Sinologe 就是研究或者学习 Sinologie 这门学问的人；Sinologie 过去通常译作“汉学”，后来因为有引起误解的可能，近些年中外学界已渐渐代之以“中国学”（China－studies） 这个名称。尽管如此，由于习惯，也因为简单方便，Sinologie（汉学）和 Sinologe（汉学

① 具体指拙作第33页提到：“1818年，歌德在汉学家克拉普罗特指导下学习过一段时间中国书法……”

家）这两个词，也仍未完全消亡。

那么，×先生为什么又不容称克拉普罗特为 Sinologe（汉学家）呢？

×先生回答：此人“实际上不会汉语。他充其量只能算个 Orientalist”。

我不敢怀疑×先生确实弄清了Orientalist（东方学家，尤指研究中近东阿拉伯国家及其语言、文化、历史，等等的学者）和 Sinologe 之间的区别，也不和先生玩非正即反的诡辩游戏，向他提出是不是所有懂点儿汉语或精通汉语的外国人都是 Sinologe 这样的反问。我只想请教他，难道确定谁是否Sinologe 即汉学家或中国学家仅有一个标准，那就是看他懂或不懂汉语吗？难道研究一个国家的方方面面并取得相当成就却不懂该国语言的人，就不配称研究该学问的loge吗？答案显然是否定的。

为说明×先生并不正确，先得看看他的这个标准。窃以为，对此问题，应该做历史的、实事求是的同时也是科学和学术的考察和分析；反之，必然会失于不公和偏颇乃至偏执。且不讲古今中外，像上述那种按×先生的标准不配称loge的loge不胜枚举，大有人在；依了×教授，不仅要“打倒”一大批杰出的 loge，恐怕好些学科的历史也得重写！为说明问题，不妨举一个近些年实际生活中的例子，一个不止一次令我们和当事人尴尬的例子。

不言而喻，汉学家或中国学家最好是懂汉语，而且越精通越好，因为这会使他们的研究更直接，更有成效，“工要善其事，必先利其器”嘛。然而，语言毕竟只是“器”。实际情况是受历史条件的限制，过去有很多杰出的汉学家或中国学家，他们并非都精通汉语，都掌握好了汉语这个器。君不见至今还有一批老汉学家，尽管在学术研究方面卓有建树，令我等肃然起敬，但却没法开口说中国话，即使有时费劲地说上几句，也是招笑的“之乎也者”。于是有一些浅薄的国人就摇头说：“汉语都讲不来，还算什么汉学家！”如此片面和武断的结论，似乎同样可以引起×先生的警惕。

且说生活在近两百年前的克拉普罗特，他哪儿来今天的学习汉语的条件呢？老实讲，当时在德国乃至欧洲，还不存在具备学科意义的 Sinologie，他未能掌握好汉语这种利器，而用了其他语言作研究，又有什么可怪的呢？难道不应该实际看看他的研究成果，他的建树，并主要以此来评价他，给他定性吗？令人遗憾的是，这样的想法，似乎“根本没有进入他的头脑”。正因此，恕我直言，判断问题的标准已经错了的×先生，又懒于做近一步的研究考察，根本就不知道克拉普罗特究竟干过些什么，在下判决时就不会不大错特错！

其实，称克拉普罗特为Sinologe 的，何止奥里希和常安尔，何止我杨某人。我国研究中德文化交流史的老前辈郑寿麟先生曾如此称呼他，陈铨先生也是。德国的著名学者彼得曼（Woldmar Freiherr von Biedermann）、博伊特勒（Ernst Beutler）这么称呼他；当代的“某个”Ernst Ewers也这么称呼他，还有×先生认为可靠的钟英彦博士，同样袭用了前两位的称谓。

上面列举的这些人，×先生也许全都仍可以用这样那样的理由，说不足为训，因此我也不详述他们的有关言论。我这儿只引可称现代汉学或曰中国学泰斗之一的赫伯特·弗兰克（Herbert Franke）的一段话，因为它发表于1968年，想必×教授不会不承认也是“常安尔之后的学术研究”（post-Tascharner scholarship）吧。

在其《德国大学里的汉学》一书中，弗兰克教授写道：

> 自学成才者或者说实践家所从事的Sinologie和学院里的Sinologie并存，是19世纪的特点。在德国，当时没有在大学受汉学教育的可能，所以上半叶的Sinologen要么是自学成才者，要么曾经到巴黎上大学。对于为数甚少的当时研究中国问题的理想主义者，不可能以此为谋生的职业；当时已出现，后来更加经常发生的是：许多前途无量的青年或中年学者，不得不到国外寻找立身之地。

海因里希·尤利乌斯·克拉普罗特（1783–1835）就是他们中的一个。他于1804年受聘于彼得堡科学院，1815年却定居在了巴黎。今日柏林皇家图书馆藏有一部中国典籍目录，就归功于他。从这部目录我们得知，当时柏林已收藏了为数不多的中文书……[①]

这段引文明确无误地告诉人们，克拉普罗特不只是一位自学成才的Sinologe，而且还颇有成就和“前途无量”（Vielversprechender），可算是Sinologe中的“自学成才者和实践家”的代表和姣姣者。

不是吗？除去上面提到的目录，仅就孤陋寡闻的我所知，克拉普罗特尚有关于中国的德语和法语著作七八种（含译著两种），内容涉及历史、语言和文学等领域；老实说，对于×先生的克拉普罗特完全不懂中文一说，我是很怀疑的。克拉普罗特并且主编出版了《亚洲杂志》（*Asiatisches Magazin*，Weimar 1802），歌德夫子也曾借阅过这本杂志。克拉普罗特的这些著作，×先生只要稍微认真一点，到图书馆查一查，便不该不知道的。

除去著述，克拉普罗特还有两件事不能不讲。一是他曾受

---

① Herbert Franke. *Sinologie an deutschen Universitäten*，Franz Steiner Verlag，1968。

彼得堡科学院委托，数次到东亚（不是被称作 Orient 的中、近东）考察，可以称作是 Sinologe 中到实地进行研究的先驱之一。其二是，1826年，他曾和德国著名语言学家、哲学家威廉·洪堡（Wilhelm Humboldt）一起，在巴黎倡导和促进建立了欧洲的第一个汉学讲座，也可以说最早的汉学系。

克拉普罗特的成就和功绩不能说不大啊！称他是德国乃至欧洲汉学或中国学的鼻祖之一，恐怕也当之无愧。

写到这里，本文要辩明的我与×先生之间的是非，该已基本清楚：克拉普罗特是个货真价实的汉学家（Sinologe），我没有仅仅使用一两种过时的材料，更未被×先生所拿出的这唯一实际的例子，证明在“以讹传讹”！错了的显然是×先生自己。

学海无涯，天外有天，本人研究歌德和中德文化交流史起步尚晚，见识有限，错误缺点肯定存在，也衷心欢迎学界同人和广大读者随时予以指正。即使如×先生一般有失偏颇和武断的批评，我的基本态度仍是欢迎，因为它毕竟让先生劳神费心，同时还可以引起我的警惕。过高估计自己的学术水平和研究成果，是愚蠢的；妄自菲薄，故作谦虚，也不明智，且欠诚实。拙作作为第一本较为系统、翔实地介绍在“中学西播”——这是我试拟出来与“西学东渐”相提并论的术语——的大背景中歌德与中华文化发生多方面关系的汉语著作，事实上已起到了预期的作用，也就是对当时在这方面知之甚少的一般中国读者，进行季羡林先生在序言中所说的“启蒙”，使其开一点眼界，并增进中德两国人民的相互了解和传统友谊。如此而已。至于季先生说的“震聋发聩”实在是过奖，笔者万不敢当，只能看作前辈对后学的殷切期望和鼓励。

非常高兴，借答复×先生的机会顺便介绍了一下汉学家克拉普罗特。这位为“中学西播”，为促进西方对我国的了解，可以说是艰苦开拓、功绩卓著的理想主义者和大学问家，这位曾被歌德戏称作“根深蒂固的中国人”（eingefleischter Chinese）的我们的“同胞”，很遗憾，在我国却鲜为人知，更不要说受到应有的尊敬了。[①] 他和我多年前在《人民日报》和北京三联书店刊行的《文化：中国与世界》第五辑介绍的卫礼贤（Richard Wilhelm，1873–1930）一样，也实在值得我们中国人深深地感激，永远地怀念！

---

① 据了解，孟华先生在近著中已对克拉普罗特做了详细、深入的评介，只可惜笔者尚未得机会拜读。

附录3

歌德生平和创作年表

1749年　8月28日出生在美因河畔法兰克福的一个富裕市民家庭。

1750年　妹妹科尔涅莉诞生。

1755年　开始学习德文、拉丁文、法文、数学以及《圣经》。

1759年　法军占领法兰克福。通过借住他家的一位法国军官接触到法国戏剧。从木偶戏了解了浮士德博士的故事。

1763年　与酒家女格莉琴初恋。

1764年　4月3日，日耳曼神圣罗马帝国皇帝在法兰克福举行加冕典礼。

1765年　9月赴莱比锡大学学习法律。

1766年 结识饭店老板的女儿凯特馨·薛恩科普夫，将写给她的情诗结集为《安涅苔》。此为歌德的第一部诗集，但未出版。

1768年 3月与凯特馨中断恋爱关系。6月末重病，不久返回法兰克福养病。

1770年 3月康复，赴斯特拉斯堡继续学习。10月访问塞森海姆的乡村牧师布里翁，与其次女弗莉德里克相爱。结识赫尔德尔，在他指导下收集民歌。

1771年 创作《塞森海姆之歌》所收抒情诗。8月获博士学位。与弗莉德里克不辞而别，回故乡开律师事务所。作悲剧《铁手骑士葛慈·封·伯利欣根》。狂飙突进运动开始掀起高潮。

1772年 5月至9月在韦茨拉尔帝国法院实习，与夏绿蒂·布甫（《维特》女主人公的主要原型）相爱。

1773年 《葛慈》出版，开始写《浮士德》初稿。

1774年 2月以四周时间完成书信体小说《少年维特的烦恼》，出版后风靡德国乃至欧洲。同时完成悲剧《克拉维歌》。12月与魏玛公爵第一次见面。

1775年 4月与丽莉·薛纳曼订婚。9月解除婚约。11月应邀前往魏玛。

1776年 开始与施泰因夫人相爱。6月任魏玛公国枢密参事。

1777年 妹妹科尔涅莉病逝。开始写《威廉·迈斯特的戏剧使命》。

1779年 2月开始写诗剧《伊菲根尼在陶里斯》。9月升任枢密顾问。陪公爵前往瑞士，途中于斯图加特见到军校学生席勒。

1780年 开始写悲剧《塔索》。

1782年 5月25日父亲病逝。6月获贵族称号，升任内阁大臣。

1784年 发现人的腭间骨，为人类系脊椎动物进化提供了证据。热心研究斯宾诺莎的泛神哲学。

1785年 完成《威廉·迈斯特的戏剧使命》。

1786年 旅居意大利。

1787年 完成诗剧《伊菲根尼在陶里斯》和悲剧《埃格蒙特》。

1788年 6月回到魏玛。7月12日在魏玛公园邂逅克莉斯蒂纳·乌尔彼郁斯，不久与她同居。11月7日结识席勒。完成《罗马哀歌》。

1789年 完成《塔索》。12月25日，儿子奥古斯特出生。法国大革命成功。

1790年 完成《植物形变论》。作《威尼斯警句》。发表《浮士德片断》。

1791年 任新落成的魏玛宫廷总监。

1792年 8月随公爵出征法国。12月返回魏玛。

1793年 法国雅各宾党专政。

1794年 开始与席勒合作。

1795年 与席勒合写《温和的讽刺诗》。

1796年 完成长篇小说《威廉·迈斯特的学习时代》。开始写叙事长诗《赫尔曼与多萝特亚》。

1797年 续写《浮士德》。与席勒合作叙事曲谣（Ballade）。

1805年 席勒逝世。

1806年 4月完成《浮士德》第一部。与克莉斯蒂纳举行婚礼。

1807年 开始写《威廉·迈斯特的漫游时代》。

1808年 写长篇小说《亲和力》。9月13日母亲去世。10月两次会见拿破仑，获拿破仑亲授的荣誉勋位勋章。

1809年 完成《亲和力》。

1811年 开始写青年时代的自传《诗与真》，完成第一部。

1812年 7月19日，会见贝多芬于泰布利茨。《诗与真》第二部完成。

1814年 读波斯诗人哈菲兹的诗集。8月结识玛丽安娜·韦勒美尔，与其相恋，开始作《西东合集》。《诗与真》第三部出版。

1815年 续作《西东合集》。名义上升任魏玛公国宰相。二十卷本科塔版《歌德作品集》第一、第二卷（诗集）问世。

1816年 《意大利游记》第一部出版。6月6日，妻子病逝。

1817年 《意大利游记》第二部问世。

1819年 《西东合集》出版。

1820年 续作《威廉·迈斯特的漫游时代》。

1821年 夏天在玛丽温泉结识乌尔莉克·莱维佐夫小姐。

1822年 6月重逢乌尔莉克，萌生对她的爱恋。

1823年 艾克曼访问歌德，任他的私人秘书。7－8月与乌尔莉克重聚。分手后作《玛丽温泉哀歌》。

1824年 4月19日，拜伦逝世。

1825年 开始写《浮士德》第二部。

1827年 1月6日，施泰因夫人逝世。5月至8月，作《中德四季晨昏杂咏》。

1828年 奥古斯特公爵逝世。

1829年 8月28日纪念歌德八十诞辰，魏玛剧院首演《浮士德》第一部。《威廉·迈斯特的漫游时代》完成。

1830年 法国爆发七月革命。10月29日，独子奥古斯特在罗马去世。

1831年 8月，完成《浮士德》第二部。

1832年 3月22日，在魏玛家中与世长辞。

（王荫祺 辑）

参考书目

田汉、宗白华、郭沫若：《三叶集》，上海：亚东书局，1920

陈淡如编：《歌德论》，上海：乐华图书公司，1932

张月超：《歌德评传》，上海：神州国光社，1933

周辅成、宗白华编：《歌德之认识》，南京：钟山书店，1933

冯至：《歌德论述》，南京：正中书局，1948

高中甫：《德国的伟大诗人——歌德》，北京：北京出版社，1981

曹让庭、王林：《歌德》，沈阳：辽宁人民出版社，1982

冯至：《论歌德》，上海：上海文艺出版社，1986

董问樵：《〈浮士德〉研究》，上海：复旦大学出版社，1987

杨武能：《歌德与中国》，北京：三联书店，1991

高中甫：《歌德接受史》，北京：中国社会科学出版社，1993

勃兰兑斯：《十九世纪文学主流》第一分册（张道真译），北京：人民文学出版社，1980

Erich Trunz （Hrsg.）：*Goethe Werke*，dtv Hamburger Ausgabe，1964

George Lukacs：*Goethe und seine Zeit*，Berlin，1953

H. A. Korff：*Geist der Goethezeit*，Berlin，1957

Hans Mayer：*Goethe – Ein Versuch ueber den Erfolg*，Suhrkamp Verlag，1977

Emil Ludwig：*Goethe*，Paul Zsolnay Verlag，1931

Peter Boerner：*Johann Wolfgang Goethe*，Bonn，Inter Nationes，1983

Richard Friedenthal：*Goethe – Sein Leben und seine Zeit*，Deutscher Taschenbuch Verlag，1977